U0934679

丁善玺　唐季礼／著

李勋阳／改编

北京联合出版公司

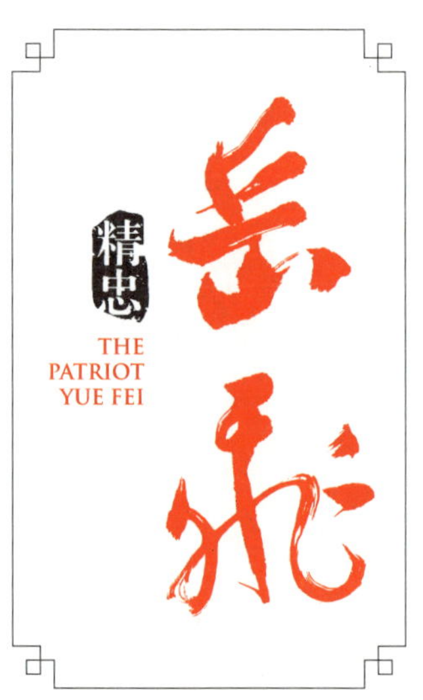
岳飞
精忠
THE
PATRIOT
YUE FEI

所谓英雄者，坚强刚毅，永不言弃；
所谓英雄者，心怀敬畏，胸怀大爱。

THE PATRIOT YUE FEI

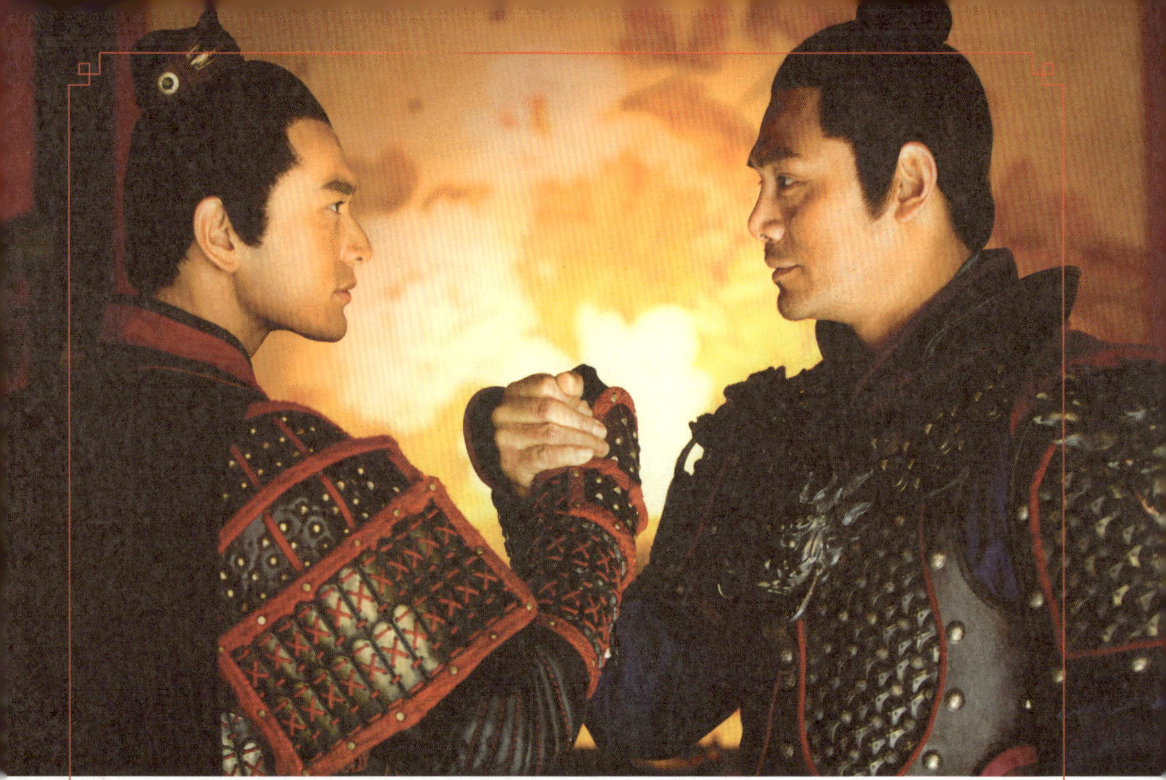

THE

PATRIOT

YUE

FEI

袍泽之谊，中兴之将，
联手破敌酋。

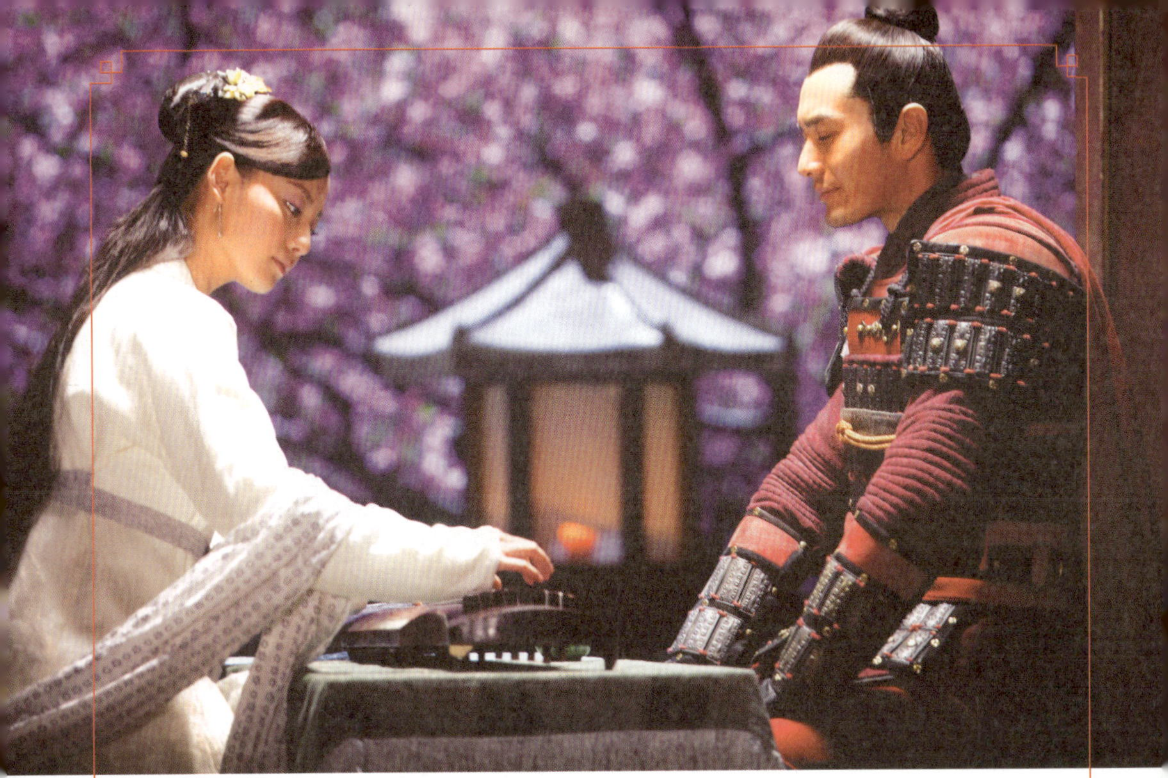

Y

THE PATRIOT YUE FEI

欲将心事付瑶琴，知音少，弦断有谁听？

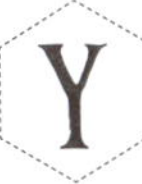

Y

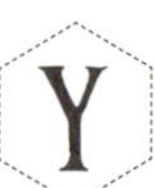

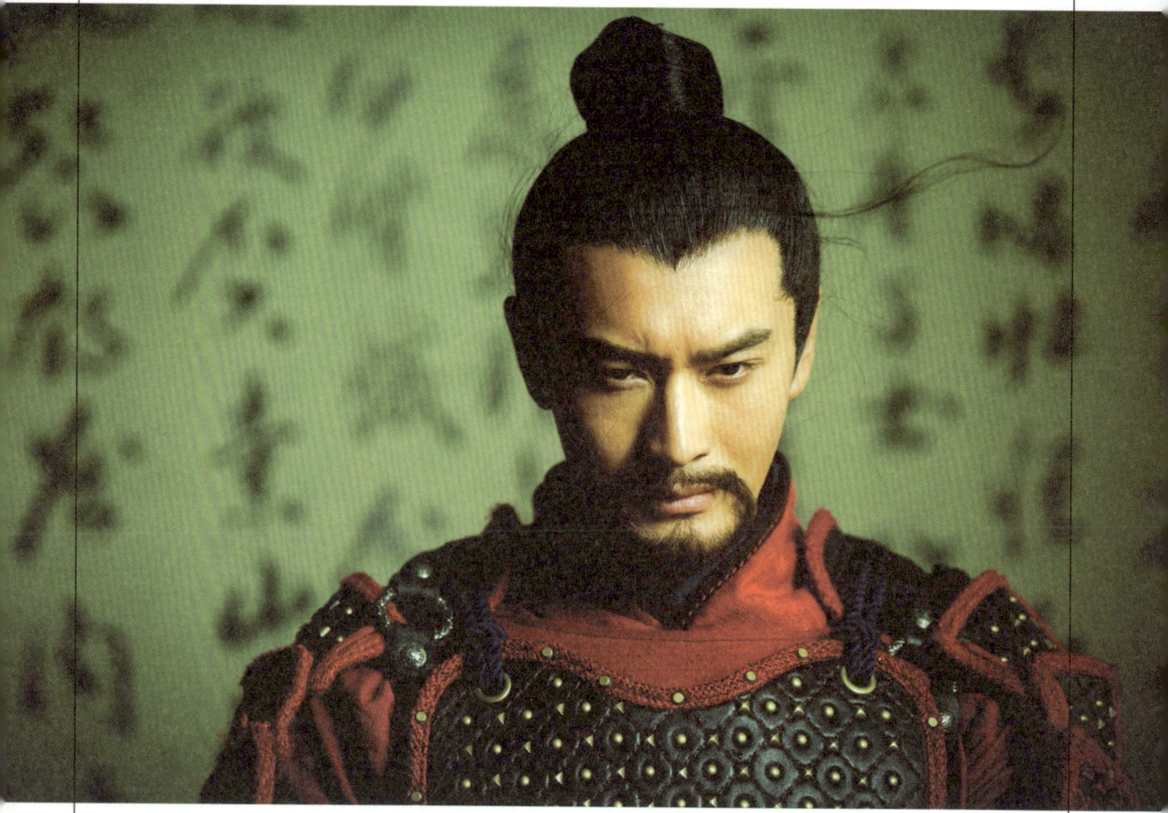

『余发愤河朔……小大历二百余战……他时过此，勒功金石，岂不快哉！』

Y

何日请缨提锐旅，一鞭直渡清河洛。

Y

『我岳飞戎马一生，注定客死异乡，生死早已置之度外。』

CONTENTS

目　录

第二十四章

攻新乡统制杖责

宋高宗决议南下自保之际，王彦率领岳飞等七千人强渡黄河抗击金军，金军决议南下报复，进犯河南新乡。当地守卫薄弱，很快攻克。金军烧杀抢掠无恶不作，一时间百姓流离失所，饿殍千里。虽有忠义社的梁兴率领义士拼死抵抗，无奈金人兵多将广，宋军损失惨重，于是梁兴率领一干人直奔岳飞军营而来，共商解救新乡危局之计。

这天，岳飞正在河边清洗自己的爱马白龙驹，忽然看到梁兴火急火燎地骑马赶到他身边，岳飞起身问道："梁小哥，你怎么来了？"梁兴翻身下马，气喘吁吁地说道："不好了，金人攻破新乡，扬言要屠城报复。"岳飞又惊又怒，对着马鞍狠狠拍了一巴掌。梁兴看着岳飞生气的样子自己也很气愤，继续说道："从新乡逃出来的老百姓听说官军在此，都投奔过来了。岳飞，你赶紧派兵去救救他们！"

岳飞应道："我找王将军说去，你们安抚一下百姓。"说着翻身上马，向王彦将军的营帐奔去，一路上看到从新乡逃难而来的老百姓络绎不绝，衣衫褴褛，神情困顿。士兵们看了之后心里也很难过，默默地维持着秩序。岳飞心急火燎地来到王彦营帐，却见众将领早已乱成一团，议论纷纷。岳飞不禁纳闷，难道大家已经知晓新乡遭难的消息？他看到王贵、牛皋等人也站在人群里，便走过去问道："怎么了？"

杨再兴激动地答道："朝廷不想让咱们活了！"

王贵补充道："朝廷流放了张大人，断了咱们的粮草！"

岳飞听罢，不禁大吃一惊，皱眉道："怎么会这样？"

傅庆道："皇上害怕咱们打了败仗，他皇位不保吧！"

杨再兴冷笑道："俺看他是怕咱们打了胜仗，他皇位不保！"

王贵竖起手指头，嘘了一声，叫杨再兴小声点，免得人多嘴杂说出去。岳飞环顾帐内，诸多军将都没在，于是问他们其他那些将领哪儿去了，王贵这才告诉他早有六名统制官带着军队离开了。岳飞再次大吃一惊，叫道："走了？大敌当前，他们却走了，这是临阵脱逃！"

王贵道："反正他们不干了，弄不好，现在都已经当了人家金兵的俘虏！"

岳飞接着问道："那王将军怎么说？"

傅庆冷冷道："老爷的轿子靠当差的抬啊，我们个个都要离开军营了，他一个人留在这儿逮蛐蛐儿啊？"说曹操，曹操到，只见王彦从帐后走了出来，大家急切地看向他。王彦看了看大家，犹豫不决地道："现在是个什么情况，大家比我都清楚，我就不废话了。岳飞，在你赶来营帐之前，我们几个已经讨论过了，现在要粮没粮，要兵没兵，所以我打算即刻撤兵。"

岳飞心系百姓，一听，便焦急地道："将军，忠义社报来前方军情，那金军入了新乡之后，烧杀抢掠，无恶不作，现在还扬言要屠城泄愤，我来是请将军出兵去拯救新乡的黎民百姓啊！"

王彦叹了口气道："粮草断了，朝廷也下令了，要是不撤，咱们结果不是抗旨，就是忍饥挨饿，怎么着都是死路一条啊！"岳飞急道："可是，新乡的百姓怎么办？"王彦看了看岳飞，心里也有点过意不去，无奈道："大局为重，顾不了那么多了，各凭天命，看各自造化吧。如果朝廷派来粮草，我第一个杀过去！"

岳飞见大家虽议论纷纷，却没几人支持坚守，沉吟片刻，心生一计，忙将牛皋叫到身边，对其交代一番。看着牛皋领命而去，他转身面向王彦禀道："将军，我已派牛皋向宗元帅求借粮草去了，估计三日之内就能到，还请将军三思啊。"王彦听后摇了摇头，道："岳飞，你说宗元帅是听朝廷的，还是听你的啊？这粮草很有可能借不来。不说了，撤兵！"

岳飞还是不肯放弃，拉了一下王彦，示意他到外面说话。王彦见他一再执拗，心中很有些不满，但还是忍了忍，无奈地跟着岳飞走了出去。其

他人不解岳飞想要干什么，也好奇地跟了上去。

只见岳飞拉着王彦，一路向军营门口走去。原来，早有诸多从新乡逃出来的老百姓在营门口跪着，呼天抢地地哭成一片，请求官军快去拯救他们的家人和家园。他们看到军将们从营帐里走了过来，爬起来冲破卫兵的防线，拥到岳飞、王彦他们面前，又重新跪在地上，哭着哀求道：“大将军，大将军救命啊！我家人还在新乡呢，大将军救命啊！“

岳飞心中难受不已，急忙上前把他们一个个扶起来，道：“乡亲们，我答应一定会去救你们的家人的！”说着回头看王彦，“将军，你看看老百姓，他们流离失所，现在还有更多的家人在金人屠刀下等着官军去拯救啊！将军，我们真不能撤啊！”

王彦听过，也激动地道：“我也要把金寇赶走，但我现在统帅三军，得以大局为重啊！”岳飞叫道：“什么大局！我们当兵打仗，不就是为了老百姓吗？现在他们需要我们，我们却临阵退缩！将军，你看看他们，看看我们的老百姓都成什么样子了？！”那些跪着的难民眼里充满了期盼和悲伤，听到他们俩的对话，似乎明白了什么，一时六神无主，陷入了恐慌和绝望，呆呆地看着岳飞、王彦他们。王彦别过脸，突然，脸一沉转回头，对岳飞气愤地叫道：“这是军令！”转头对身后旗牌官道，“传令下去，准备撤军！”

那些老百姓一听，知道官军也不管他们的死活了，于是哀求着哭成一片。但王彦无动于衷，对岳飞狠狠道：“你走不走？”岳飞看了看身后的老百姓，摇了摇头，道：“我不走！我不能走！”

王彦气愤地指着岳飞叫道：“好，好，好你个岳飞！你竟敢违抗军令！”说着转头问王贵、傅庆他们，“那你们呢？要不要跟着撤走？”不等王贵等人答话，岳飞就替他们答道：“他们都听我的！”

王贵大声道：“大哥说撤没人敢留，说留没人敢撤！”

王彦冷冷道：“岳飞！别以为你熟悉这个地方，就有把握以少胜多、出奇制胜打败金军，要是你执意领兵去迎战，你就会死在那儿！”

“将军，身为行伍之人，过的不就是拎着脑袋刀口舔血的日子吗？”

"岳飞，你这么做还是太冒险，我命令你撤退！"

"将军！"

"不要说了，撤！"

见王彦执意要撤，岳飞激动道："将军！朝廷里连张大人都容不下，咱们若回去，朝廷能容得下咱们吗？与其到那时上不去下不来，还不如留在河北呢！这样一来可以与忠义军接上头，二来可以与金寇多一些较量，他来我退，他退我进，让那金兀术摸不着咱们的阵，看不着咱们的人，说不定，我们不但能完成张大人募兵的任务，还能给金人一些沉重的打击和教训。"大家听着岳飞的话，有不少被激得血脉贲张，频频点头，纷纷议论。

王彦见很多人听了岳飞的话有所动摇，气得跺脚道："岳飞，你这是危言耸听、妖言惑众啊！什么朝廷不朝廷……你若是执意要违抗军令行事，我……我就把你就地正法！还有你们，一个也跑不了！"

岳飞不由得气愤道："将军，我们本来就是找金寇打仗的，如今却畏敌不前，如果苟且偷安的话，何必到前线来呢？"王彦无奈地叫道："你要找死的话，我可以让你去！"

岳飞听完他的话，立马回身向众人大喊道："弟兄们！要去新乡抗金的，上马跟我来；要回汴京领赏的，站在王将军那一边！"王彦看着王贵、傅庆等人纷纷站到了岳飞那边，连张宪也站在了岳飞那边，其余的人灰溜溜地站在自己身边，那些老百姓见状激动地喊着"岳将军"。在百姓的欢呼声中，岳飞转身上马，就要带领王贵他们走。王彦再次追上去拦住他，面带哀戚地道："兄弟，你别固执了！我这么说，不是为了救大宋，而是为了救你啊！"

岳飞道："这个傻瓜我当定了！王将军隆恩厚意，来生再报！"说着拍马就走，白龙驹拔腿跑起来。王彦看着其他人纷纷跟上去，突然看到张宪在后面，赶紧伸手拦住，让他不要跟随岳飞而去，但张宪执意不从，他只好一把拔出剑来，将剑架在张宪眼前，说道："张大人临走前嘱咐我看好你，你不能走！"

张宪朗声道："那就请将军杀了我吧，我跟定岳将军了！"王彦气

得举剑就砍，张宪眼也不眨，他只好一剑落在空处，道：“唉，你们真是……那一定要多保重自己，还有，要多听岳飞的。”张宪拱手称是，拍马跟随着岳飞他们出营，往新乡而去。

岳飞率领张宪、王贵等一干热血兄弟前往新乡救城，那金人的探子早就有所察觉，发现了他们的行动，一个探子飞身上马去向大帅营帐禀报。那探子来到大帅营帐，原来金人这边的大帅不是别人，正是粘罕的得力爱将韩常。那探子向他禀道：“报！河北招抚使张所麾下岳飞前来挑战，请大帅定夺！”韩常不由得一惊，这岳飞可非比寻常，不似别人，他从帅座上站起来，急问道：“这岳飞带来多少人马？”

探子答道：“不到两千。”

韩常一听，放下心来，不禁哈哈大笑，道：“不到两千人马？这岳飞也太不知天高地厚了，我看他们是死到临头了，咱们就陪他玩玩！左右！”说着令两侧金将上前听令，“点兵五万，迎击岳飞！”左右金将得令出帐，点了五万人马。韩常亲自率着这五万人马，迎击岳飞，行至山林，突然看见前方林中烟尘弥漫，群鸟飞起。

韩常不禁警觉，招手命令大军停下。这时只听一声马嘶，从前方林中飞出一骑，马上正是岳飞。只见他背后林中旌旗一下子树起无数，韩常一看，心里暗自吃惊，这探子禀报岳飞只有两千人马，但看林中那旌旗，岳飞所带人马恐怕不少于三万。他正在满腹狐疑，岳飞问他道：“韩常，你可记得岳某人？”

韩常故意道：“不记得。”

“那你们军中可有一人名叫拓跋耶乌的？”

“怎么，你是来找我拉家常来了？”

岳飞不禁大笑，道：“我想那拓跋耶乌定跟你讲过岳某，你竟然还敢主动迎战我岳飞，岳某佩服你的胆色！”韩常也轻轻一笑：“行军打仗，不靠胆子大小，而是看你自己身后站着多少人马，站着什么人马！”

“那你看我身后站着多少人马呢？”

“哈哈哈，看似千军万马，实则老弱病残！”

“既然如此，为何韩元帅下令停战了呢？”

“这个我需要告诉你吗？你和我说半天话，是何用意？”

“岳某听说韩将军是汉人，我印证一下，你的汉话果然说得不错。”

“那又怎样？”

“不知武功是否也不错？”

韩常听岳飞如此说，暗中摸着自己腰间的武器，拿眼瞪着岳飞，而岳飞也挑衅地看着韩常。

在韩常与岳飞对峙之时，有一队金军人马正向城门进军。有一名金人守将正骑马在城外巡逻，看见这队人马，喝问道：“什么人？”那队人马的带头小将举起一个令牌道：“奉韩将军之命，回来搬救兵……”

那守将看着，有点怀疑，心想韩将军亲帅五万人马出城迎敌，怎么这会儿就要人回来搬救兵？这中间恐怕有问题。正疑惑时，只见那队人马越来越近，为首的二人抬起头来，不是别人，正是杨再兴和傅庆。那金军守将发现不对，掉头就向城门上的守卫大喊关城门，自己策马向城内冲去。杨再兴见状，赶紧张弓搭箭，将其从马上射落。傅庆一个箭步冲上去，一刀将其砍死。

趁金兵混乱，二人带着宋军乘机冲入新乡。他们二人身先士卒，冲在前面。只见那杨再兴耍起手中的长枪，以一敌百，无数的金兵纷纷倒在他的枪下。傅庆抡起手中钢刀，剁刺砍割，那些金兵被他们杀得丢盔弃甲，最终二人带领化装成金人的宋兵冲进了城门，和守卫着城门的金人大战起来……

韩常不知自己中了岳飞的调虎离山之计，后院早已失火，看着岳飞再瞪了一眼，拍马上前，举起手中武器向岳飞杀来。岳飞也不甘示弱，手中沥泉枪一扬，接住了韩常的进攻，于是二人打在一起。战了三十多个回合，韩常渐渐不敌，转头要走，岳飞岂能容他败走？赶紧扔出铁钩，韩常一缩头，躲过铁钩，但顶上头盔却被岳飞抓了过来。

韩常狼狈回到自己队伍，命令乱箭射回岳飞，岳飞急忙向林中冲去，

不料金军一拥而上，阻在了他的前面。韩常得意地看着岳飞，想看他还能往哪里逃，却见岳飞哈哈一笑，突然将手中沥泉枪一挥。那些金兵听过岳飞的神勇，不禁露出一个空隙，岳飞乘机从空隙中杀出，扬了扬手中韩常的头盔，打马向另一个方向跑了。

韩常看到自己的头盔被岳飞掠走，恼怒异常，下令全军追击。岳飞一路前“逃”，后边金兵紧追不舍。在路边一处树丛边，王贵与张宪早已紧张以待。只见岳飞很快奔驰而过，王贵举起手，示意大家准备好。埋伏在两边的兵将看到王贵的手势，一个个手持着长钩、砍刀、绊马索，摩拳擦掌，跃跃欲试。

这时，只见一批金兵率先冲来，王贵手一挥，兵将们拉起手中的绊马索，金兵顿时倒成一片。宋军兵将一拥而上，拿起手中武器便杀，双方混战起来。梁兴等忠义社成员也在其中厮杀。王贵见岳飞已走远，下令撤退，转身就要走。张宪一把拉住他，阻拦道：“不能撤！大哥让我们拦住他们半个时辰，还早！”说着，转身指挥兵将接着作战，叫道，“别让金寇跑了！”

看着张宪带着兵将英勇作战，王贵不禁一愣，一时间恍惚了一下，仿佛自己是局外人，张宪才是统帅。这时，一个金兵向他杀来，眼看着钢刀砍向他胸前，张宪飞身刺中那个金兵，救了王贵一命。王贵猛然惊醒，赶紧振作精神，奋勇杀敌。

而在新乡城门下，宋金两军已经惨烈厮杀多时，金兵越聚越多，不时将宋兵打出城门。傅庆、杨再兴二人又奋不顾身一马当先地率兵攻进去，如此三番，双方展开了拉锯战。此时，只见岳飞单骑飞驰而来，手里举着韩常的头盔，向城门上守卫的金兵大声喊道：“韩常已经被我杀死，赶快缴械投降，本将军可饶你们不死！”

金兵一看，果然是自己大帅韩常的头盔，不由得军心大乱。这时，突然一支冷箭射中岳飞，岳飞中箭翻身落马。此时一个金军小头目连忙喊道：“岳飞中箭了，我们杀啊！”金军一时振作，奋力杀向宋兵。

岳飞中箭落地之后，长吸了一口气，双手撑地，颤颤悠悠地站了起来，折断胸前的箭，将断箭刺到面前的一个金军头上。不料又中一箭，他再次将箭折断，将断箭刺入另一个金兵的喉咙。金兵被岳飞如此气势所震骇，一时有些慌乱。此时，只听他拔出宝剑大声喊道："杀啊！"挥着剑又砍掉了一个金兵的手臂。宋兵看到岳飞如此，士气大振，纷纷杀向身边的金兵，金兵大乱。

而在树丛里，张宪、王贵带领的宋兵和中了埋伏的金兵厮杀在一起，好不惨烈。张宪抬头看了看日头，估摸着已经过了半个时辰，便下令撤兵。只见宋兵整齐划一，顶着盾牌，依次撤退，不再恋战。王贵再次愣了一下，怎么又变成了张宪？不想在分神的刹那，一支冷箭飞来，正中他的臂膀。张宪立即回过身来，带领两名士兵杀上来，掩护他撤走。

新乡城下，岳飞率领宋兵一鼓作气杀入城中，只见街道上一片狼藉，不由怒从心起，下令军士向金兵狠狠杀去。

韩常带兵追赶岳飞无果，只好率兵归来，回到新乡城下，却发现城门上已经树起了大宋旗帜，岳飞正站在墙头上，像是已等候他多时。

岳飞看到韩常向上张望，笑着对他说道："韩大元帅，身后站的人马再多再强，若是领兵领将的元帅无能的话，也不成啊。来，给你的头盔，下次戴好了！"说着扔下韩常的头盔。那头盔落到韩常马下，滚了几下。韩常气愤异常，一马鞭打碎头盔，叫道："岳飞，这次算你厉害！我发誓，明天日出之前，站在城门上边的，是我韩常！"说着，命令自己的军队就地安营扎寨。

在自己的营帐内，韩常气呼呼地坐下，半天闷不吭声，左右将士都小心以待。沉默半晌后，他命令道："传令下去，重整队伍，子时攻城！"

这天晚上，月明星稀，已是子时，韩常亲率金军兵将向新乡城杀去。然而，直到城门下，才发现城门上没有军旗，城门大开，城内一片静悄悄的。韩常再次困惑，不知道岳飞又是耍的哪一计，莫非是诸葛亮的空城计？一琢磨，心中暗道，我韩常也是懂得用兵之计的，怎么会中了岳飞这

小小计谋？于是吩咐兵将杀进去。

金兵听命，一起冲入城内，只见城中空无一人。韩常吩咐士兵四处搜索。士兵很快搜索完毕回来禀报："报！大帅，城内空无一人，连百姓都不见了！"

韩常听过心里纳闷，这岳飞耍一个空城计到底是要玩什么花样？

原来，岳飞知道这韩常决不会善罢甘休，自己只有两千人马，而韩常有五万之众，自己怎么可能守得住新乡？于是连夜带着百姓弃城而去。

等安顿好了老百姓，他又率领王贵、傅庆等人归往自己的大本营，不想，却看到军营里狼藉一片。岳飞赶紧下马，抓住一个士兵问道："发生什么事了？"那士兵道："岳将军，你走后，金军联合曹成匪寇攻来，我们死伤惨重啊！"

原来，金兵探到岳飞率兵要攻新乡时，韩常早已联合曹成，率领一支贼寇趁宋兵大本营空虚之际，来了一个大扫荡。

岳飞听后急忙向里面跑去，只见校场之上，宋兵死伤无数。王彦正气急败坏，忙成一团。岳飞立即上前参拜："将军，末将攻打新乡回来了！"

王彦不愿回头看他，梗着脖子看着天，道："你还有脸回来？！"指着地上众多士兵的尸体道，"这些人都是因你而死！"

岳飞以为自己在新乡大获全胜，没想到韩常还留了这一手，颓然地跪倒在地，沉痛道："末将……末将知错。"

王彦猛然转身，道："你成天叫嚷着军令如山，现如今你知错了，那是什么错啊？罪当如何？"

岳飞拱手道："当斩！"

王彦道："你知道就好。来人啊！召集三军将校，将违令抗命者斩首示众！"

王贵、傅庆、张宪、杨再兴大吃一惊，没想到王彦军法居然如此严苛，忙一起上前向王彦求情道："将军，岳飞错不至死，何况他刚立下战功。大营被劫，怪不到岳飞头上，还请将军高抬贵手！"

王彦摇了摇头，让士兵押走岳飞。但那两名士兵愣着不知所措，王彦气恼地大喝一声，道：“你们还愣着干什么？还不押下去！”

王贵、傅庆、张宪、杨再兴听王彦如此坚决，纷纷拔出武器，想要保护岳飞。

岳飞见他们如此冲动，恐军变一触即发，生气道：“王贵，傅庆，你们都住手！”

王彦也厉喝一声，道：“你们都想造反吗？”

杨再兴听岳飞不让他们保护，委屈地叫了一声“大哥”。岳飞看着大家热血沸腾、义愤填膺的样子，缓缓说道：“国有国法，军有军规，否则国不成国，军不成军，我岳飞认罚，请兄弟们成全。”说完，起身欲去受刑台，一个踉跄没站稳，被王贵等人扶住。他们再次阻拦他，他左右环顾，看了看身边几人，摇摇头，坚决地跟随着押他的士兵走去。

第二天，那些获救的老百姓听说岳飞要被斩首，都来到军营里，一起向王彦请愿：“将军，饶过岳飞吧，他可是好人啊……他是俺的救命恩人啊！”王彦执意不听，那些老百姓见状哭成一团。

一个老伯拿着一坛酒从人群中走到岳飞跟前，道：“你是我孙子的救命恩人，这坛酒是我自己酿的，你喝了再上路吧！”看着岳飞喝了自己的酒，老人家站起来对刽子手说道，“你的刀上洒上我的酒，岳将军就不会疼了。”刽子手感动，接过老人家手中的酒，喝了一口，对着自己手中的行刑大刀喷了一口。

时至午时三刻，行刑时刻到了。只听鼓声猛起，老百姓一片哀求声，王贵、傅庆等人喊着“大哥”。岳飞看了看他们，心里无比感动，他又抬头望望天，想起了自己的母亲和儿子，还有李孝娥，不禁悲伤地叫道：“娘！孝娥……我先走了，愿来世再做一条好汉！愿为您子！愿为您夫！”

王彦听到此言，也不禁悲伤，对刽子手道：“给他个爽快吧！”

刽子手领命道：“知道了！”说着，运气举刀过顶，就要行刑，又轻声对岳飞说道，“岳将军，得罪了！”

突然，军号响起，王彦看去，只见远处路上冲过来七匹快骑，他们不是别人，正是宗泽、宗欣、牛皋等人。

只听宗泽老元帅一边打马一边大声喊道："刀下留人！刀下留人！"

牛皋冲到受刑台前面，急忙叫了一声："大哥！"

宗泽老元帅驰至受刑台前，翻身下马，来到王彦面前，拱手道："王将军，岳飞何罪，你要斩他？"

王彦道："岳飞不听号令，率部离去，导致大营被劫，死伤惨重！"

宗泽慷慨道："老夫听说岳飞此去可是打下了新乡，救下了一方父老，如此大功，不能折过吗？"

"功是功，功虽大，过不可恕！"

"王彦啊王彦，你认识老夫也不是一天两天了，老夫为了国家用人之计，也曾网开一面，给过他们改过自新的机会，军法可以严，但不可以酷啊！"

"宗元帅，既然您说到这里，那我就说句不怕得罪您的话。为什么岳飞这么难以管束？是不是就是因为宗元帅您军法不严呢？如此军法不严，军队便会一盘散沙，这样我们怎能敌得过如狼似虎的金寇？！"

牛皋听王彦如此说，心中一急，道："你打不过金寇是你的事，可岳飞打得过金寇！"

宗泽见牛皋有些放肆，喝令他闭嘴。牛皋不服气地退到一边。

宗老元帅看着王彦，请求道："王将军，你能杀岳飞，为什么不去归德杀那些奸臣贼子？为什么不去北金杀那些饿狼贼寇？如今这样，是岳飞的错吗？朝廷朝令夕改，山河破碎，百姓流离，这是岳飞的错吗？你王彦脸上刻着'赤心报国，誓杀金贼'这八个字，就应该保住岳飞，去抗奸佞，杀金贼，保百姓！你因此杀了岳飞，后世千秋万代定会笑话咱们大宋！王将军，老夫一生不求人，今天老夫为了岳飞，求你了！王将军，难道你想让老夫给你跪下吗？那好，老夫给你跪下了！"说着，七十岁的老元帅跪了下去。宗欣想要拦住他，却被老元帅一手打开。

岳飞看着老元帅这样，不禁泪流满面，求道："宗元帅，宗元帅！您不能跪啊！您给我们说过，只能跪君皇、跪父母、跪师长，我岳飞何德何能，让您为我下跪啊？！"

老百姓看着老元帅跪下了，也跟着跪了下来。

王贵、傅庆、牛皋、张宪等人也跪了下来。

士兵们无不感动，也跟着跪下来，一起向王彦求情。

顷刻之间，偌大校场，唯一站着的就只剩下王彦自己了，连那刽子手也在跪着求情。

王彦看了看校场上这一片黑压压的跪下求情的人，脸上肌肉抽搐了几下，道："看在宗元帅的面子上，死罪可免，活罪难逃，打六十军棍，绑起来暴晒三日，风吹雨淋，以儆效尤！"说完，转身而去。

岳飞看着校场上为自己求情的人们，忍不住泪流满面。

两名士兵领命，对岳飞施行了六十军棍的刑罚，然后再将他绑在受刑台的柱子上，暴晒三日，风吹雨淋。

岳飞多次昏过去，王贵、牛皋等人心痛无比，但也无奈，能捡回一条命已属万幸，这些苦头算什么。

那岳飞智取新乡的消息传到金太宗耳里，金太宗大为不满。

这天，在练兵场上，金太宗亲自阅兵，他将一把佩刀赠予主帅粘罕，说道："粘罕，此番南下，你为主帅，愿你能势如破竹，成功之日，我亲自为你添酒！"说着，为粘罕倒酒。

粘罕接过金太宗手中的酒碗，仰头喝下，拱手道："谢皇上！此番南下，不活捉赵构，决不北还！"

士兵听闻粘罕立下如此军令状，也跟着齐声呐喊，只觉山呼海啸。

再说归德大宋皇宫内，这天，宋高宗赵构突然来了闲情逸致，铺展宣纸，要挥毫泼墨。吴氏微笑着服侍他，为之磨墨。

赵构眼睛看着吴氏，心里无比甜蜜。

此时，汪伯彦、秦桧、赵鼎从外面走进来，康履捧着一个不大不小的箱子跟在后边，向他启禀道："臣等拜见皇上。"

赵构兴致顿消，放下笔，让他们平身。

汪伯彦启奏道："金人来使，下了战书，声称只有皇上才可以看。"

赵构走到康履面前，就要打开箱子。

汪伯彦向他提醒道："皇上，小心有诈！"

赵构也有惶惑，但看了看吴氏，心想自己堂堂一个大国的皇帝，可不能在妇人面前露怯，于是强装镇静道："有诈吗？爱妃，你觉得这会有诈吗？"

吴氏凄然一笑，道："国家大事，臣妾不知，皇上说有诈便有诈，说没诈便没诈。"

赵构哈哈大笑，揭开箱子，箱子里赫然是一颗人头，不是别人，正是自己朝思暮想的爱妃——邢氏的人头。

他一看，不禁吓了一跳，手一松，后退几步，倒在书案旁边。

吴氏赶紧过去扶。赵构一看吴氏，以为是邢氏，吓得大嚷大叫："有鬼！有鬼！把她给我赶出去！把她赶出去！"

康履听命，赶紧带走吴氏，汪伯彦等三人跪下请求皇帝镇定。

过了半晌，赵构依然惊魂未定，惊惧之余，又看了看箱子，邢氏仿佛在哀怨地看着他，他不禁悲笑几声，哭了起来，却没有眼泪，也不知道是在哭，还是在笑……

此刻，金国二皇子粘罕亲率大军到了黄河北岸，攻打汜水关，守将竟然不战而降，弃关而逃。

宋高宗赵构听闻，更是如坐针毡，心中无比恐惧，一怕皇位不保，二怕自己重复徽、钦二帝的悲剧，被金兵掳去北荒，再蹈"靖康之耻"的覆辙，竟然要连夜迁都建康，下旨让王渊全权处理迁都事宜。那些跟在他身边的奸臣贼子莫不脚底抹油，准备往南方逃命自保……

第二十五章

为先锋马踏金营

宋高宗带着他的亲信大臣，为躲避金兵的锋芒，巴不得连夜过江南迁，逃之夭夭。北方只留下了一些诸如宗泽等忠肝义胆的英雄将领对抗金国，而岳飞作为宗泽所部先锋已同金兵交战多次——他在遭受王彦杖责、暴晒之后，深感王彦和他多有不和，无奈之下，带着王贵、傅庆、张宪、牛皋一干人等离开了王彦军营，重投宗老元帅麾下。老元帅很高兴地接纳了他们，并且恢复了岳飞在军中统制的职务。

这天，宗泽老元帅考虑到岳飞作为先锋军，怕其孤军深入多有危险，于是向其他将领问道："金国敌军来犯，岳飞领兵，作为第一迎战队已经先行，敢问哪位将军肯率领第二队人马前去接应？"

将领们都默不作声，那杜充、王燮面面相觑，心中苦笑。

宗老元帅看到竟无一人响应，不禁恼怒，提高声调再次问了一遍，但还是无人应答。

老元帅怒道："都是这样贪生怕死，朝廷便无人出力了！"

王燮看到老元帅看了看杜充和自己，觉得躲不过去了，正要站出来，却听旁边一个叫刘豫的将领应道："末将愿为第二队。"

宗泽一看是刘豫，心里不禁失望，思忖着刘豫空有一腔热血，但领兵打仗实在不行，便有些犹豫。

王燮见状，站出来道："末将虽与岳飞曾有不和，但国家危难之际，不敢因私废公，一定好好配合岳飞！"

杜充见状，正中下怀，赶紧点头道："如此甚好，如此甚好！"

宗泽见实在别无人选，更何况王燮言辞切切，便应其所请，下令道：

“既然如此，王将军，你带本部人马，为第二队先行，本帅亲率大军，随后就到！”

这天，岳飞带着八百热血男儿一路前行，来到一处山谷。

岳飞四顾打量了一下，命令大军停下，他又再三仔细勘察了一番，自言自语道：“这处山形不错！”

牛皋见他看过来看过去的，丈二和尚摸不着头脑地笑道：“大哥是在看风水吗？好埋在这里让后代占个祖荫？”

岳飞向牛皋骂道：“我还没打算死呢！我想让金兵死在这儿还差不多。弟兄们听令！强弓硬弩，两旁伺候！”

王贵、牛皋等人听到，即刻吩咐手下化整为零，埋伏起来。

原来，他们方才佯装战败，一路逃跑，打算来一次伏击。金兵果然穷追不舍，跟进了山谷。

金兵跟着跟着，突然不见了宋兵的踪影，只见两边悬崖峭壁，狼牙凸出，山中栖鸟嘎嘎怪叫，正在狐疑猜忌时，突然听到两边有宋兵一齐呐喊，万箭齐发，金兵慌忙迎战，首尾不能相顾。

拓跋耶乌暗叫“中了埋伏”，正待转身寻路，突然，四面八方陷入一阵寂静，没了声音。

他强装镇定，下令道：“来人，给我搜山！”遂躲在盾牌后面，看着士兵前去搜山。

几名金兵得令便向山中寻去，没过一会儿，那几名士兵又拼命逃了回来。

拓跋耶乌见状，问道：“怎么回事？”

其中一名士兵答道：“将军，上面有埋伏。”拓跋耶乌心想，岳飞用兵一向神出鬼没，自己万万不可粗心大意，于是，一招手，带领大军撤了。

虽然没能诱敌深入，但还是杀死了不少敌人，于是岳飞命令王贵带着战利品去拜见宗元帅，一表战功，以便犒劳众将士。

王贵带领一干人等走到半路，遇见了前来接应他们的王夑军队。

王夑先向他问了个清楚，然后说道：“你先回营，至于这些战利品，

本将军代你转交元帅便是。”

王贵心中虽然不愿，但无奈王燮总归是自己上级，只好服从命令离开。

看着王贵走远之后，王燮才仔细地打量着帐外的这些首级、兵器，不由得赞叹道：“这岳飞果然好手段！我答应率领二队就是想找机会给他难堪，没想到，不等我接应，他就已经立下如此大功！”

他身边的副将道：“将军，随后和金兵交战，不知这岳飞还会立下多少功劳，依末将看，咱们不能将这个功劳报在岳飞身上。”

王燮明白他说的是什么，但是冒抢军功可不是儿戏，于是问道：“怎么讲？”

副将笑道：“反正岳飞凡事经您才能上报，所以这功劳不如算在您身上，而且上面一贯不会仔细核对这功劳到底是谁的。”

王燮想了想，道：“也是，这第一次战功权且让我得了，下次他再立功就给他报吧！现在你去把文书修好，差旗牌官送往大营领赏。”副将领命而去。王燮在营帐里乐滋滋地想，不知元帅会给自己什么嘉奖。

王燮在后方抢功，而岳飞全然不知，只知在前方奋勇作战。

这天，岳飞再次率领八百热血男儿，飞速前进，又至一山，看了看四周，心里盘算着这里又可以打一次埋伏，于是命令手下人马驻扎，又将王贵、牛皋等人叫到身边，道：“前面就是汜水关了，这座山的地形比前一座更有利，为兄打算在此安营扎寨，专等金兵到来，我们便杀他个片甲不留！王贵，你往后边营内去见王燮将军，借口袋四百个、火药一百担、挠钩二百杆、火箭火炮……”如此这般，一一部署，各有各的位置和任务。

只见张宪、傅庆二人带领二百人马在山前，将枯草铺在地上，撒上火药；杨再兴带领一百名士兵在夹山道上堆积乱石。

除了牛皋，其余人都有各自的任务，他见大家都在紧张有序地忙碌着，不满地向岳飞问道：“大哥，为什么没有俺牛皋的事？”

岳飞笑了笑，道：“牛皋，留给你的是一项顶要紧的任务，你在前方山道上埋伏，若看见一个面如黄土、骑黄膘马、用流星锤的，那人就是粘罕，务要擒住！你如若放走了他，可别怪大哥军法不留情。”

牛皋一听，原来大哥并不曾忘记他牛皋，而且还给他留下了如此重要的任务，于是高兴地领命道：“他就是插了翅膀，俺也将他揪下来！”

而在此时，探子回报，金兵也停了下来，要在原地安营扎寨。

王贵、牛皋等人看此情形，不由得焦急不已。如果粘罕现在不来攻山，那么为打埋伏所做的一切准备就没用了。

岳飞更是忧心忡忡，问道：“粘罕拥十万之众，若想强攻，敌众我寡，肯定难以守住，这可如何是好？”他思虑了半晌，想到与其坐守等待，不如引蛇出洞，于是，吩咐王贵、牛皋等人待在原地，不要轻举妄动，随时候命，自己前去引逗粘罕出兵，诱其进入自己的埋伏圈。

只见他拍马下山，手握长枪，向金兵大营杀去。

站在半山腰的宗欣不知底细，看到岳飞如此莽撞，不禁大惊失色地叫道：“岳飞啊岳飞，你这不是自寻死路吗？”

岳飞怎能听见他的喊叫，只见他一马当先，已经冲入金营，一边枪挑沿路的金兵，一边高声大喊：“大宋岳飞前来探营！”

岳飞逢人便挑，遇马便刺，如入无人之境，金营一时一片狼藉。

一名金兵慌忙跑入帅帐禀报：“大帅，有一个南蛮单枪匹马杀来了！”

粘罕大怒，走出营帐，一看是岳飞，分外眼红，提锤上马，率领韩常、平章等众将杀向岳飞，连拓跋耶乌也带伤上阵助攻。只见岳飞神威凛凛，神枪左挑右刺，连伤金兵。

岳飞瞄了一眼粘罕，见粘罕已经勃然大怒，失去理智，心想，时候到了，便把沥泉枪一摆，故意叫道：“粘罕你个胆小鬼，想以多胜少，你岳爷爷才不会上当，不跟你玩儿了！”说着，两腿把马一夹，佯装败逃，直向营门冲去。

粘罕岂容他说来就来，说去就去？一声怒吼，率领金兵追了上去。

韩常见状，心叫不好，赶紧上马赶去保护粘罕。

岳飞回头看了看，见粘罕、拓跋耶乌等人紧追不舍，眼看就要进入自己的埋伏圈，心中暗暗得意。

在半山腰的树顶上，宗欣看见岳飞“败”回，后边漫天盖地的金兵追上来，吹着胡笳，敲着驼鼓，好似潮涨浪涌，不禁着急地叫道：“完了，完了！这岳飞，不但他没命了，连我也要被害死在这里了！”

原来，他是在偶然发现王燮冒领战功之事后，暗中潜伏在王燮后面准备查个清楚的，没想到此时被卷入了战阵。

他四下看看，想要寻找一个好退路，却听得头顶一声炮响，震得山摇地动，令他差点儿从树上跌下去。

原来，王贵、傅庆等人看到金兵在岳飞的引逗下已经进入了埋伏圈，于是点燃了火药，用火炮、火箭向金兵打去，而夹道山上的王贵、杨再兴也率领部下将乱石掷下。一时间，烈焰腾空，烟雾弥漫，巨石翻滚，烧得金兵两目难开，砸得他们血肉模糊，喧喧嚷嚷，互相践踏，人撞马，马撞人，乱作一团。

韩常察觉埋伏，慌忙勒住马头，和拓跋耶乌一起，带着一队人保护粘罕从小路逃生。

只是向前没逃多远，就见牛皋手舞双锏，从一块岩石背后跃马而出，拦住了他的去路。

粘罕只好拔刀招架，可惜没战上几个回合，便被牛皋一把抓住，活擒了过去。

双方交战很快结束，岳飞带领王贵、杨再兴等一边打扫战场一边清点战利品，各处不时前来报功。

这时，只见牛皋一边策马，一边向他大喊道：“大哥，你神机妙算，果然拿着粘罕了！”

岳飞命令道：“押上来！”

牛皋得意地示意身后军士将粘罕推上来。岳飞一看，不禁大怒，叫道：“来人，给我将牛皋绑去砍了！”

左右听闻，答应一声，就要捆绑牛皋。牛皋不明所以，以为听错了，大声叫道：“大哥，为啥绑俺？”

岳飞道：“我怎么吩咐你的？现在你却中了那粘罕的金蝉脱壳之计！”

牛皋还是不解，问道："金什么蝉什么壳？"

岳飞走向粘罕，一把抹掉他脸上的泥土。众人大吃一惊，原来此人不是粘罕，而是拓跋耶乌。

岳飞向牛皋道："此人不是粘罕，而是杀害刘韐将军的拓跋耶乌！"

牛皋委屈地道："俺见他这般打扮，以为是粘罕，哪晓得他们会偷偷调换，大哥要杀俺，俺也没话说，那就请与他一同杀了吧！"说着伸出手，要求兵士将自己绑起来伏法。

王贵见状，率众军士跪下求情："大哥，牛皋活捉了拓跋耶乌也是大功一件啊！"

岳飞怎么忍心杀掉牛皋，无奈军法如山，见他们求情，方道："也罢，念你今日初犯，且饶你一次，日后若再误事，军法无情，决不姑息！"

牛皋连忙道："不会了，不会了！俺牛皋又不是糊涂人！"

岳飞点点头，转向拓跋耶乌，笑道："拓跋耶乌，好久不见啊！"

拓跋耶乌自知在劫难逃，腿一软，便一下子跪倒在地，道："岳将军饶命！岳将军饶命啊！"

岳飞冷冷道："在蜈蚣山我就饶过你一命，你还不知悔改；你害死刘韐将军我也放过你一马，但你仍一而再再而三地进犯，我现在后悔得很。来人啊！砍了拓跋，以祭刘将军在天之灵！"应声上来两名士兵，将拓跋耶乌押了下去。

拓跋耶乌大呼小叫地求饶，但无人为其所动，想起刘韐惨死，众将皆心绪难平。

岳飞看着拓跋耶乌被押下去，仰头对着天空叹道："刘将军，你在天之灵有知，末将为你报仇了！"说着，摘下头盔，悲伤地流下眼泪。王贵、牛皋等人也跟着摘下头盔，心中默哀。

虽然有数次大捷，但是跟金国的战争远没有结束，宋高宗赵构越发着急要南下迁都。

这天，临安大宋皇宫内，赵构正懒散地在御书房的卧榻上休息，一旁

的炉内燃着一些安神养气的香，四周一片寂静。他躺着闭目养神，康履则跪在一旁拿着小木槌替他捶着腿。

这时，一名宫女走进来，在康履耳边低语了几句。康履皱了皱眉，点头，轻轻将手中的木槌递给宫女，示意她继续替赵构捶腿，自己准备离开。

赵构微微睁开眼，看着康履问道："是秦大人吧？"

康履拱手道："是，陛下昨夜没有休息好，请再躺一会儿吧，老奴让他晚点再来。"

赵构摆摆手，坐起身。康履立即拿起一旁的龙袍替赵构穿上。赵构吩咐传秦桧觐见。

不多时，秦桧进来，三拜九叩道："臣秦桧叩见皇上。"

赵构端坐，道："不必多礼，汜水关一战，爱卿有何看法？"

秦桧答道："回陛下，汜水关一战，宗泽大人凯旋，此乃陛下恩泽深厚，福荫护佑。"

赵构笑道："那你的意思是，这一仗我军将士是必胜无疑，无论是宗泽还是刘光世、韩世忠，随便哪个将军出征都能打胜的？"

秦桧拱手长揖道："微臣不敢。宗泽大元帅体恤军情，爱护将士，确实有过人之处，但何妨云影杂，榜样自天成，臣以为，这都是皇上修身养德所致。"

赵构明知道秦桧在拍马屁，但这马屁拍得他浑身舒坦，于是爽朗一笑道："秦爱卿的一席话，让朕豁然开朗，好似吃了补药一样啊！"

秦桧忙道："臣句句肺腑之言，句句肺腑之言啊！"

"那接下来朕应该怎么做？"

"臣以为，这宋金两国开战日久，金人一直认为我军将士不善战，这一仗给了他们一点下马威，让他们也尝尝苦头。"

"那你的意思是我们要乘胜追击？"

"不，金人之所以会败，并不是他们的步兵不骁勇，骑兵不威猛，而是他们太自以为是，轻敌所致。这一仗给他们提了个醒，接下来的仗就没那么好打了。下一次他们再打过来，为臣担心的可是大祸临头啊！"

赵构听他分析得头头是道，不无焦虑，道："这可如何是好？那……那朕应该趁这个时候，尽快南迁，秦爱卿，你看可否？"

秦桧道："臣以为是！"

赵构听了点点头，越发坚定自己偏安一隅的想法。

那秦桧看他对自己言听计从，不禁露出得意的一笑。

觐见完皇上之后，他从皇宫大内出来，匆匆来到一家酒楼的雅间内，并派人去请自己的夫人也来这里。

原来，他要在这里宴请自己当初的恩师汪伯彦，因为没有他就没有自己的今天。

不一会儿，王氏也来到了包间内，见桌子上放着点心和水果，抓起来就吃。

秦桧急忙阻拦道："老师还没到，不要无礼！"

王氏道："在五国城的时候，饿了还没得吃呢。"说着依然大口大口地吃。

秦桧看着，对夫人的变化有一些感慨。

这时，一个下人唱喏道"汪大人到"，只见汪伯彦从外面走了进来。

秦桧连忙起身拱手叫道："老师。"

汪伯彦一边回礼一边道："秦桧，秦夫人，你们太客气了，应该是我请你们才对。"

秦桧道："岂敢，岂敢，我敬老师一杯。"

说着，三人入座，觥筹交错。

秦桧屡屡举杯向汪伯彦敬酒："学生能有今天，多谢老师提携。"

汪伯彦客气，回敬道："举手之劳，举手之劳。秦桧，你现在正得皇上恩宠，日后老夫还得仰仗你提携呢，哈哈哈……"

秦桧道："学生南归，皇上以桧为奇，学生的恩宠是一时的，不像老师，三朝元老，是朝廷的顶梁柱，皇上对老师才是真正的倚重。何况当日若没有恩师那块玉佩，学生早就死定了！"

汪伯彦道："说那么多干吗？干杯，干杯。"说着三人再次干杯。

只见王氏嘴上也不多说话，只忙着用手抓着东西往嘴里塞。

汪伯彦看着她，笑道：“夫人近来气色可好多了。”

王氏一边吃一边应道：“嗯，还是家里好，金人那边，哪是人待的地方，打死我我也不要再去了！”

秦桧看着她满嘴的食物，歉意地冲汪伯彦笑笑，道：“老师，夫人在北边习惯了，见谅。”

汪伯彦看了看秦桧，一语双关地笑道：“是习惯了啊！听说，你现在在皇上跟前也习惯为金人说话呢。日后金人占了天下，你可不能忘了为师啊！”

秦桧连忙道：“哪里哪里，学生哪有那么大能耐。不过，老师馈玉之恩，秦桧即使再被抓到五国城也不会忘记的！”说着，二人对视，心照不宣，哈哈大笑。

汪伯彦看着秦桧，叹了一口气，道：“秦大人如今可是今非昔比啊，想听到秦大人说一句实在话，比以前要难多喽！”秦桧忙不迭地说着“老师见外，老师见外”的话，端起杯子和汪伯彦喝在了一起。

第二十六章

修皇陵韬光养晦

粘罕被岳飞杀得不敢妄动，但是岳飞的兵力也不足以全歼金兵，战事陷入胶着。

转眼间，宗泽元帅七十大寿来临，在留守府大厅大摆酒宴，犒赏三军。

岳飞、张宪、王贵、牛皋一干人等刚大捷而归，特来贺寿。

宗泽满面红光，举起酒杯向众人道："今日虽是老夫寿辰，但更应该是替诸位办的庆功酒。汜水一战，全军团结一心，大获全胜，老夫先敬各位将军一杯！"

众人纷纷谢过宗元帅，大家同干一杯。

宗元帅喝完一杯后，又倒了第二杯，却沉吟了半晌，才冷冷道："这第二杯嘛，我要敬王燮王将军。"

王燮不知大祸临头，依然客气道："末将不敢。"

宗泽冷冷道："王将军，你可知道我要敬你什么？"

王燮听后一怔，心里咯噔一下。

杜充赶紧向他看过来，不知他哪儿又惹着宗元帅了。

只听宗元帅一字一顿地道："我要敬你胆大包天，厚颜无耻，冒功领赏，触犯军规！"

听闻此言，满座皆惊。王燮扑通跪下，喊道："冤枉啊，宗元帅明察！"

杜充连忙问道："宗元帅，王将军一直忠心报国，您何出此言啊？"

宗泽早已胸有成竹，宗欣在王燮营中暗查数日，早已掌握了确凿的证据，了解了事件经过，此时见王燮装糊涂，便冷哼一声，道："杀退金人大军，都是先锋岳飞以及他带领的八百壮士的功劳，王燮不图杀敌，反而蔽贤冒功，朝廷正在用人之际，岂容奸将埋没人才，以至赏罚混乱？前次打曹成，他救援不力，已饶他一次，这次岂能再放他一马？按照军规，推出去斩了！”两名士兵听命，便上前押送王燮。

王燮连忙跪下，抱着宗泽的腿求饶道：“宗元帅饶命啊！末将再也不敢了！杜元帅，救命啊！”

杜充看着他道：“你做出这种事情，皇上也救你不得呀！别说杀头，就是杀你三次，也不足以平息众怒！不过……”

众人看向杜充，不知他要卖什么关子，只听他向老元帅劝道：“不过，宗元帅，眼下正是用人之际，念在王燮昔日多有战功的分儿上，且饶他不死吧！”

宗泽道：“国有国法，家有家规，怎能视军法如儿戏？”

杜充笑道：“金人未退，阵前杀将，我怕寒了众将士的心啊！”

宗泽冷冷道：“若不杀他，那才叫寒了众将士的心吧！”

杜充依然笑道：“杀则重，罚则轻，不如不轻不重，打四十军棍，皆大欢喜。”

老元帅听后，知道他要护着自己的心腹，皱眉不言。

岳飞看到老元帅有些为难，毕竟杜充是朝廷钦命的副元帅，宗元帅也拿他没办法，要是杜充非要和宗元帅针对起来，恐也不好，于是拱手向老元帅说道：“宗元帅，想那王将军也是报国心切，又急于立功，才犯下这糊涂大罪，请饶他一命吧！”

听闻此言，王燮很是意外，自己多次给他难堪，没想到他会替自己求情。

宗元帅也感到很意外，不知岳飞有何用意。

岳飞见老元帅依然犹豫不决，道：“宗元帅，如今是抗敌之关口，正是朝廷用人之时，还望元帅网开一面。”

杜充忙道：“宗元帅，岳飞所言极是……”

宗泽无奈，摆摆手道：“既然岳飞给你求情，老夫就网开一面，四十军棍就四十军棍！”士兵闻命，带王燮下去执行军法。

虽然死罪已免，但在全军将士面前被杖责，王燮心里极是不服，一边

不断地惨叫，一边愤恨地盯着岳飞。

宗泽老元帅庆完自己的寿辰，第二天一大早起来在院中习剑，吩咐下人将岳飞请来。不多时，岳飞从外面走了进来。

宗泽看到岳飞，再练了几个套路方收势。岳飞在旁边看着，不由赞道："来如风雷震四宇，罢若江海凝清光。宗帅好剑法！"

老元帅一边收起手中宝剑一边笑道："昨夜高兴，多饮了几杯，今日一早起来就觉得头晕，看来不服老不行啊。"

岳飞拱手道："老元帅驰骋沙场，雄风不减当年，吾等晚辈自觉惭愧。"

老元帅开怀一笑，忽然脸色一正，道："岳飞，你可知道我一大早找你来是为了何事？"

岳飞肃然道："请元帅赐教！"

老元帅看着他，良久不语，最后叹了一口气，道："岳飞，你还年轻，不知道这官场上的事情可比战场上要复杂得多。昨日我明知王夑知法犯法，冒领军功，却故意放他一马，你知道这是为了什么吗？"

岳飞看着老元帅，默默摇了摇头。只听老元帅接着说道："杜充虽为我的副将，可是此人城府极深，且在朝中人脉深厚，根基稳固。有人告诉我，杜府夜夜笙歌，灯火通明，招待之人俱是朝中重臣，亦有商贾权贵。由此看来，这杜充为了自己的身份地位，可是下了不少功夫啊！"

岳飞终于明白了老元帅的苦衷，叹了一口气道："这王夑倚仗在杜充麾下谋事，便胡作非为，做出冒领之事，依照我朝律法，该从重严办才是，但是……"

老元帅不等他把话说完，愤然道："话虽如此，但眼下正是朝廷用人之际，责罚王夑，我和杜充便有了争斗的口实，必然导致军心大乱，将恐引发朝廷动荡，故而老夫只能委屈你了。"

岳飞拱手道："岳飞明白，老元帅大人有大量，个人私怨不过是一时之快，如果动摇了军心国本，我岳飞就成了千古罪人了！"

宗泽喟然长叹一声，道："我想，眼下杜充还会盯住你不放，他是主和之人，难免会和你起冲突。我刚接到皇上的密令，要重修凌烟阁，我便大力举荐，将你岳家军派往皇陵。”

岳飞听后纳闷，便问道：“让我去修皇陵？”

宗泽点点头，道：“对。这皇陵乃皇家根基、社稷之本，派你去老夫放心。更何况，我担心如果你留在军营之中，杜充和王燮迟早会借机生事。你年轻气盛，难免会中他们的招啊。”

但岳飞实在想不通，大敌当前，放着好好的仗不让打，却派自己去修什么陵墓，别说大材小用，即使自己才能堪当，但也不是时候啊，于是不服气地道：“话虽如此，可是此时大敌当前，末将更愿在前线杀敌！”

宗泽见他不解自己的良苦用心，便不容置辩地道：“在皇陵也能为国尽忠。你作好准备，随时听候老夫调遣。现在将你派出机动在外，老夫行动会更加方便。”

岳飞听闻，知道再无回转余地，便拱手相拜，领命道：“末将定不负大帅所托！”

粘罕率领十余万兵马南下，却不想被岳飞以区区八百人击败，消息传到金太宗耳里，顿时龙颜大怒，不仅撤了粘罕的职，还发誓不破南宋决不还师，当即派遣金兀术接替粘罕为帅，率领铁浮屠南下。

几天后，金兀术率着数万精骑，带着他的铁浮屠，雄风浩荡，一路南下，很快就到了粘罕营地。

这天，粘罕趴在自己营帐的行军床上，一名军医为他治着箭伤，军医稍微动一下，他便感到疼痛难忍，一阵大骂，甚至推开军医，挣扎起来，抓起酒杯等器物砸向军医。

军医踉踉跄跄逃了出去，粘罕正气鼓鼓地心生烦躁，此时，韩常带着金兀术进来。

金兀术看到方才那一幕，不禁冷笑了一声。韩常轻轻叫了一声“大帅”，粘罕却头也不抬，怒喝道：“滚开，别烦我！”

金兀术见状，笑呵呵地上前要同他说话。粘罕正待发作，突然抬头一看是金兀术，不禁一怔，纳罕道：“你怎么来了？”

金兀术笑道：“陪你喝酒啊，你看谁来了？”说着回头看了看。

翎妃听到金兀术的声音便从外边跑了进来，冲粘罕叫道：“哥哥！”粘罕叫了一声“翎儿”，两人拥抱在一起。

粘罕久久地打量着自己的妹妹，笑道：“老四没有欺负你吧？”

金兀术在一旁笑道：“她是粘罕的妹妹，谁还敢欺负她呀！”

翎妃故作嗔怒地看了看金兀术，然后转向粘罕，撒娇道：“哥哥，你看他现在不就是在欺负人吗？”

粘罕听到哈哈大笑，心里替妹妹和金兀术高兴。

翎妃看了看粘罕身上的绷带，问道：“哥哥，你的伤怎么样？”

粘罕摆摆手说不碍事。

翎妃心疼地道：“哥哥，你别这么糟蹋自己，你的伤不轻，需要好好治疗，这次，兀术来了，你就别操心了。”

粘罕一听，心里一时五味杂陈，看着金兀术道：“看来皇上是让你来接替我的？”

金兀术坦然笑道：“皇上让我接替大统帅之职，命你回京疗伤。”

粘罕听了，一阵难过，悲愤地大声笑道：“见我打了败仗，就立马让我滚蛋，这是哪门子的规矩！我不走，不杀了宗泽和岳飞，我死也不走！”

金兀术见他这样，知道他心里难受，便安慰道：“大哥，你别这样，咱们都是手足兄弟，你的仇人就是我金兀术的仇人，我一定会为你夺下汴京，为你报仇！”

粘罕听他如此说，又看看自己的妹妹，心里不无感动，紧紧握住金兀术的手，泪水不由得滑了下来。

粘罕努力平静下来，轻轻拍了拍金兀术的手，道：“不说这些了，不说这些了。”说着，拉金兀术和翎妃坐下来，又吩咐韩常去准备些好酒好菜，他要为自己的妹妹和妹夫接风洗尘。

韩常很快准备好了酒菜，粘罕吩咐手下大将一起来参加，一则为四皇子和自己的妹妹接风洗尘；二则也让他们迎接新元帅。大帐内觥筹交错，众将士大块吃肉，大碗喝酒，频频向四皇子敬酒。

粘罕心中失落，却故作豪迈，与众人喝了一圈又一圈。

翎妃看着自己的哥哥这样，心中也甚是难过。金兀术知道她心中难过，屡屡拍她的手以示安慰。

很快粘罕就醉倒了，金兀术命令两个士兵扶他下去休息，也吩咐翎妃下去照顾自己的哥哥。翎妃知道他还有话要说，自己不便逗留，于是起身告辞。

金兀术见粘罕和翎妃已经下去，慢悠悠地将手中的羊腿吃完，喝了口杯中酒，轻轻咳嗽一声，一脸肃杀地端坐在那里。众人见状立马安静下来。

只见他手指在桌案上轻轻敲着，看着大家，却不说话，众人不由得紧张起来。沉默良久，金兀术方缓缓道："你们说，咱们此番喝酒是为了什么？"

一名金将答道："给四皇子接风洗尘！"金兀术笑着，摇了摇头，道："是吗？韩常，你说呢？"韩常听见金兀术点自己名，惶惑地答道："四皇子接任统帅，将士们开心。"金兀术听过沉吟不语。那些将士见猜不着四皇子的心意，无不紧张惶恐，一阵静默和尴尬。

哈迷蚩见状打破沉默道："还请四皇子见教。"

金兀术突然笑了笑，看着众人，冷冷道："你们说得大错特错！你们喝酒，是因为你们在汜水关打了败仗！你们的心像你们的大帅一样乱了，怕了，不敢向前了！"

众人一听，纷纷站起来，向金兀术表态道："末将宁可死了，也要杀到汴京，杀了宗老匹夫，报这一箭之仇！"

金兀术等他们哄闹的声音平息下来，看着他们，说道："你们说要打败宗泽，为汜水关一战报仇的关键是什么？"

众人面面相觑，更是摸不着头脑。金兀术见他们再次莫衷一是，不禁恼怒，大声道："轮着说！韩常，你先来。"

韩常再次被点名，更加不知所措，吞吞吐吐地道："我、我们只是被南人偷袭了而已，下次决不会再发生这种事！"

金兀术听后，不紧不慢地摇了摇头，看向自己的得力干将夏金乌。

夏金乌见四皇子看向自己，便泰然自若答道：“宗泽有地利之便。”

金兀术依然不满，看向自己的军师哈迷蚩。哈迷蚩拱手道：“宗泽德高望重，三军愿意为之所用。”金兀术听后笑笑，依然摇了摇头。众人实在不解，一起向他请求道：“还请四皇子明示！”金兀术这才一字一顿地说了出来：“关键是一个人——岳飞！”众人听过，一阵安静，无不默然承认四皇子说得对。这岳飞不简单，敢以八百之人抵挡金人十万大军，绝对是金兵南下的心头大患。

此时，岳飞正在去往巩县修陵的路上。经过几日跋涉，这天，岳飞率领牛皋、张宪、傅庆、王贵、杨再兴一干人等驱马来到巩县陵寝。

那些守陵官员早已接到消息，列队候接，恭迎岳飞等人。

岳飞见状，赶紧下马与这些官员施礼。只听这些官员说道：“巩县老小早就盼着岳将军来了！”

岳飞拱手道：“还要烦请各位，为岳某安排设案祭拜。”那些官员说早就安排好了，然后带着他们去祭坛前祭拜了一番，随后各自离去。

第二天一大早，岳飞把大家集中起来，让他们先随便转转，熟悉熟悉环境。

虽然岳飞已经将老元帅的用心给大家讲了，但众人依旧不大明白。

只见张宪看了看毫无生机的陵寝，喃喃道：“唉，这一趟也不知道是来对了，还是来错了。”

牛皋听他抱怨，直接嚷道：“上战场，咱们是死活人！保陵寝，咱们是活死人！”

傅庆怕他还要说出什么不好听的，赶紧打断道：“你这一张牛嘴，没个把门儿的，你不知道你在说什么吧？”

牛皋不服道：“不是吗？上了战场，早晚要倒下去，不是死活人是什么？到这儿来，只比这些死人多一口气儿，不是活死人是什么？”

岳飞见他们争吵，再次警告道：“皇陵乃是国家社稷命脉，国之大业根基。我等当不负圣望，竭力尽心，敢有试法违命者，重罚不赦！”

王贵应道：“大哥，你放心吧，咱们岳家军不会给您丢脸的。”

张宪点点头，道：“王贵兄弟说得是，我们都会遵从大哥的。不过，我倒是有些别的担忧……”

岳飞知道张宪一向心思机敏，便问道：“担忧什么？”

张宪这才说道：“大哥被派到这里来驻守皇陵，全国张榜公布，我想金寇也肯定会知道您在这里，还有曹成那帮贼寇，肯定会知道您远在巩县，弄不好会骚扰您的汤阴老家，我担心伯母和嫂子会有危险。所以，我想大哥还是把家眷都接到这里，暂住一时，以免后患。”

不提倒还好，一提，岳飞更加想念母亲、孝娥，还有岳云他们，便答应道：“这主意甚好，只是我刚到皇陵，不便抽身，王贵，你替我走一趟吧！”

王贵领命就要出发，杨再兴欲言又止，几次三番，终于道：“大哥，我也想和王贵兄弟一起出发，连夜赶往汤阴，把大哥的家眷接来巩县皇陵！”

岳飞听他请命，有些意外，他明白杨再兴想趁此机会与母亲化解一下恩怨，但这个时候不知合不合适，于是有些犹豫。

牛皋心直口快，在一旁劝道：“大哥，你就让他去吧。”

岳飞看着杨再兴，向他点点头，道：“也好，再兴，你和王贵带一队人马赶往汤阴，今日起程，速去速回。”

杨再兴、王贵二人领命，点了一队人马奔向汤阴。

这天，汤阴县一处乌烟瘴气的赌坊中，人头攒动，“招财进宝”的牌匾下，赌坊老板饮着酒，看着眼前之状，志得意满。

赌坊中央，一个老无赖正满头大汗，盯着赌桌上的银子，此人不是别人，正是岳飞的舅舅姚衮。

这姚衮自从偷了岳翔的盘缠后，竟偷上瘾了，过两天便去姐姐家顺点东西出来赌，也不关心姐姐失去儿子的心痛。今天他又输了，那老板见他已经输红了眼，劝道：“姚衮兄弟，你今天手气太差，还是别玩儿了。”

姚衮却不服，道：“那不行，今天我非把本儿给捞回来不可。”说着

从袋子里拿出十两银子，道，“十两银子，我就赌这一把。”

老板拿起银子，放在眼前看了一眼，再看看姚衮，笑道：“你来十两银子？好，痛快！爽气！赌得越大，赢得也越多，不过嘛，要是输起来，也输得快。如果你要赌，就十两下一注。赌大还是赌小？”

姚衮盯着赌桌，脸涨得通红，一时不知还要不要赌，心里有些忐忑。众人见状，在一旁起哄，让他赌“大”。

老板见他犹豫不决，激将道：“姚衮兄弟，我看你还是别赌了，十两银子对我来说不算什么，对你可不是个小数目，你还是回家去吧！”

姚衮经他这么一激，咬了咬牙，把银子往赌桌上一拍，叫道：“好，我赌大！你快点儿开！”

老板乜斜着他，笑了笑，摇晃着赌筒，道：“我要开了啊，要开了啊！”将赌筒一按一开。只见那些骰子点数加起来是小，老板便对姚衮道：“姚衮兄弟，我说了你今天运气不好。”说着便要把姚衮面前的十两银子收走。

姚衮已经输红了眼，连忙抢过银子，叫道：“你们这赌坊不规矩，这一把不算！”

老板怒喝道：“姚衮，你这是干吗？”

姚衮知道自己惹怒了老板，弄不好便要吃不了兜着走，便柔声细气地说道：“丁二，丁掌柜的，我这钱是打我姐姐那儿偷来的，她要是知道了，非把我打死不可。要不，就当我是借你的，看在我们多年的交情，您大人有大量，容我一回。下次，等我有钱了，连本带利一并还你。”

老板冷笑道：“赌桌上无父子，谁和你套什么交情！没钱还，到我这赌局寻乐子不成？赶紧把钱留下，人快滚蛋！”

姚衮见老板软硬不吃，趁他不注意，撒腿就跑，却被一旁早就防着他的几个壮汉给逮住了。

老板咬咬牙，吩咐他们往死里打，好让这姚衮长点儿记性。

那姚衮被这几个大汉一顿乱打，一边哀号一边叫道：“哎哟妈呀，你们敢打我，我外甥可是在京中做大事的，一旦回来定不饶你们！”

此时，王贵和杨再兴从外面进了赌坊，只听到姚衮跪在地上可怜求饶的呼救声。

老板道："姚衮，你在我这儿耍了多少回无赖了，我都饶过了你，今天你还敢耍无赖，我想是该给你长点儿记性了。给我狠狠地打！你个没出息的家伙，看你还敢不敢耍泼皮！"

王贵看了看，对杨再兴道："你看，那就是大哥的舅舅姚衮，他果然在此。"

原来，他们二人刚刚抵达汤阴，路过赌坊，王贵心想，如果先找到岳飞的舅舅，借着人多，岳母一定不会为难杨再兴，这不，进来就看到了这一幕。

杨再兴听了王贵的介绍，大喝一声："住手！"

老板见眼前这两个人来势汹汹，赶忙喝住手下，谨慎道："两位军爷，要赌就请上座，这点小事就不用管了吧？"

杨再兴一脸怒气，掀翻赌桌，道："你打了我的朋友，我当然要管！"

姚衮早就从地上爬了起来，看了看杨再兴，不认识，嘟囔着"朋友？我怎么不认识"。

王贵将他拉过来，向老板问道："他欠你们多少银两？"

老板道："连本带利二十两。"

姚衮"呸"了一口，仗着自己有人撑腰，大声嚷道："刚才那注明明就是十两，况且你们出老千，还敢要二十两！好汉，他们出老千，这是黑店，砸了它！"

赌坊老板见他如此嚣张，十分恼怒，领着手下壮汉，便要冲上前来厮打。

王贵连忙笑道："老板，我给你银子就是，大家都是乡里乡亲的，何必弄得水火不容？伤了和气。"

老板道："这才像句人话。"

姚衮却叫道："不能给啊，给了还不白白便宜了他们！"

王贵不理睬他，只管拿出银子，递给老板，交代道："这是二十两银子，以后莫要他进来便是。"

老板笑了笑，道：“好，银子我收下。”说着收了银子，转头冲姚衮骂道，“姚衮，算你小子走运，今天就到此为止，还不快滚？”

姚衮早被打得满身是伤，不能走路，杨再兴和王贵搀扶着他，走出赌坊。

姚衮走出来，不好意思地笑笑，问杨再兴、王贵可曾吃饭。王贵一听，明白了，敢情这老无赖不但欠了人家赌债，可能连肚子都饿了一天了，于是拽着他来到一家饭馆。

只见姚衮狼吞虎咽的，一口气吃了三碗，还不见饱的样子，王贵便吩咐小二再给他切半斤牛肉，他感激地笑道：“多谢多谢，今天我姚衮真是遇上贵人了。你们真是我外甥派来的人？”

原来，方才在他吃面的当儿，王贵已经将他们的身份对姚衮说了，王贵见他再次问，就对着他的脸说道：“在下王贵，在岳大哥军前效命。”

姚衮此时已酒足饭饱，才有力气认人，不觉大吃一惊，道：“王贵？好久没见，你都变样了。”

杨再兴拱手向他介绍道：“在下杨再兴。”姚衮听到这个名字，嘴里的半口酒差点儿喷出来，原来自己的姐姐伤心了半年，敢情这仇人就在自己面前啊，于是问道：“你说你是杨再兴？岳翔可是死在你手上？”

杨再兴坦然道：“正是。”

姚衮冷冷道：“那你还敢来这里？我姐姐一听到你的名字，牙根儿都能恨得咬掉。”

王贵在旁边说道：“如今岳大哥早已把杨再兴收到军中，现在我们一同为国效命。”

姚衮冷冷道：“看在你今天搭救了我的分儿上，我倒是不和你计较。”杨再兴站起来向他道谢。

他看着王贵、杨再兴，心想他们二人不会无缘无故来到汤阴，便问道：“你们来找我，是不是我那外甥有什么吩咐？”

王贵答道：“如今岳大哥奉皇命镇守皇陵，修建凌烟阁……”王贵还没说完，姚衮就高兴地叫道：“不得了，我那外甥果然出息，都捞上这样的好差事了！”

王贵继续道："岳大哥派我二人来，就是想把岳母和一家老小接到巩县皇陵，也好老幼团聚，共享天伦。"

姚衮连忙点头，心里已经在琢磨着自己是不是也可以捞点油水。

杨再兴知道这件事对自己是个考验，连忙向姚衮请求道："姚老伯，你现在就带我们去岳家吧。"

姚衮却摆起了架子，道："不着急，不着急，眼下我还有些要紧的事没办呢。"

杨再兴和王贵互相看看，不知道这老无赖葫芦里卖的什么药。见他依然慢条斯理的，杨再兴急道："姚老伯，要是曹成知道岳大哥镇守皇陵，定会派人来骚扰家眷，此处不宜久留，我看，你，还有大哥的家人还是早些离开这里才是。"

姚衮这才慢慢道："我也想早点儿走啊，不过，我在外面欠了人家一点银子，要是不还清就跑了，人家会骂我一辈子的，我可不想被人在背后骂一辈子。要是你们谁宽裕，再借我五十两，我先把这事了了，剩下的事情都好办。"

杨再兴见他狮子大张口，有些犹豫。

姚衮见他们犹豫，笑道："你们放心，我外甥都揽上修皇陵这样的好差事了，以后他一定会替我还给你们的。"

王贵无奈，答应道："好吧，这银子就算是我们借的，不过，你办完事，快点儿带我们去见岳妈妈和嫂子，也好早些上路。"

姚衮欢天喜地地说着"好说好说"，接过银子，便一溜烟跑了。

汤阴县，岳飞老家。

李孝娥和小慧正在纺车前纺着布，岳母在一旁缝衣服，岳云和安娘围着岳母逗玩。这时，只见姚衮急急忙忙走了进来，一边走还一边大声叫着："姐姐，姐姐，看看我带谁回来了？"

原来，这姚衮让王贵和杨再兴一阵好等，最后在一个小赌摊上把他逮个正着，这才让他在前面带路，来到了岳飞家。

岳母本来听到自己弟弟的声音就没好脸色，抬头一看，弟弟果然带着个人，此人不是别人，正是王贵。

李孝娥早已看见，连忙起身迎接："原来是王贵来了！"

王贵连忙拱手作揖，道："嫂子！"又转向岳母施礼，"王贵拜见大娘。"

岳母大吃一惊，道："哎呀，王贵，你怎么来了？岳飞呢？"王贵答道："大哥奉命在巩县守皇陵，特让我来接你们。"

姚衮笑嘻嘻地插嘴道："姐姐，我这外甥可出息了，守皇陵啊，这等好事总算落在我们岳家头上了。姐姐，你可要享大福了。孝娥，你成天惦记着岳飞，这回你们终于可以一家团聚啦！"

李孝娥听后欣喜万分，激动地握着岳母的手。岳母拍拍李孝娥的手，也很高兴。

王贵顾左右而言他，道："大娘，您老人家身体可好啊？岳大哥总是挂念，说自己不能在家侍奉，惭愧至极啊。"

他实在不知道后面该怎么办了，要是当初不答应带杨再兴来就好了，可是既然都已经来了，现在该如何是好呢？

岳母听王贵如此说，掩饰不住自己的自豪，道："他保家卫国，日夜操劳，难得还记挂着我这老婆子，所幸我这儿媳贤惠淑德，这家里老老小小都靠她了。"

李孝娥见岳母又要夸自己，急忙阻拦着不让她再说。岳母知道儿媳怕自己当着人面夸她，于是转向弟弟和王贵道："来来，你们都累了吧？赶紧歇着，我让孝娥给你们预备饭菜。"

姚衮见时机已到，便回身叫道："杨再兴，你躲在后面干吗？还不快给我姐姐叩头！"

杨再兴听到叫他，这才从廊柱下走了出来，低着头一路走到岳母面前，跪下叩首道："杨再兴拜见大娘。"

岳母再次大吃一惊，脸上立马由晴转阴，冷冷道："是你？我受不起你这礼！"

王贵忙道："大娘，您有所不知，如今杨再兴已在岳家军效命，这次岳大哥派我们来，就是接您一家老小前往巩县的。”

岳母不禁冷笑道：“接我们去巩县，这是好事，可为什么偏偏要派他来？！巩县路途遥远，我不去了！”

李孝娥一时也不知所措，听到岳母断然回绝，心头一下子犹如泼了一盆冷水。

杨再兴更是惶恐不安，低声叫道：“大娘……”

岳母看了看他，冷哼了一声，道：“这大娘可是你叫得的？”

杨再兴跪下来，语无伦次地请求道：“伯……大娘……您别生气，我……”

姚衮见情势不对，赶紧走过去扶着岳母，劝道：“姐姐，别生气了，还要赶紧收拾东西，去享外甥的清福呢。”

岳母正在气头上，也不可能说转过气就转过气来，对着弟弟没好声色地道：“你这是什么浑话！我儿子驻守皇陵，那可是皇家圣命，我们这一家老小过去，岂不是拖累了他？”

王贵见岳母固执，想了想，便想如果将岳飞最担心的情况说出来，他们母子连心，也许会打动岳母，便道：“大娘，岳家军驻守巩县的消息已经昭示天下，岳大哥是怕敌人趁他远在皇陵，对你们暗下毒手才让我们来接你们的啊。临行之时，他再三嘱咐我们，务必要把家眷安全接到巩县。”

但是依旧没取得什么效果，只听岳母冷冷道：“好了，你们别劝我了。”

杨再兴忙道：“岳大娘可是因为我而驳了岳大哥的好意？”

王贵赶忙拦住杨再兴，示意他不要说话，怕他越说越惹怒了岳母，但杨再兴还是继续说道：“大娘，我知道我这等罪人不该踏进您岳家的府门，更不该奢望您老人家会给我半点好脸色，不过，岳大哥的好意大娘可千万驳不得啊！和岳家老小的一家安危相比，我杨再兴一条贱命又何足挂齿……”

岳母咬牙切齿道：“你是一条贱命，可我家翔子不是，你拿什么还我家翔子一条人命？！”

岳母越说越激愤，流下泪来，一时不能自已，李孝娥连忙上前搀扶着她。

杨再兴看着她，再次跪下请求道：“大娘，我杀了岳翔兄弟，罪该万死，不求您老人家原谅，您老人家要杀要剐，我杨再兴绝无二话，只是

我临行之时向岳大哥发下誓言，定要将岳家老小护送到皇陵。到了皇陵之后，您再处置我不迟，您跟我们走吧，这里真的不能久留。”

岳母置若罔闻，对着李孝娥轻声道：“孝娥，我累了，扶我回房。”

王贵见状，心里一凉，连忙叫着大娘，但岳母不理不睬，径直走进内室。

李孝娥向他示意，表示自己会尽量说服岳母。

李孝娥扶着岳母走进了岳母的房间，岳母坐在床沿儿上，没了精神，只管生着闷气，既想去和儿子团圆，又气岳飞派杨再兴来接。

一连几天，岳母大门不出二门不迈，窝在自己的小房间里生闷气。

这天，李孝娥再次端着一碗饭食来劝岳母吃饭，岳母还是只吃了几口就懒怠吃了。李孝娥看到，想了想，鼓起勇气道：“娘，别怪儿媳多话，杨再兴杀了翔子是真，可他也是真心悔过啊，已不再是作恶多端的匪寇了。岳飞既然已经收了他，您就别跟他过不去了。您现在这样，岳飞也会为难啊！”

岳母叹了一口气，道：“岳飞这孩子不懂事，派他来干什么！”

李孝娥安慰道：“娘，岳飞也是一片苦心啊。再说了，您去了巩县，迟早也要面对杨再兴的啊。”

岳母道：“我就待在这儿，哪儿也不去，要去，你和孩子们去。”

李孝娥一听，心里又一慌，无奈道：“娘，那好吧，如果您要是不去，我也不去了，让岳飞一个人过吧！”

“那好，你去回了他们！”

李孝娥低声应了一声“哦”，就要出去对王贵、杨再兴说，她们不去巩县了。

岳母看到李孝娥有些失魂落魄，便笑了出来，道：“瞧你急的，我知道，你们夫妻好些日子没见了，我老婆子要是再不答应，那也实在太不通情达理了。好了好了，早点儿回去休息吧，养足了精神，好去见飞儿！”

李孝娥一听，心花怒放，岳母已经答应了，突然发觉自己有些失态，娇羞地向岳母一笑，从她房间告辞出来。

第二天，王贵、杨再兴二人便带着岳母、李孝娥她们一家老小出发，直向巩县陵寝而去。

一路上杨再兴十分殷勤，希望岳母能原谅自己，但岳母仍是对他冷眼相对。

经过几天辛苦跋涉，这天，他们终于来到了皇陵。

岳飞早已看见他们一行人进来，连忙从房中奔出，跑到岳母面前，跪下道："孩儿不孝，未能亲自来接，让您受苦了。"

岳母看到自己的儿子，激动不已，扶着岳飞起来，道："好了好了，起来吧！"

岳飞扶着岳母，转身面向前些天他们翻新的房子，说道："娘，您看这新屋，刚建好的，我带您看看。"

岳云站在他们后面高兴地叫道："对啊，奶奶，您看这多大啊，比咱们家大多了。"

王贵见状，赶紧把岳云带到一边玩去了。

岳母看了看岳飞和李孝娥，心中会意，跟着小慧先进房间休息去了，门口只剩下岳飞和李孝娥二人。

他们相互凝视着，好半天不知说什么。

李孝娥笑道："难道就让我一直站在这儿，不让我进去了？"

岳飞这才清醒，拍了自己额头一巴掌，带着李孝娥走进房间，道："这个房间是我亲手布置的，你看！"

李孝娥看了一眼岳飞，又环顾着房间，明白岳飞的苦心，却故意逗他，说道："看什么啊，你看还是这么乱。"说着，就动手收拾起来，发现书下面放着一个镯子，拿起来看着岳飞。

岳飞将镯子拿过来给李孝娥戴上，发现李孝娥手很凉，觉得很对不住她，说道："手好凉，你受苦了。"

李孝娥不说话，默默地看着他，看着看着，两个人忍不住笑了起来。

只见窗外，远处的田园风光旖旎，天色正好。

第二十七章

不避亲赏罚分明

岳飞的舅舅听说自己的外甥主持修建皇陵凌烟阁的事，也没少“操心”。

他琢磨来琢磨去，发现外甥修建凌烟阁还缺个测绘制图的，竟然不辞辛苦找到了颇有名望的建筑测绘师柳仙老先生。他们一路跋山涉水，经过几日辛劳，终于赶到了岳飞所部营地。

刚到营门，柳仙就抱怨道：“瞧你给我介绍的这个苦差事，半两银子还没见到，就已经浑身风尘仆仆。”

姚衮道：“我不是和你说了吗？这修缮皇陵可是朝廷的大事，我那外甥岳飞受命监管，保护皇陵安全。”

柳仙艳羡道：“那可是肥差啊！”

姚衮笑道：“你总算是开窍了，我跟你说啊，回头你看风水的时候，多要点银子，别那么小家子气。事成之后，咱们俩该怎么分，你可要明白啊。”说着带了柳仙走进营地。

岳飞等人早已等着他们了，还未来得及跟家人见面，姚衮就奔上前去邀功道：“诸位，你们看我把谁给请来了？这位营造师傅姓柳，人称楼中仙柳，若想起高楼，必然要请楼中仙柳。”

岳飞忙起身见礼道：“久仰久仰，柳大伯请坐。”

姚衮介绍道：“柳师傅经手造的楼至今还没听说过有修补过或是坍塌了的，汴京的‘樊楼’，大图就是他老人家起的稿。这次，皇陵造楼一点马虎不得，所以舅舅把楼中仙柳给你搬了过来，要怎么盖楼、怎么付账，你们双方直接谈。”

岳飞并不懂行情，更不知这柳仙在建筑业界是何许人也，但难得舅舅如此热情，又主动请命请来了这个师傅，于是开门见山地向柳仙说道："是这样的，宫里的确要我们在园林里找一块地方起一座凌烟阁，不但要把皇族先人迁葬此地，而且还要把功臣烈士也迁葬此处，以示当今万岁不忘本、不争功。说是要拨五千两银子的工费，可是至今尚未收到分文，我们请先生来商量商量，您是否可以先勘地再作图，等两三个月，款项陆续到齐，就可以开工造楼了。"

柳仙一听，银子还是没影的事，便捋着黄毛须沉吟道："说起来嘛，这也是为朝廷效劳的事，与其拿它当生意谈，不如拿它当差事谈，老夫愿意先勘地再作图，你们有了银子，就开工起楼；没银子，你我清酒一缸，交个朋友！"

姚衮不住地点头，心中暗喜：这老家伙不愧是人精，人前人话说得这么顺溜，看来自己外甥已经上钩，自己的油水有着落了。

果然，岳飞二话没说，就答应柳仙道："话是这样说，我们是官家的人，也不能白白让您操劳，该是多少银两，你只管报来。"姚衮在旁边顺毛摸驴地插嘴道："是，是，都是自家人，有一是一，别含糊。"

柳仙故作犹豫了一下，然后痛快地道："岳将军也是个痛快人，以这么大的工程来说，打图需要耗上三个月，我也不多要，为朝廷效力，一口价，二百三十两吧！"牛皋听后，大吃一惊，这老家伙不是狮子大张口吗？脱口而出道："二百三十两？你这是抢呢！"

姚衮怕柳仙谈黄了，自己的油水就没了，赶紧替柳仙说道："哎哟，柳老，您可真是体谅朝廷缺银子，二百三十两，皇上可是捡着你的便宜喽！你在汴京给'樊楼'打图的时候，那可是五百两白银，一分钱也没少。"

岳飞看了张宪一眼，姚衮仗着是自己的舅舅，自己不好说话，更不好违拂情面，张宪立刻会意，开口道："二百三十两，对柳老说，不算个什么数目，不过，这些银子也不是现成的，是要靠我们弟兄们一两一两捐出来的，弟兄们腰带里掖着的可都是卖命钱，您老看是不是再让三十两，也好让岳将军跟弟兄们去开口。"

牛皋也插嘴商量道："对，让让，再让让。"

姚衮看着柳仙，使了一下眼色，道："这行有行规，让得太多，对柳老欠公道，欠公道！"

柳仙明白，拍了一下大腿，故作豪迈道："这样吧，捐银子起凌烟阁，是一项义举，就打老夫这里捐起吧！这三十两老夫捐上了，如何？"

牛皋听到这柳仙如此爽快，鼓掌叫好。

张宪也知道，差不多是这个行情，便道："大哥，您先号召弟兄们捐一下银子，明天我再带柳老伯勘地。"

姚衮心中暗喜，没想到事情谈得如此顺利。

第二天，张宪领着柳仙在皇陵左右转着看地，那姚衮非要陪着他们。

只见那柳仙拿着罗盘装模作样地在四处勘测，折腾了半天。张宪看到姚衮累了，便向他说道："姚老伯，您老人家回去歇着吧，我在此督办即可。"

姚衮怎么放心自己的摇钱树柳仙一个人活动呢？便拒绝道："哪里话？这是我外甥的事，也就是我姚衮的事，我还想着能多出点力气，让这凌烟阁早点建起来呢。"

张宪听过，赞赏道："姚老伯说得极是，朝廷交办下来的事，谁也马虎不得啊！"

姚衮摆摆手，拍着胸脯道："张宪兄弟，你放心吧，只要柳大师看过的风水，保准这楼砌得又高又稳，皇上看了一高兴，说不定还会重赏你们这帮兄弟呢，到时候你可别忘了你姚老伯的好就成。"

张宪连忙向他拜谢，这姚衮也安然地享受着张宪的敬意。

此时，有一骑人马直奔皇陵而来。

突然，马上的人被什么打中了，那马一个嘶鸣便把他重重甩下来。

这时，只见从树背后跳出一个人，拿着弹弓看着。

此人一边爬起来一边骂道："哪来的黄毛小子？来找死的！"仔细一看，此人不是别人，正是张用。

岳云这天百无聊赖，弟弟妹妹又不跟他玩，大人们都在忙着正经事，他只好一个人跑出来做些调皮捣蛋的事。

他听此人出口不逊，又拿出弹弓打了他一下，道："什么黄毛小子，叫我岳云爷爷。今天让我岳云爷爷撞上，要你有来无回！”

张用听到，不禁吃了一惊，眼前这小子，几年没见，变化这么大，自己都认不出来了，问道：“你叫什么？你是岳云？”

岳云挺起胸，道：“正是爷爷！”

张用一听，扑哧一笑，道：“按辈分来说，你怎么也得叫我一声张用叔叔呢。”岳云听爹爹说过张用叔叔，但是每次都没见着，难道眼前此人就是张用叔叔？他看了看张用，高兴地说带他去见爹爹他们，于是带着张用一路向陵寝里面而去。

那张宪带着柳仙看了一遍地形后，让柳仙先回去休息了，他回来向岳飞报告了一下大致情况，叹了口气道：“这朝廷的银子不来，我们修哪门子皇陵啊！”

王贵也惆怅道：“说得正是。别的不说，这柳大仙的银子钱不能拖着不给吧！”

一分钱难倒英雄汉，牛皋见大家个儿顶个儿都是一条好汉，竟然为这一点银两为难，气得暴躁道：“我明白，我明白！就这点事我们还不能不办，否则让人家在门缝里看人，把咱们看扁了。他娃儿的，别说凑二百两，就是凑千儿八百两的，俺牛皋也不在话下！”说着大步向外走去。

岳飞怕他乱来，急忙阻拦他，那牛皋却早已出了大门。

岳飞看着牛皋离去的背影，不禁苦笑了一下，没想到自己英雄一世，却在银子面前，硬生生成了一只狗熊，想着，便先回家看看。

岳母见他回来，便拿出十两银子，也要捐献出来。岳飞知道母亲也在为自己着急，只收了五两，道：“娘的心意到了，有五两就足够了，这银子是给您买鸡吃，补身子的，您舍得了鸡，鸡还舍不得您呢！”

岳母笑道：“我已经买了几十只小鸡，在后面养着呢。过一段日子，别说咱们吃不完那些鸡肉、鸡蛋，就是你那些兄弟来喝酒，也不愁没得吃了。”岳飞感激地看着母亲。

这时，李孝娥牵着岳霆走了过来，把手中的五两碎银塞给岳飞，笑道：“娘都搬出家当了，咱们也不能落后，得给凌烟阁出点儿力，这五两

碎银，你交上去画大图吧！”

岳母抚摸着岳霆，看着岳飞道：“等盖成了凌烟阁，把供着的功臣元老一个个细说给你的儿孙们听，他们长大之后，若有一个能入凌烟阁的，那咱们尽的这点儿心，可是换来了大福报啊！”

李孝娥听着岳母的话，也自豪地道：“要是平民百姓，恐怕还没这个机会为凌烟阁的大图捐银子哩！”

这时，只见牛皋乐呵呵地捧着一包银子走了过来，叫道：“大哥，大哥！太好了，太好了！我刚才跑到营里，正要向兄弟们说，瞧，这还没把话说完呢，大伙就三两五两地向外甩银子，看，这里已经有一百多两了。还有，张用也捐了，他的还没在里面，你猜猜他捐了多少？五十两！”

岳飞一听张用，纳闷道：“张用怎么会在这里？”

他思忖着，就听门外传来岳云的声音，叫道：“爹，看我把谁带来了？”

话音未落，张用就满脸笑容地跟着岳云出现在门口。王贵等人听到动静，也赶过来看个究竟。

王贵看到张用，不禁大吃一惊，问道：“张用，这是哪阵风把你给吹来了？”

牛皋笑道：“你小子，神出鬼没的，该不会又是来打这皇陵的主意吧？”

张用道：“牛皋，咱们都是自己兄弟，怎么每次都这么说我？！”

岳飞看着他，直言不讳道：“正因为是自家兄弟，大家才知道你那德行。”

张用连忙狡辩道：“别门缝里看人，我张用总不能一辈子干鸡鸣狗盗的营生，被江湖人笑话，再说了，也对不起大哥的教诲嘛！”

岳飞笑道：“你突然回来，谁知道你葫芦里又卖的什么药，怎么没见你那乌诗玛姑娘？”

张用答道：“她在汴京呢，这种乡下地方，她住得惯才怪！”说着，从口袋里掏出五十两银子，放在大家面前，得意扬扬地看着大家。大家见他信守诺言，果然不像是别有所图的样子，都替他感到高兴。

这段时间，最委屈最苦闷的便是杨再兴了。看到王贵、牛皋等人和岳母相处得其乐融融，他心里别提有多难受了。

这天，岳母在洗衣服，他远远地看见，想上前帮忙："大娘洗衣服呢？我来帮您吧！"

岳母却冷着脸道："不用，这是我自己的事，不劳您大驾。"

杨再兴殷勤地道："大娘，您别客气，这活儿我还是干得来的。我干就行了，您给我吧，您休息。"杨再兴不等岳母说话，就自顾自地帮起忙来。

岳母看到他，气不打一处来，将手里的棒槌一扔，道："小慧，咱们回家。"小慧同情地看了杨再兴一眼，扶着岳母离去。

杨再兴看着她们的背影，心里更加失落。

再说那柳仙，在陵寝好吃好喝，耽误了好几天。这天，他照旧拿着罗盘装模作样地探风水，突然，他停下来，情不自禁地叫道："好极了！坐南朝北，前方有水后方有山，风水宝地原来就在这儿！"

张宪、岳飞等人听到，急忙赶上前去。只听柳仙依然自顾自地叫着："上风上水，天佑之，天佑之啊！老夫一眼就看上这块宝地了。"

岳飞听闻，选址这一头等大事先解决了，便放下心来，将筹集到的二百两银子交给柳仙，一再拜托其尽快将凌烟阁的施工图也绘制好。

柳仙从岳飞手中接过银子后，哼着小曲儿要回到自己的房间休息，这时，却见姚衮从墙角走了出来拦住他。柳仙躲了躲，发现他并不让路，问道："姚衮，你要干什么？"姚衮笑嘻嘻地道："我等候在此，就是为了恭喜你啊。"

柳仙摸不着头脑，问道："喜从何来？"

姚衮阴阳怪气地说道："你手里那二百两银子可是沉甸甸的，这么轻易就到了你的腰包，这样的好事可不是人人都能得来的。"

柳仙道："你这话我不明白。"

姚衮瞪了他一眼，叫道："柳仙，你别在这儿和我装了！要不是我做中人，我那外甥会把这样好的买卖白白送于你？你现在得了好处，那我的呢？"

柳仙恍然大悟，大笑道："就为这事啊，你不说，我自然也要给你。

这三十两，就归你了。”说着便拿出银子递给姚衮。

姚衮一边接过银子一边不满地道：“你太黑心了吧？你狮子大开口要了二百两，拿三十两就想把我打发了？休想！”

柳仙听他贪心不足，也恼怒道：“你一点力不出，还想怎样？我告诉你，闹大了，咱们谁也没有好下场！”说着，两人争执起来，一个不依，一个不饶。

这时，李孝娥刚好有事经过，看到他们俩在争吵，他们赶紧分开，各自散了。

虽然一再碰钉子，但杨再兴并没打算放弃，他相信只要自己诚心诚意，岳母一定会改变对自己的看法的。

这天，他趁人不注意，到岳家的厨房来帮忙，看到灶里有火，锅里有水，便坐下来帮忙烧火。

小慧因为有点事出去了一下，进来时突然看到，还以为是岳翔坐在灶火前，吓了一跳，问道：“你是谁？”杨再兴回过头来她才看清楚，便尴尬地一笑，心里却在思忖：这杨再兴猛地一看，怎么那么像岳翔呢？

杨再兴见她不语，还以为她也和岳母一样，厌恶自己，喃喃道：“我想帮大娘做点什么，也不知道做什么能让她开心……”说着，抬起头看了一眼小慧。

小慧看了他的脸不禁笑起来，原来，闹了半天他根本不会烧火，却将自己的脸熏得一团黑。

小慧笑着便拿出手绢想替他擦掉，突然觉得不合适，便把手绢递给杨再兴，让他自己擦。杨再兴接过手绢，在小慧的指示下擦了个干净，但是手绢也被弄得一团黑。

杨再兴尴尬地笑了笑：“我……拿去帮你洗吧。”小慧红着脸说不用了，急忙将手绢抽回去，揣了起来。

杨再兴也悄悄地走了，他不希望岳母看见自己又不高兴。

李孝娥和岳飞见饭菜快做好了，便帮忙摆放碗筷。

李孝娥见没有别人，悄悄对岳飞说道：“我昨天看到舅舅从柳仙那儿拿了三十两银子，好像是他做中人的好处。”

岳飞一愣，心想：难怪舅舅这次这么热心，果然有这么一出。

李孝娥见他不语，提醒他道：“咱们这个舅舅鬼心思多，我怕他还会做出什么出格的事，你可不能不防。”岳飞点点头，还是不语，但心里一阵为难。

这时，却见姚衮吸着鼻子走了进来，叫道：“哎呀，好香啊！真是来得早不如来得巧！”

岳飞和李孝娥看着他尴尬地笑着，他却没事人一样冲着里屋喊：“开饭喽！开饭喽！”

岳母、安娘、岳霆、岳云等人从屋里出来，岳云也高兴地喊着“开饭了”。大家很快坐定，吃起饭来。

姚衮夹了一大块肉，塞进嘴里，边嚼边装作不经意地说道：“嗯，好吃好吃。你说这朝廷的银子拨下来没啊？”岳飞冷冷道：“舅舅不用操这份心，朝廷既然允诺了，就迟早会拨。”

姚衮自顾吃着，装作不在意地说道：“是不是该想办法往上面去试探试探，吹吹风，这是替官家办事，咱可不能瞎忙活半天，对吧？”

“舅舅，你该不是想动这银子的脑筋吧？官家的钱，谁要是敢动一分一毫，我决不轻饶！不管他是谁。”

“你这话什么意思？”姚衮说着，将碗筷放下，直愣愣地看着岳飞。

岳飞也不回避他的目光，道：“舅舅，什么意思你自己心里清楚！”

姚衮自知头一天被李孝娥看见了，还在强装演戏，向岳母哭诉道：“姐，你看你看，他这还没当上大官呢，就这么对自己亲舅舅，这将来还指不定要怎么着呢！岳飞啊，你小时候舅舅真是白疼你了，你认清楚了没？我可是你的亲娘舅啊。”

岳母见饭桌上突然来上这么一出，有些不解，看着岳飞。

岳飞却看着姚衮正色道：“就是因为你是我亲舅舅，那三十两银子，我会替你垫上，之后若是再有这样的事，就别怪我六亲不认！”

姚衮一怔，又换上一副嘴脸道："岳飞啊，舅舅知道你是本分人，认死理，但你一个人饿死穷死没关系啊，那是你自个儿的事，可你还得想想你娘啊，你老娘都多大岁数了，总不能让她也跟着你喝西北风吧！"

岳母已经听了个七七八八，也对自己的弟弟冷脸道："你不用在这儿拿我说事，你要是再动什么歪脑筋，丢的就不仅仅是你一个人的脸，还有我们岳家人的脸！"

姚衮听闻，气恼地站起身来吼道："对对对，你们是岳家人，我是外人！"说着气鼓鼓地走了。

岳母看着他离去的背影叹了口气，摇摇头，不知道她这弟弟还会干出什么事来。

又一天，杨再兴再次来到岳家厨房帮忙，他已经和小慧很熟悉，心情也好了许多。

这天他忙得高兴，已经忘了岳母对他的偏见，一边兴奋喊着"来了来了，饭来了"，一边将自己做好的饭菜端了上来。

岳飞、李孝娥、岳母看着他做饭端菜的身影，活脱脱就是岳翔。

杨再兴却不曾意识到他已经很唐突了，拿过岳母面前的碗说道："这面是我亲手做的，大娘您尝尝！"

岳母突然意识到这不是岳翔，而是杨再兴，于是脸上马上凝起了霜，起身道："不用，我吃不下。云儿，扶我进去休息。"岳云怯生生地站起来，扶着奶奶进了房间。杨再兴傻傻地愣在原地，不知所措。

小慧看着杨再兴，心里也一阵难过。

岳飞连忙劝道："吃饭吧，过一会儿就没事了。"可杨再兴怎么吃得下？闷不吭声地离开了。

小慧知道杨再兴心里憋屈得慌，跟了出来。月光清幽，只见杨再兴手中提着一壶酒，倚靠在石柱上，一个人喝着闷酒。她走上去安慰道："你没事吧？"

杨再兴耸耸肩，自嘲地笑了笑，不出声。

小慧动情地劝道："有些事情，别太勉强自己，你做了什么，大家心里都很清楚。”

杨再兴悲叹道：“有用吗？”

小慧鼓励他道：“其实你也知道，除了老夫人，大家都已经原谅你了，站在老夫人的位置想想，岳翔毕竟是她的儿子，是心头的一块肉，那该是有多大的痛啊！不过，人心都是肉长的，你只要有心能坚持下去，她也不是无情无义的人，别急，慢慢来。”

杨再兴感激地看着小慧，微微一笑，点点头，表示自己一定会努力下去的。

岳飞来到陵寝，除了建造凌烟阁外，还有一个更重要的任务就是保护皇家陵园。他每天都会安排一个自己信得过的部将值夜班，看守着陵园。

这天，轮到傅庆值班了，没值多大一会儿，就见张用提着一小壶酒，来到他面前：“好兄弟，辛苦了吧，看为兄给你带来了什么？”

傅庆一看到酒，抢过去拧开酒壶盖子就要喝，突然想起了什么，停住手：“还给你！”说着将酒壶扔了回去。

张用接过酒壶，问道：“怎么了？”傅庆沮丧地答道：“大哥说过，轮值的将领不能喝酒，这酒你还是拿回去吧，改明儿再喝。”

张用心知肚明，但他心里焦急，要是这傅庆不上当就糟糕了，于是激将道：“哦，我以为是什么事呢，原来是大哥的命令啊，看把你的胆都吓破了。好吧，你不喝，我自己喝。”说着自己美美地喝了一口，还故意道，“唉，我一片好心，结果有人不领情啊，他不喝，我喝！”

傅庆哪能忍得住，道：“不行了，不行了，这不是我傅庆要喝，是胃里的酒虫忍不住了……”说着抢过酒壶，咕咚咕咚喝起来。

张用看他终于上了自己的当，嘴角露出笑意。

傅庆一口气还没喝过来，酒里的药力发作，扑通一声栽倒在地。

原来，张用这次来皇陵果然没安好心，他见傅庆倒了下去，得意地笑了笑，提着马灯向密道走去。

只是张用万万没有想到，螳螂捕蝉，黄雀在后，姚衮也一直在打着皇

陵的主意，恰巧看见他把傅庆迷倒走进了密道，也跟了进去。

岳飞正要休息，张宪急忙跑来报告，出事了。岳飞连忙跟着张宪去查看。

此时，张用已经被人从密道里抬了出来，躺在台阶上，面色铁青，手臂上鼓了很大一个包，显然是被毒蛇咬过。

原来，他刚才进入密道后，想要打开陵墓偷点东西，却不想被陵墓机关里的毒蛇给咬了。

傅庆看到岳飞来了，自知有错，吓得不敢说话。

岳飞无暇顾及，急忙去看张用，知道情况紧急，再迟一会儿，张用便没救了，便赶紧跪下去，抬起张用的手臂，往外吸蛇毒。也不知吸了多久，看到吸出的血由黑变红方才停止，他又从腰包中取出金疮药抹在伤口上。做完这一切，他二话不说转身就走。

张用看到他不理自己，挣扎着喊道："大哥！"

岳飞心凉透顶，以为张用这次的确没有所图，不料还是为了盗财。

他听到张用的呼叫，停住脚步，却不看张用，而是看着傅庆道："傅庆，你明知故犯，犯了我岳家军的禁酒令，耽误军情，给我拉下去打一百军棍。张用，你财迷心窍，屡教不改，论罪当处。你们两个把他送到衙门去吧！"

王贵求情道："大哥，张用要是送到衙门可是要杀头的。"

傅庆也忙求情："大哥，都是我的错，你再多打我一百军棍，饶了他吧！"

张用见大家都在为自己求情，感动道："大哥，我承认我财迷心窍，贪生怕死，我豁出去了，我愿意投军！"

牛皋冷冷道："张用，你小子可想清楚了，大哥亲自给你吸的蛇毒，你要是敢再骗他，我可饶不了你！"

岳飞也不想太绝情，深吸一口气，对张宪道："张宪，你送他去宗将军那里，宗大人收不收他，就看他自己的造化了。"说着大步离开，头也不回。

张用挣扎着谢道："多谢大哥，如果我张用再不悔改，誓不为人。"

张用偷陵不成，反被毒蛇咬得中毒，跟随在他身后的姚衮却偷到了好几样好东西。自被岳母训斥了一顿后，他负气离开了岳飞军营，没想到捡了个现成便宜。

这天，他趁人不注意，正想把偷到的名贵珍宝埋起来，却不想被小慧撞个正着。小慧不知他在干什么，大声叫道："舅舅，你在这儿做什么啊？"

姚衮掩饰着自己，强装镇静道："去去去，少管闲事！"

小慧狐疑地看着姚衮，突然看到他脚下有几个瓷器，叫道："这是皇陵里的东西？"

姚衮一惊，"嘘"了一声，不准她声张。小慧道："舅舅，你偷皇陵？"

姚衮慌乱之下，急忙捂住小慧的嘴。

小慧竭力挣扎，眼看着气力不支，突然一块石头飞来，正中姚衮额头。

姚衮下意识捂住额头，松开小慧。

小慧一看是杨再兴，连忙喊道："他偷了皇陵的东西！"

姚衮还要狡辩，怒喝道："臭丫头，别乱讲！"

小慧指着树下，道："都在这儿！"

姚衮见事情败露，想要开溜，被杨再兴一把拉住，挣脱不得。

姚衮双手被捆，被押在了岳飞面前，还一再叫嚣："放开我！我犯什么事了？凭什么绑我？"

岳母闻声走出来，问道："怎么回事？"

杨再兴答道："大哥，大娘，姚衮偷了皇陵内的东西！"

姚衮见自己的姐姐出来，知道姐姐对杨再兴有偏见，便演戏道："喂，你少搬弄是非啊，我什么时候偷了皇陵的东西？我连进去都没进去过，怎么偷啊？你别血口喷人！"

小慧从一旁勇敢地站出来，拿出在树下发现的几件瓷器，递给岳飞和岳母看，道："这是舅舅埋在树下的。"

姚衮开始语无伦次："他们诬陷我，他们俩私通被我发现，所以……所以他们合起来诬陷我！姐，你得给我做主啊！"

岳母没想到弟弟竟敢如此胡作非为，现在还搬弄是非，怒喝道：“人赃俱在，你还抵赖？！”

姚衮扑通一声跪下，支吾道：“姐姐，我、我……我就是想拿些去当赌本，日后会还上的！”

岳母摇了摇头，心里无比失望，对岳飞道：“飞儿，你处置吧，不用给我留情面！”

姚衮大声叫喊道：“姐，你不能不管我啊，爹娘死的时候，你说过要照顾我的！”

岳母进了自己的房间，不愿意让儿子为难。

岳飞见母亲已经避开，便下令道：“军法处置！来人，把姚衮拖出去给我杖责五十！”两名亲兵领命，将姚衮拖了出去。

炎炎烈日下，姚衮被绑在一张木条板凳上，屁股朝天。他一阵阵求饶，但无人心动。

王贵和傅庆二人亲自执行惩罚，轮流杖打姚衮。

听着姚衮一声声的哎哟声，岳母在房间里一阵心痛。

岳飞知道母亲还是心疼她这个弟弟的，就进来看他。

岳母看到他来，问道：“你舅舅怎么样了？”岳飞轻声答道：“王贵他们下手有分寸的，您放心吧。”

岳母叹了口气，道：“我就这么一个亲弟弟，以前无论他怎么闯祸，我都替他挡着扛着，有时想想，不怪他，怪我这个姐姐没有管教好他！”

“娘，这次就当给舅舅一个教训。”

“我也不指着烂泥能扶上墙，我就盼着他平平安安的，可别闯出什么大祸来，我也就算是对得起列祖列宗了。”

话音未落，张宪急匆匆来找岳飞，告诉他，姚衮逃跑了。

岳飞大吃一惊，问怎么回事，张宪如实回答。原来是负责看守的一名兄弟去了厕所，结果就让姚衮给跑了。岳飞焦急道：“去找了没有？”

张宪答道：“兄弟们在附近找了个遍，也没见人影。说来也奇怪，他刚受了伤，怎么跑得那么快？”

岳飞很不放心，对张宪道："你去派人找他回来，我担心朝廷发下来的工程银子快要到了，怕舅舅放出风去，会惹出大麻烦！"

张宪吃惊道："舅舅不会糊涂到这一步吧？"

岳飞叹了一口气，道："别人不会，他可能会的。你拨出一个小分队去找舅舅，其余的快快赶往山上，全面保卫皇陵，以防敌人突袭。"张宪领命，速速离去。

且说金兀术接替了粘罕后，便一直想着如何攻打宋国。

这天，他身穿盔甲，手持长剑，站在帅案前，看着自己面前的沙盘。那沙盘内汜水、皇陵、胙城、澶州等几处地理位置标得一清二楚。

旁边的军师哈迷蚩看着沙盘若有所思，道："汜水自古以来便是军事要地，楚汉之战中便有先例，我军在汜水之战中出师未捷，宗泽的军队的确骁勇。"

金兀术道："没想到宋朝还有如此猛将。"

哈迷蚩笑了笑，道："四皇子有所不知，宗泽乃一介书生，并不通晓军事，他带军打仗靠的是义勇而不是武力。"

"怎么说？"

"先前河西巨寇王善拥众七十余万，扬言要攻打汴京。赵构急了眼，没想到这位老将单枪匹马前去河西招安，问王善想青史留名，还是遗臭万年，结果这王善果真卸甲七十万，成了义军。这个故事已经在民间广为流传了。"

金兀术叹了一口气，道："如此人才，得之，岂不是可以助我大金一臂之力？想必这位宗泽大元帅在宋朝也颇受器重。"

哈迷蚩摇了摇头，道："四皇子深明大义，求贤若渴，但您的话只说对了一半。"

"军师不妨直言。"

"宗泽在赵构眼里可是个不敢用又不敢弃的难题。"

"竟有此事？"

“宗泽一方面招降聚寇，一方面提拔年轻将领，威望日重，颇得老百姓的爱戴。可是，他越受百姓的爱戴，就……”哈迷蚩话没说完，金兀术便接口道：“就成了那赵构的心头之患，看来还是个不通仕途、不懂变通的耿直之人啊。”

“四皇子明鉴！所以，以在下之见，不懂变通之人是劝降不了的，即使劝降了，是福是祸也不一定。”

金兀术点点头，道：“你说得对，那就斩草除根，免除后患。”

哈迷蚩笑了笑，得意道：“不瞒四皇子，老臣正是此意。”

原来，岳飞驻守陵寝的消息的确已经传到金人耳朵里，哈迷蚩针对这一情况向金兀术出谋划策：“此时此刻，宗泽派岳飞去守皇陵，皇陵一旦遇到任何问题，岳飞的军队一定被牵制住，而宗泽的势力也就被削弱了。皇陵为虚，胙城为实，此时就是全线攻打胙城的最佳时机。”

金兀术听过，连声称妙，但觉得还有不妥，疑问道：“可这汜水乃是皇陵的一道屏障，我们如何能破汜水、攻皇陵呢？”

哈迷蚩笑了笑，自信地道：“只要我们放出消息，皇陵里面有古籍珍宝，到时候，自然会有人替我们从中搅一趟浑水！”

金兀术恍然大悟，点头道：“军师指的是曹成？”

“嗯，此人贪财好色，见利忘义！”

“好！擒贼要擒王，我不仅要得胙城，还要这位宗爷爷有来无回！”说着，手中的剑一下就将沙盘中的胙城劈成两半，似乎已经势在必得。

第二十八章

杨再兴扶危济难

姚衮从岳飞军营里逃出来，虽然一瘸一拐的，但一路狂奔，马不停蹄。张宪带人去追，哪里还能追得上？

这天，他来到一处平原，看前方有片树林，便停下喝口水，喘口气儿，然后找了一棵可避人的树在下面休息，一边还自言自语地骂骂咧咧：“哼，臭小子，敢打你舅舅，别以为做了几天的官，就眼高于顶了，没有你岳飞，我姚衮照样可以吃香的，喝辣的，你小的时候我白把你撒尿了，我后悔啊我！”

天气太热，他脱下一只鞋拿着当扇子，呼哧呼哧扇了起来，又从包袱里拿出一些干粮准备吃，一不小心，包袱里一件皇陵里的玉器滚落出来。他警觉地四下看了看，发现没人，赶紧放回包里。其实，他虽觉得四处没人，但早有三个人盯上了他，并且将他的一举一动都看得清清楚楚。

这三个人是大盗曹成手下的喽啰，其中一个正是大小眼。他们相互使了个眼色，便向姚衮走来。

两人不由分说，上前架着姚衮就要押走。姚衮吓得忙道：“你们这是干什么？干什么呢？”一挣扎，包裹散了开来，掉出好几件精致的皇陵玉器。

他慌乱道：“你们是谁？岳飞是我舅舅，不，我是岳飞的舅舅，你们放开我，要不然的话，我外甥岳飞不会放过你们的！”

大小眼看着，嘿嘿笑道：“那就对了！”说着，拾起布包，将玉器装好，押着姚衮走了。

当天傍晚，夕阳西下，姚衮被带到曹成的城寨大殿上，大盗曹成正坐在中央，两边各站着数名喽啰，个个凶神恶煞。

姚衮吓得屁滚尿流，跪在地上胆战心惊地叫道：“好汉，姚衮不知道哪里得罪了各位，请好汉明示，明示！”

曹成看了他一眼，问道：“你叫姚衮？”

姚衮战战兢兢地答道：“正是小的。”

曹成大声笑了笑，道：“你口口声声提到岳飞，岳飞是你什么人？”

姚衮一听，仗着岳飞好歹是一个军官，以为有救了，忙大声道：“他是我外甥！”

不想这曹成一听，忽然脸色一变，怒喝道：“给我绑起来！”

姚衮见状，又赶紧磕头如捣蒜求饶道：“我身无分文，身无分文啊……你们别杀我！别杀我！”

曹成冷哼了一声，道：“我现在问你，你样样如实说来，要是有一个地方说错了，我就要了你的命！”

姚衮慌张道：“不敢，不敢！”

“岳飞现在在哪里？”

“巩县皇陵。”

“你可认识去的路？”

“认识认识，我不只认识，还知道一条上山的捷径，我这就带好汉去！”

原来，曹成早就从金人那里得到消息，说岳飞被派往皇陵驻守，他还将信将疑，现在从岳飞的舅舅口中得到验证，这才踏实了，于是对手下道：“带上他，准备好人马，我们这就往巩县皇陵出发，这次我定要把岳飞一举扫荡！”

姚衮听闻要把自己带回皇陵，吓得喊道：“我不能回去！被岳飞知道是我带你们去的，他可不会饶了我的，我不回去。”

曹成大笑，道：“我们寨子里的兄弟都指望着舅舅你带着我们哥儿几个上皇陵发财呢！”

姚衮忙道：“求求你们，放了我吧，我不能去！”

曹成再次脸色一变，道：“你今天是去也得去，不去也得去，不然，我现在就把你剥了皮喂狗吃！”

姚衮吓得不敢再说话，几个喽啰把他押了下去，准备让他带路，向皇

陵出发。

曹成一心想要找岳飞一雪前耻，这一切早在金兀术的算计之内。几乎就在曹成俘虏姚衮的同时，金兀术依照和军师哈迷蚩的计划，突然拔师北上，带着铁浮屠浩浩荡荡地来到胙城城下。

宗泽果然如金兀术所料，连夜开拔军队，向胙城出发。

军队来到胙城城外，远远便看见城内火光冲天。宗泽按马观望，看着烟尘滚滚的胙城，面色焦虑。

这时，一名行迹狼狈、浑身是血的军官由对面驰来，见到老元帅，滚鞍落地，挣扎道："报……老元帅……不用去了！不用去……了！胙城已经失守了……"

宗欣听闻，非常失望，问宗泽："怎么办？咱们要回去吗？"

宗泽见宗欣如此颓萎，有些生气，朗声道："回去？到了这种时候，咱们还有何处可回？胙城丢了，大宋的朝廷没丢，咱们去把胙城夺回来！"

那名军官听闻，彻底绝望了，道："不易啊……不易啊……铁浮屠太凶猛了！老元帅千万不要再去，那铁浮屠……去了也不能救啊！"

宗泽不理会军官的话，指着另一条山路，向宗欣命令道："一定要救胙城，你打这儿去巩县找岳飞，叫他即刻来胙城会我！"

宗欣领命拨马离去，老元帅继续率大军前进。

但宗欣并没遵守老元帅的命令。

只见他骑马来到老元帅大部队后方，突然勒马停下。跟随着他的张用一阵诧异。只听宗欣道："去皇陵的路你最熟悉，朝廷的援军一直到现在都不见踪影，你立即快马前去通知岳飞，速速来胙城支援，快！我还要留下来，保护宗元帅。"

张用领命，快马加鞭而去，宗欣自己掉转马头，向老元帅追了上去。

曹成在姚衮的带领下，直向巩县而来，想要活捉岳家老小，配合金兀术牵制岳飞，而李孝娥她们还不知道，危险正在向他们靠近。

这天，她正在手把手地教着岳云、岳霖、安娘三个人画画儿，窗外，绿树枝头，鸟鸣声声，微风熏人，让人好不心旷神怡。

岳云、岳霖他们胡乱画了一阵儿，小慧看了看，忍不住笑道："你这画的是谁啊？"

岳云答道："我爹啊！"

李孝娥也笑道："你爹的鼻子哪有这么大！"

安娘看了一眼，道："爹的眼睛也没这么小，跟绿豆似的。"

岳云见大家都在批评自己的画，便有些不满，将笔和纸扔在一边，撒娇道："娘，我们画了一天了，能不能出去玩会儿？"

岳霖也央求道："是啊，娘，求你了。"

李孝娥笑道："就知道你们的心思，好吧好吧，早点儿回来，自己小心点儿！"她话音未落，岳云已经拉着岳霖的手，雀跃地跑出了屋。

两人看到一只鸟在前面的地上蹦跳，便追了上去。原来，这是一只雏鸟，刚学会飞，但还飞不稳，飞几下就从天空掉了下来。他们一路跟着，终于将那只小鸟逮在手上，决定将小鸟放回它的巢穴中。

但他们忘了小鸟的巢穴是在哪棵树上，于是沿路返回去，一棵一棵地找。

找了半天终于找到了那棵树，岳云不顾弟弟的担心，爬到树上，想把小鸟放进巢里，但由于他太重，脚下的树枝都快压断了，还是够不着小鸟的巢穴。岳霖见状，也爬上来，叫道："哥哥，你慢点儿，要不我来放吧！"

岳云道："你笨手笨脚的，把小鸟弄伤了。"

两人在树上争执，突然听到脚下传来一阵马蹄声，岳云立即捂住岳霖的嘴，让他不要说话。就见两名喽啰骑着马由树下的山路向守陵村而来，他们看到的这两个人，一个是大小眼，一个是独眼龙，一看就不是什么好人，兄弟俩躲进绿叶中间。烈日当空，大小眼和独眼龙骑在马上，大小眼喝了一口水发现水没了，道："歇会儿吧，水也喝完了，走不动了。"

独眼龙叹了口气道："咱哥儿俩这是一路被那岳飞打着跑啊，从张超，到蜈蚣山，结果眼下又投靠了曹成，要是这么让岳飞给折腾着，猴年马月才能消停回家娶媳妇啊？"

大小眼看了独眼龙一眼，笑道："娶媳妇？你倒想得美，这乱世里，

咱俩能保住命就不错了，这娶媳妇我倒不敢想，在这儿打个盹儿倒是挺好的。”说着就打算下马，想靠在树下打个盹儿。

独眼龙急忙劝道：“老大说了，要马不停蹄，探了路马上回去禀报，要是让岳飞的家小跑了，看大王不要了你的命！”

大小眼不耐烦地道：“行了行了，别啰里啰唆的，让小爷我方便一下，马上就走。”说着，来到树下撒尿，还嘟囔着，“说来也怪，那姚衮不是岳飞他亲舅舅吗？还不如我们这做山贼的，连自家人都能卖了。”

独眼龙冷笑道：“这叫大难临头各自飞，你管好自己就得了。”

兄弟俩躲在树枝间，听到这席话，心里便明白了七八分，不敢出声。岳云先悄悄溜下来，将独眼龙的马腿绑住，自己骑上大小眼的马，做好这些后，岳云突然大喊一声：“快跑！”岳霖立即跳下树，岳云一把接住，骑着大小眼的马往守陵村的方向跑去。

独眼龙被吓了一跳，对大小眼叫道：“这两个孩子说不定就是岳家的，快上马！”说着骑上马就追。

那马腿早被岳云绑在一起，结果他从马上摔下来，摔了个狗啃泥。

独眼龙骂骂咧咧着爬起来，对大小眼说道：“我去追，你快点回去叫人！”说着，解开马腿，骑上马向岳云、岳霖追了上去。

大小眼为难地看了一下，只得自己放开腿朝反方向奔去。

岳云驱赶着马紧紧抱着弟弟，在林间奔驰，独眼龙在他们身后十几米处追赶。

来到一片小树林，岳云放下岳霖，对他道：“快点去通知爹爹，我引开后面那人！”

岳霖却任性道：“不，哥，我要和你在一起！”

岳云急道：“爹爹说了，他不在，你得听我的！你没听见方才那俩坏人的话吗？他们要来害咱们家。”岳霖听了也不再任性，撒腿向皇陵跑去。

岳云见弟弟走了，骑着马晃到独眼龙面前，和他兜圈子。他来到一片荒地上，跳下马，拍了下马屁股，让空马跑去，自己跳到了草丛里，凭借着草丛的掩护，屏息不动。

那独眼龙果然跟着空马追了上去。

再说那大小眼慌慌张张跑回到曹成面前，报告道："禀告大王，在路上遇到两个小孩，估计是岳飞的家小。"

曹成忙道："孩子呢？"

大小眼道："跑了，不过，独眼龙去追了。"

曹成下令道："快追！别让他们跑了。"

大小眼领命，和几个小喽啰掉头向守陵村奔去。

李孝娥还在教安娘画画，这时，只见岳云浑身尘土奔了进来，叫道："奶奶，娘！快，快走！"

李孝娥看他慌慌张张的，问道："出了什么事？"

岳云忙道："有恶贼要趁爹爹不在害我们！"

李孝娥见他呼吸急促，知道岳云不会撒谎，赶紧冲进里屋，叫上岳母，拉着安娘、小慧和岳云一起往外跑。

跑了两步，岳母才发现岳霖不在，问岳云，岳云答道："我叫他去找爹爹了！"

李孝娥有些慌乱，说道："那我们现在去哪里？"

岳母道："找岳飞去！"

岳云镇静道："不，通往皇陵的路被大石头堵住了，我们还是去山里躲一躲。"说着，带领着李孝娥、安娘、小慧她们向山里逃去。

通往皇陵的山路上，一块巨石挡住了岳霖的去路，但因为他年纪尚小，竟然硬生生从巨石的缝隙中钻了过去，然后一路跑进皇陵去找岳飞。

山路崎岖，岳云在最前面带路，李孝娥搀扶着岳母，小慧和安娘跟在后面，几个人穿过树林。曹成手持九环大刀，带着众匪从半山腰朝着他们奔逃的方向追了上来。

岳霖一路跌跌撞撞跑进来，撞上了正要出门的张宪。张宪见小家伙慌慌张张的，问道：“岳霖，你怎么来了？”

岳霖忙答道：“有恶贼要害我们，快点回去救奶奶和娘！”

张宪赶紧把岳霖带到岳飞面前。岳飞神情严肃地问道：“你可看清楚了？”

岳霖答道：“我和哥哥亲耳听到两个恶贼说要捉岳家老小！”

“哥哥呢？”

“哥哥让我来找爹爹，他自己引开那个恶贼去了！”

岳飞一听，顿时犹如五雷轰顶，心里一阵烦乱。此时，杨再兴正好带着张用奉命来巩县，请岳飞前去胙城援助。

张用进来，岳飞道：“你怎么又回来了？”

张用忙道：“宗元帅让我来请大哥出兵相助，朝廷的援军迟迟未到，老元帅亲自挂帅带着人去胙城了！”

岳飞再次大吃一惊，道：“什么？！”

张用道：“现在胙城已经被攻破了，对方有三万多人，而宗帅手上只有两千人！”

杨再兴吃惊道：“两千？！”

岳飞急切地问道：“现在宗元帅军队在什么方位？”

张用答道：“胙城以南二十里。”

岳飞看看张用，又看看岳霖，一个是国家大事，一个是家人安危，偏偏两桩事撞在了一起，一时竟一筹莫展。

杨再兴见岳飞犹豫不决，也明白岳飞忠孝难两全，便站出来主动请缨道：“我愿意去保护嫂子和岳大娘，请大哥放心去支援宗帅！”

岳飞感动地看着杨再兴，但心中依旧有一丝犹豫，不知道杨再兴面对自己原来的土匪头子，能否下得去手。

杨再兴明白岳飞的担心，于是立下军令状：“大哥，我愿以项上人头担保，只要我杨再兴有一口气在，就不会让岳家的人受一丝一毫的伤害！大哥，虽然我曾经是曹成的手下，但现在我和他已经恩断义绝，更何况我熟悉他的人马，同时请大哥给我一个向老夫人赎罪的机会！”

岳飞听他如此说，才放下心来，便向他拜托一定要保护好自己的家小。

杨再兴领命，毅然决然地向守陵村奔去。

山间，李孝娥、岳母她们拼命地跑着，曹成手下的人也越追越近。李孝娥看到如此情形，向岳母道："娘，咱们得分开跑，不然都跑不掉。小慧，你带着奶奶、云儿往那边走，我和安娘往这边走，照顾好奶奶啊！"

岳母嘱咐李孝娥她们小心，于是一家人分成两队各自向两个方向逃去。大小眼和独眼龙带人去追李孝娥和安娘她们。

李孝娥拉着安娘拼命跑，跑至一斜坡，安娘脚底一滑，摔了出去。李孝娥伸手去拉，却和安娘一起滚下山坡。紧随而来的大小眼、独眼龙等人见状，跟着滑了下去。

在山坡下，李孝娥刚扶起安娘，便被赶来的大小眼、独眼龙给逮住了。

曹成亲自率领其他喽啰去追岳母、岳云和小慧。他们没跑出多远，便被曹兵骑马追上并团团围住。

曹成看着他们，冷冷道："看你们还往哪儿跑！拿下！"他手下的喽啰听到，立即上前就要捆绑岳母他们。

突然，一声尖啸，飞来一支丈八长矛，尾端扎着七彩丝穗，直插在曹成面前的地上。

曹成大吃一惊，抬头看见一马空鞍直驰而来。

等马走近了，才从马肚子下钻出个人来，不是别人，正是杨再兴。

杨再兴叫道："大娘，我来了，不用害怕！"说着，拔出长枪和曹成打了一个回合。

曹成愤怒骂道："原来是你个叛徒！没想到，你我兄弟再见，居然是今天这个局面！"

杨再兴笑道："谁跟你是兄弟？！当年你投金的时候可没当我是兄弟，现在岳飞是我大哥，岳家军才是我兄弟。"

曹成冷哼一声，道："你翻脸真是比翻书还快啊！放下你手中的矛，今天我念在过去的情分上，饶你不死，不然……"

杨再兴将手中的枪一扬，接口道："不然怎么样？曹成，你不仁，也休怪我无义，想活命的赶快走，不然今天它可不认人！"

曹成对手下喽啰下令道："兄弟们，给我杀了他！愣着干什么？给我杀啊！"说着又和杨再兴战在一起。但他知道，要论武艺，自己不是杨再兴的对手，因此示意手下逮住机会就放冷箭。

杨再兴一边和曹成厮战，一边还要防着曹成手下的暗箭。他躲过了一次暗箭，只见第二箭又射了过来，那曹成的大刀也砍了过来，他头一偏，躲过了曹成的刀尖，但是那支箭直接射中了他，他忍不住大叫一声。

岳云、岳母和小慧躲在树下紧张地看着，替他担心。

杨再兴折断手臂上的箭杆，继续与曹成等人搏斗，一时杀得兴起，长矛飞舞。

又一支暗箭向他射来，岳云看到，提醒他道："矛子叔！"他不提醒还好，一提醒，杨再兴一个回头，被射个正着。

杨再兴向他们喊道："快走！"刚说完就从马上掉了下来。

岳母看看杨再兴，领着岳云和小慧往树林里跑去。眼看着曹成举刀要向岳母砍去，杨再兴突然挣扎起来，拿起手上的长矛，用尽最后一口气，向曹成飞掷过去，正中曹成要害。

大刀砍偏，落在岳母脚边，众人惊魂未定，曹成吐血而死。曹兵见曹成已死，乱作一团，不知是进还是退。

杨再兴挺着身子喊道："不怕死的来，想活命的滚，滚！"

曹兵见他浑身是血，气势却依然如此强悍，纷纷四散，仓皇而去。

杨再兴不支倒地，晕了过去。

独眼龙及十余曹兵押着李孝娥与安娘，准备把她们押到曹成面前，却见大小眼慌忙跑过来，凑到他耳边低声道："完了完了，大哥死了！"

独眼龙失声叫道："什么？！"

他看着李孝娥与安娘，思忖片刻，道："好歹这两个人在我们手上，咱们拿她们找金人要钱去！"说着便押着李孝娥与安娘离开了守陵村。

也不知过了多长时间，杨再兴醒来，发现自己躺在洞内，岳云、小慧看见他醒来，终于松了一口气。岳云高兴地叫着：“奶奶，他醒了，醒了！”岳母从洞口走进来，看着杨再兴满身的血污，感激地道：“杨矛子，谢谢你了！”

杨再兴道：“是我不好，来晚了，让老夫人受惊了。”

小慧拿来一点水，给杨再兴喝下。杨再兴喝过水对岳母道：“大嫂和安娘，我会派人把她们找回来的，老夫人您放心！”

岳母看着杨再兴，感慨不已，心里已经不再记恨了……

岳飞抛下自己家小的安危，急赴胙城去营救老元帅，没想到老元帅此时已经危在旦夕。

在胙城，老元帅和宗欣率大队人马赶至城下，命令士兵进攻城门，没想到金兵只是象征性地进攻了一次，便退了下去。

老元帅乘胜追击，发觉形势有异，正要回马退往街外，发现已经中了金兵的埋伏。一阵乱箭射来，老元帅左右抵挡，手臂还是中了一箭。

金兀术手下大将夏金乌见机，立即上前，欲取宗泽首级。老元帅忍痛拼命抵抗。

宗欣见老元帅危险，急忙上来解救，却不料自己不是夏金乌的对手，一时间被打得左支右绌。

几番激战下来，宗欣身受重伤，身上的铠甲被鲜血染成了红色，终因体力不支，被夏金乌从后背一箭穿胸而过，倒地身亡。

老元帅眼见自己的侄儿倒地，心如刀绞。夏金乌趁机欲砍宗泽首级，只听当啷一声，手中的刀被一支箭打了开去。夏金乌一看，原来是宋人大将岳飞。

岳飞飞马赶到，大喊一声：“老帅，我来了！”

夏金乌见岳飞和他的部将英勇无比，并且援兵数目不在少数，于是下令撤退。

这时，岳飞才看到，老元帅身中多箭，忍不住悲痛叫道：“老帅！老

帅！”老元帅听着他的声音，晕了过去。

晨光熹微，宗泽躺在床上，脸色惨白。

岳飞扶起他，亲自喂他服药。老元帅疲惫地睁开眼睛，眼中布满血色，满脸忧虑和悲伤。

岳飞一边喂药一边安慰他道：“老帅请放心，胙城保住了。”

宗泽想起宗欣，悲伤地叹了一口气。岳飞也伤心道：“老帅，是岳飞来迟了一步，否则宗将军……”

宗泽轻拍岳飞的手，反过来安慰他道：“戎马一生，死得其所！”

老元帅这句话，不知道是在评价宗欣，还是在说自己。这种沉重的气氛让岳飞心里翻江倒海，五味杂陈。他缓缓低下头，紧紧握住老元帅的手。老元帅缓缓道：“宋金之战，还只是刚刚开了个头儿，金人来势汹汹，不达目的誓不罢休，我已逾花甲之年，心有余而力不足，岳飞，你肩上的担子很重……”

岳飞想安慰老元帅，苦笑道：“老帅莫要说这些话，等您伤好了，我还要和您学阵图，还要和您上阵杀敌！老帅……”

宗泽微微一笑，甚感欣慰，鼓励岳飞道：“运用之妙存乎一心，岳飞，你说的这句话一直记在我的心里，说得好啊！”

岳飞急忙道：“老帅，岳飞莽撞不更事……”

宗泽不理岳飞的谦逊和客气，自顾自道：“我因二圣受辱，愤愤至此，你如果能多替我杀死几个金蹄子，我就是死也无憾了。古人说‘出师未捷身先死，长使英雄泪满襟’，唉……”

看着老元帅眼中深藏的遗憾，岳飞心中更是增加了抵御金寇的决心，握着老元帅的手，狠狠地点了下头。

第二十九章

老元帅以身殉国

杨再兴救岳母、岳云、小慧虎口脱险，等那些贼寇彻底销声匿迹之后，他们才赶回守陵村，刚回到家里，就发现庭院已被洗劫一空，凌乱不堪。

岳母和小慧忙着收拾，杨再兴手臂缠着绷带，也要帮忙。岳母连忙拦着他，不让他动，道：“你伤还没好，先回去歇着吧。”

杨再兴虽然身上有伤，但看到岳母彻底原谅了自己，觉得即使再受点伤也是值得的。

他们一连收拾了几天，这个院子才恢复了一点家的感觉。

这天，岳母他们正在家里收拾东西，只见岳飞疾驰而来，滚身下马。

原来，他慷慨急赴胙城勇救老元帅之后，一直放心不下家人，此时一见到母亲，心里便安稳了一些。

岳母看到儿子，一时也悲喜交加，不知道该说些什么。岳云、岳霖闻声从屋内跑出，一下子扑进岳飞怀里。

岳飞一把搂住他们，同时又急切地向屋内张望，却迟迟不见李孝娥与安娘的身影，突然有种不祥的预感，开口道：“怎么没见孝娥和安娘她们俩呢？”

杨再兴看着岳母、小慧欲言又止的样子，心里也一阵难过，走上前道：“大哥，是我不好，我没来得及救她们。”

岳飞焦急地问道：“他们现在在哪儿？”

杨再兴道：“逃的时候走散了，我已经派人去找了……不过，暂时还没有下落……”

岳飞听完，心里一时堵得慌，孝娥那么好的女人，跟着自己还没过上安稳日子，现在却……还有安娘，从小跟爹生疏，现在好了，却……想着想着，便情不自禁虎目含泪，在心里暗暗祈祷：老天千万要保佑她们，千万别让她们出什么事，否则我岳飞对不起她们啊……

可是金兀术哪能容得下他儿女情长，在下令攻打胙城的时候，又让金兵偷袭了澶州。

澶州这座城池不大，却地处险要，要是失去了澶州，后果将不堪设想。

于是岳飞连忙告别岳母，率领王贵、牛皋等人急奔澶州死守，顽强抗击。

那金兀术的铁浮屠固然厉害，竟然连攻十数日不克，自己也损伤无数……

这天，金兵再一次发动猛烈攻击，又被岳飞打退。

岳家军将士站在城头看到金军撤退，无不摇旗呐喊，高声欢呼。王贵冲着城下的金兵大喊：“喂，你们怎么不打了？”

牛皋听闻，哈哈大笑，道：“瞧他们那样儿，吓得屁滚尿流的！”傅庆搓着手，叫道：“这场仗打得太痛快了！”

张宪却道：“我不痛快，我手还痒痒，还没打够呢！”

傅庆拍了拍他的肩膀，道：“走走走，你不痛快，咱们回去喝酒去，保管让你喝个痛快！”

岳飞看傅庆的酒瘾又犯了，打趣道：“每次一打完仗，你的酒虫就都跑出来了。”傅庆不好意思地笑了笑。

岳飞想了想，对大家道：“咱们整军回胙城，跟宗元帅报告这个好消息！”

牛皋一听，立马嚷道：“对对对，他老人家要是听到这个消息，肯定高兴坏了，立马从床上蹦起来，什么伤都好了！”众人被牛皋的话逗得哄然大笑。

这时，一名士兵快马而来，跃身下马，急急向他们跑来。

岳飞看到那宋兵的神情，预感不妙，忙问道：“发生什么事了？”

士兵看见他们，哽咽着说不出话来：“宗帅……宗帅他……”只见他红着眼眶，垂下了头。

岳飞一听便明白，眼泪顿时在眼眶里打转，张宪、牛皋、王贵、傅庆也陷入了悲伤。

牛皋跺了跺脚，悲愤道：“他老人家还没听到我们的好消息，怎么就

去……去了？”说着潸然泪下。

宋兵抑制住自己的悲伤，勉强说道：“军医说宗元帅伤得太重，医不好了……宗帅昏迷了三天三夜才醒……他老人家在临咽最后一口气前，还在大声喊着‘一定要过河！过河！过河！’”

岳飞听闻，悲痛不已，向胙城方向跪下，王贵等人也跟着纷纷跪下。岳飞强忍泪水，举臂高呼：“宗元帅，您放心，不管是一天、一月、一年、十年，甚至一辈子，您的遗愿我一定完成！过河！”

只听岳家军悲怆有力地一起大声呼喊：“过河！过河！过河！”

听闻老元帅死讯，岳飞几人连忙从澶州出发，奔赴老元帅的葬礼。

只见汴京留守军营校场内，白幡白灯一片缟素，许多民众自发来悼念老元帅，长香插满墙边，跪地祭拜的人遍地。

右丞相汪伯彦正当众宣读着皇帝命制的祭文：“宗泽元帅，浙江生人，勤政爱民，治绩卓著，声名远扬，深得民心军心。宗帅一生南征北战，靖康元年，任兵马副元帅，率军趋李固渡，途中遇敌，大破之。建炎元年，以六十九岁高龄任汴京留守，招聚义兵近两百万，分署京郊十六县，与金兵隔黄河对峙。胙城之战，宗帅率军浴血奋战，顽强不息，最终殒命疆场。眼下国难深重，宗帅的离去于国于民皆是莫大的悲哀。皇上失去一忠肝义胆之良将，军兵失去一有勇有谋之将领，百姓失去一勤政爱民之父母官，呜呼哀哉！呜呼哀哉！”

校场被文武官员及地方乡绅挤得水泄不通。虽然赵构已经颁发钦命祭文，但却不见其本人，因此众人延颈鹄望，等着皇上来上第一炷香。

等了许久，仍不见赵构现身，众人开始窃窃私语。牛皋最急躁，嚷道：“陛下怎么还不来？到底还来不来啊？”

王贵叹了口气，道：“宗元帅是兵马大元帅，他的祭奠，陛下说什么也得来啊！”

傅庆接口道：“按说这头一炷香就该陛下上的，我看陛下就是没诚意！”岳飞见人多嘴杂，嘘了一声，让他们不要乱讲话，免得被小人听见，又滋生事端。

宋高宗赵构听到老元帅以身殉国的消息后，也深感不安，参加祭奠吧，嫌山高路远；不参加吧，自己也明白这老元帅德高望重，乃民心所向，自己在这节骨眼儿上马虎，可能会失去民心。在这两难之间，他颇不情愿地带着护卫队浩浩荡荡地向汴京留守府而去。

突然，车队停了下来，他掀开帘子往外看了看，焦急地问道："怎么回事？"

"陛下，这马车坏了。"康履答道，见赵构焦急，便安慰他，"陛下，宗元帅战死虽说也让人惋惜，但是也苦了皇上，劳您千里迢迢跑去赴丧。"

赵构看着他，叹了口气，道："你这个不懂事的奴才，要不是你这么晚才告诉寡人，寡人也用不着这么赶！那宗泽乃三朝元老，威望甚高，朕要是不去，难免会激起众愤，何况他这次还是以身殉国……就是再远，朕也得去！"

康履忙拱手长揖道："是，老奴知错了，老奴知错了。"不一会儿，马车修好，赵构吩咐，一定要快马加鞭，全速前进。

再说这边老元帅的葬礼上，典礼官出去观了观天，天色不早了，看来皇上是来不了了，于是站出来宣布道："时辰到！兵马大元帅宗泽将军祭奠仪式现在开始！"众人一片默然，虽然对皇帝到现在还未出现有些不满，但也无可奈何，死者为大，让老元帅入土为安吧。

在礼官的主持下，右丞相汪伯彦、参知政事秦桧、大将军韩世忠、张俊、王渊就位，还有杜充、王燮率各级长官、将军、校尉约十人，包括岳飞、张宪、牛皋、傅庆、王贵等，分别在老元帅灵柩前上香祭拜。只见岳飞等人热泪滚滚，紧咬牙根，悲痛满怀。

这时，礼官宣布："河北忠义社堂口就位……"岳飞一看，忠义社勇士也前来悼念祭拜，心中无比感动。

梁兴等人上香祭拜完毕，岳飞走上前去，向梁兴道："谢谢梁兄！"梁兴拍了拍他的肩膀，道："节哀顺变！有事尽管招呼我们。"

岳飞点点头，目送他们离开。

这时，一名士兵进来报告："禀丞相，金国派人前来吊唁。"

只见金兀术的军师哈迷蚩和粘罕的大将韩常骑马而来，翻身下马，走了进来。所有人注视着他们，不觉惊呆。

牛皋怒道："他们来做什么？"

哈迷蚩与韩常却泰然自若，一路走进来。那些乡绅亲友早就听闻金人的厉害和无赖，吓得纷纷四处躲避。

礼官看了看他们，壮了壮胆子，道："请问二位是……"

韩常答道："盛京昭武大将军韩常、御前谋略总司哈迷蚩专程前来灵堂致哀！"

牛皋早已怒不可遏，跳出来骂道："你们两个好大的胆子，耀武扬威到这儿来了！"

韩常笑道："我们这次是诚心来给宗泽元帅行礼的。"

牛皋气得直跺脚，道："放屁！你们来得正好，自投罗网！"说着便要将二人捆起来。

哈迷蚩却笑了笑，道："别急，等我行完了礼，你再绑我不迟。"韩常冷冷道："我们既然来了，就不怕你绑，怕你绑，就不来了！"

牛皋骂了句"少废话"，就欲冲上去扭打。岳飞连忙拦住他，牛皋不解地瞪着岳飞。岳飞怕他犯浑，大声道："两国相争，不杀来使！"

牛皋不服气地道："他们金国杀我们的使节还少吗？"

韩常坦然道："我等这一趟来给宗爷行礼是秉承四皇子的敬意，诸位将军若是不以为然，尽可以以死问斩！"

牛皋气急，冲岳飞叫道："大哥！宗元帅就是死在他们手上，你怎么这么快就忘了？！"

岳飞凛然道："我没忘！这个仇我一定会报，但不是现在，不是在这儿！宗元帅在九泉之下也不会希望我们这般乘人之危吧！"

牛皋更加激愤，但知道岳飞说得对，这涉及大宋礼仪的问题，便赌着气不再说话。

汪伯彦见大家已经平静下来，便邀请韩常和哈迷蚩上前行礼。

韩常和哈迷蚩在礼官的主持下，坦然自若地行完祭礼。

汪伯彦怕牛皋再次滋事，特意吩咐岳飞，要他亲自率人护送他们二人上路，不得有半点闪失。

秦桧见二人要走，也出来送行："丞相让我送送二位。"

哈迷蚩笑道："秦大人，相别数月，二皇子甚是想念，特让我赠一锦帕。"说着将一锦帕递给秦桧。

秦桧见那手帕上绣有一朵祥云，有些不明所以，一边道谢一边接过。

哈迷蚩意味深长地笑了笑，便跟着岳飞他们走了。

送走了韩常和哈迷蚩，葬礼上的秩序才恢复正常。剩下的人也一一行过祭拜礼。王燮看了看杜充，杜充点点头，王燮立马会意，站出来道："现在诸位大臣、将军都在，有一事我必须提出来，大家商议商议。"

韩世忠道："好，你说。"

王燮见韩世忠很快就跳进了自己的圈套，心中暗喜，故作庄严道："宗老帅之死，我们心情都很沉痛，可是沉痛之余，我们还得想想，日后谁来接替宗帅之位，军中不可一日无帅啊！"

王燮此话一出，犹如一石惊起千层浪，众人纷纷交头接耳，窃窃私语起来。

韩世忠立马觉察到王燮此提议别有用心，冷冷问道："那你心中可有人选？"

王燮道："我推选杜将军！杜将军跟随宗帅征战多年，鞍前马后，效命有功，他不继任，谁能继任？"

杜充看着众人，假装面有难色，道："行了，王将军，这件事稍后再议吧。"

汪伯彦道："我此行还带了圣谕，就与这事有关。"

众人听闻一怔，原来皇上人不来，却已经做好了兵马大元帅的人事安排。

韩世忠听后更是愤怒，早就知道皇上对老元帅既敬又怕，果然如此，便大声问道："你既然带了圣谕，那陛下到底还来不来？"

汪伯彦却摇摇头，装糊涂道："那我可就不知道了。"

韩世忠怒道："那我们等着，皇上一天不来，灵堂就一天不拆！"

汪伯彦忙道："韩大人，此举不妥吧？"

韩世忠正义凛然道："不妥？老帅是朝廷重臣，国殇殉职，非比寻常，连当前之大敌金兀术都派了昭武将军及谋略总司前来吊丧举哀，而皇上姑息养

患、处事草率，年轻不知深浅，难道你们左右宰相也是乳臭未干的小儿吗？宗泽年过七十，还在沙场上肝脑涂地、血流三丈，若是大小三军知道皇上眼中并无宗泽这一具尸身，哪个还会为大宋逞勇？哪个还会为社稷卖命？！”

汪伯彦被他说得有些窘迫，众多将士还有前来悼念的老百姓，都瞪着双眼望向汪伯彦。

秦桧见场面尴尬，赶紧出来打圆场：“皇上恩德深重，要皇上补礼数，完全可以办到。不过，这灵堂得先拆了。”

韩世忠知道秦桧是汪伯彦的学生，两人乃一丘之貉，便冷冷问道：“那是为什么？”

秦桧道：“相爷奉旨宣布汴京留守之人选，这是一件大吉大利之事，不便在灵堂中举行，不但要拆除白色的挽联，还要挂上红色的喜帐！”

韩世忠愤怒道：“老帅尸骨未寒，如果连个灵堂都保不住，还要我韩世忠干吗？今天有我韩世忠在这儿，看有哪个敢拆灵堂！”

秦桧笑道：“此举关系国家体制，请大将军包涵。”

韩世忠向四周看了看，朗声问道：“你们都合计合计这灵堂拆得拆不得？”众多老百姓一起叫道：“自然拆不得！”

王渊虽然和汪伯彦、秦桧是一路的，但他知道这韩世忠乃是自己的救命恩人，自己这个时候万万不可背信弃义，更何况韩世忠的威名谁人不识，谁人不晓？于是附和道：“拆不得！”张俊看看王渊，又看看秦桧他们，心里掂量了一番，道：“这个……凡事穷则变，变则通，没有什么拆不得的！”

王燮自个儿喊道：“拆得！拆得！往者已矣，来者可追，后浪比前浪要紧啊！”

汪伯彦趁机宣布道：“我们再等一个时辰，拆除灵堂，布置礼堂，新官上任，天明地光！”

韩世忠哼了一声，道：“这位新官是哪一位？我去同他商量！”

牛皋急忙叫道：“对啊！是什么人上任，天明地光的？”

汪伯彦指了指杜充，道：“远在天边，近在眼前，皇上龙笔勾选，杜大将军独占鳌头！”

众军官听闻，莫不唉声叹气，这昏皇帝果然选了一个庸碌无能的人来当兵马大元帅。当然，很多人还不知道这杜充甚至吃里爬外，暗通金人。韩世忠听过，悲愤大笑，道："果然不出所料啊，是你这个杜老二！我说，陛下上香的事，我韩世忠劝你得想周全了！"

杜充道："我在后院搭个棚子专等皇上的圣驾，不就两全其美了吗？"

韩世忠慨然愤怒，道："不行！办老帅的事在大厅，办你的事，在草棚子里！"

杜充见韩世忠一直和自己过不去，便发作道："韩世忠，你老哥存心抹我的面子，也不要怪我不给你面子！韩世忠，不要以为长江为龙王，黄河为龟山，都得听你的，我杜充过大桥、走大路，你要玩你的草莽本色自个儿玩去，恕不奉陪！"

韩世忠也不甘示弱，冷冷道："岂有此理！今天我韩某就亮个草莽本色给你看看！皇上未来上香之前，哪个敢动了这里的一分一毫、一点一滴，韩某就叫他粉身碎骨，俨如此物！"说着，上前对着一张四尺高的盆景木架猛拍一掌，只见那木架应声粉碎，化为屑末。

杜充心里有点害怕，却强作镇静，利用汪伯彦说道："韩世忠，当着丞相的面，你就如此放肆，你不把汴京留守使放在眼里，难道你也不把高宗皇帝放在眼里吗？"

韩世忠早已愤怒异常，失去理智，口无遮拦道："我韩某眼中只有英主，没有昏君！"

杜充阴森森地冷笑道："这话可是你韩大人亲口说的，大家可都听到了！"

韩世忠毫无惧色，道："我韩某人既然敢说这话，就不怕掉脑袋！"

眼看着剑拔弩张，要酿出一件大事端来，岳飞从外面大步跨入，向韩世忠禀报道："启禀大帅，皇上驾到！"

韩世忠不禁一惊，说曹操，曹操还真到了，不过来得也刚好。

岳飞护送韩常、哈迷蚩出城之时，看见赵构轻衣简从，正快马加鞭，便自告奋勇护驾，把皇上直接送到老元帅的葬礼上来。

汪伯彦和杜充他们松了一口气，要是皇上再不来，他们也不知道该怎

么收场。

只见赵构在康履的陪伴下，从外面走进来，到老元帅灵堂前看了一会儿，转身向左右接驾的文武百官开口道：“先是这两日朕的精神头儿不好，两位宰相怕朕操劳过度，便要代朕出面致哀，但朕想了想，觉得这么做，对死者太简慢，对生者又太失礼，所以就马不停蹄地赶来了。所幸一路上风和日丽，没碰上什么天灾人祸，朕想，这都是老帅的英灵护佑，要朕应时到京，以昭威武，现在我们就开始上香吧！”众臣叩道：“吾皇万岁万岁万万岁……”

文武大臣叩拜完毕之后，宋高宗在礼官的引领下，对宗元帅进行了一番祭拜。史官在笔记簿上庄严写下：

> 建炎二年七月初七，高宗皇帝致祭于汴京留守使宗泽大将军灵前……

岳飞看到这一情形，眼角溢泪，心想，这下老元帅也该瞑目了。

但在赵构礼毕时，老元帅牌位前的一对高大白烛突然火苗高涨乱抖，赵构吓得向后退步，心想，这老家伙人死了还要在朕面前耍威风，心中便有些不痛快。康履急上前扶住他。

文武官员看到这一情形一阵子骚动，秦桧眼明手快，急忙把附近一扇窗子关好，那烛火才不乱跳了。

杜充看了一眼皇上，又看了一下韩世忠，愤懑地走上前，跪倒在老元帅灵前，大声道：“宗元帅，您一路走好！”随着他的声音落下，韩世忠不无痛快地大声宣布道：“汴京留守宋使上将军宗泽追悼大典礼告成！”

王燮也趁机向众人宣布：“今日午时三刻，接着举行杜充大将军的接任庆典，请各位出席！”

汪伯彦、秦桧等人向杜充含笑致意。岳飞、王贵等老元帅手下的一干将士一脸不屑，那韩世忠更是怒目相向。赵构自知自己早已违拂民心，不宜久留，带着皇家卫队直接起驾赶回建康去了。

午时三刻，早上还是一片缟素的老元帅葬礼，这会儿只见红绸高挂，一片喜气洋洋。

王夔向前来庆贺的为数不多的几个大臣宾客吆喝道："杜元帅接任庆典，山珍海味、上品酒席、玉液琼浆、古都陈酒，请入座啊！请入座啊！"但是有好多大将文臣知道这杜充接任兵马大元帅，是违背民心之举，所以都推辞不来。

杜充看着那么多空位的酒席，脸上一阵青一阵白，心中满是愤恨。

老元帅以身殉国之后，岳飞陷入悲痛，一时间还不能自拔，他想把老元帅的灵柩送回他的老家安葬，但身在军营，不得私自走动，更何况现在是杜充挂帅。这天，他来到已经易主的汴京留守府，向杜充禀报道："杜帅，我想告假十日。"

杜充问道："为什么？"岳飞如实回答："我想送宗元帅回故乡。"他怕杜充不同意，补充道，"只我一人赴镇江送老帅，其余众将士会继续驻守澶州。"

但杜充岂会遂他的心愿？在宗泽活着的时候，便与他处处为难，现在宗泽死了，他怎么会放弃向其报复的机会？更何况眼前这个岳飞也多次违抗自己，他更不愿让其称心如意，便断然拒绝道："不行，你得回去驻守皇陵。"

岳飞惊诧道："驻守皇陵？"

杜充振振有词道："皇陵空虚，金军随时都可能来袭。只有澶州嘛，我已经派王夔将军去驻守了。"

王夔得意地看着岳飞，原来，这一切都是他的主意。

杜充见岳飞迟迟不动，便命令他即时出发，去驻守皇陵，不得有误。

岳飞无奈，只好领命，率着王贵、牛皋等人一路向南，重返巩县皇陵。

回到巩县后，他一直闷闷不乐，一则老元帅去世，二则孝娥和安娘不知在哪里，是活着还是死了。他每次走进守陵村的画室，都会触景生情，岳母见他连日来都不能振作，心里很是着急，劝他道："很多人都去找了，相信很快就会有消息的。吉人自有天相，你别太担心了。"岳飞看着母亲，几乎哭出来，道："不知道孝娥、安娘现在在哪儿，她们孤儿寡母

的，能跑到哪里去呢？我为了救援宗帅却让她们母女遭难……还有宗帅，宗帅也走了，我都没能见上他最后一面，没能送他最后一程……我没用！我真是没用！”说着以手捶墙。岳母静静地看着他发泄。

岳飞悲伤道：“以后不会再有人传授我兵法，指点我作战了……”

岳母安慰道：“生离死别，本就是人生必须经历的事，何况战场上生死难免，谁也不能预料，你再难过也没有用，唯有完成宗帅的遗愿，才算告慰他的在天之灵。”

“宗帅走了，这担子太重，我怕扛不起……”

“扛不起，你也得扛！我知道你心里难过，可你是男子汉，别人能扛，你也能扛。”岳飞抬头看着岳母，母亲的每句话、每个字都如针扎，针针扎进他心里。

只听母亲继续道：“你那些兄弟和孩子，大家都看着你，你不能倒！”

听了母亲的话，岳飞逐渐醒悟过来，自己不能再萎靡不振了，这样不但辜负了老元帅的期望，也辜负了母亲、孝娥还有安娘的希望，如此想着，他便整了整凌乱的头发，坚定地点点头。

从此，他安心投身到凌烟阁的建设中，很快凌烟阁便建成了。

只见“大宋国忠烈凌烟阁”几个铜匾金字在太阳下熠熠闪光，八角形的凌烟阁高耸入云。

这天是凌烟阁的落成典礼，数千民众围拢在广场上观礼祈福，一头金毛大狮在中间奋力表演，乐队卖力演奏，锣鼓喧天。舞曲完毕，狮头竖起，围观的群众热烈呼喊鼓掌。

礼官上前宣布：“各位贵宾，各位乡亲父老，大宋的凌烟阁今天终于落成了，岳将军和岳家军这次真是功不可没，下官要特意向皇帝禀报岳将军的功劳。岳将军，上来说两句！”

那些民众纷纷叫着要岳飞上前说话，岳飞想往后躲，却被众人推上台去。

他看了看大家，只好结结巴巴地说道：“谢谢，谢谢各位父老乡亲，大家过奖了，建造凌烟阁，岳某只是奉命行事。由于起阁的费用不敷所需，诸多兄弟都慷慨解囊，这才让我大宋开国的数百位忠魂义魄有了归宿之地，所以，这功劳还得算在岳家将士每一个人的头上，谢谢诸位了！”

群众听了，无不热烈鼓掌。

这时，只见王贵用粗麻绳捆着姚衮走来。姚衮一边挣扎，一边叫道：“你干吗？放开我！放开我！”众人听到，向他们看去。

岳母见弟弟被捆，不知道他又做了什么见不得人的事。

王贵把姚衮押上前来，向岳飞道：“大哥，我已经调查清楚了，姚衮私通曹成，之前绑架岳大哥家小的，就是他和曹成干的好事！”

众人大吃一惊，没想到姚衮已经如此丧尽天良，岳母以为自己听错了，难道弟弟真的已经到了如此地步？

姚衮见大家都不大相信，便狡辩道：“王贵，告诉你别胡说八道啊，我再怎么缺银子，也不会串通外人绑了自家人，大家说对不对？”

一个老百姓道：“对啊，怎么可能绑自家人呢？”

另一个也疑问道：“会不会搞错了啊？”

姚衮听到他们的议论，便扬扬得意地向王贵叫道：“听听，听听！我姚衮是好赌、爱钱，可也不会做出这么没有天理的事。王贵，我可警告你，你别信口开河，污了我名声！”

王贵气不打一处来，但是自己也没什么直接证据证明啊。

这时，岳云站了出来，说道：“那天曹成率军来打，我听到了，他们说就是你。”

人群一片哗然，没想到姚衮果真如此，这岳云断不会胡乱说话。

姚衮见事情败露，向岳云怒喝道：“臭小子，你别胡说八道！”

岳云道：“我没胡说，我是亲眼看到的。”

王贵眼睛突然一亮，发现不对，便上前搜他的身，很快在姚衮身上搜到金国官银，民众看到一片哗然。

王贵质问道：“你身上怎么会有金国的官银？你作何解释？”

姚衮依然狡辩道：“我……我怎么知道？你……是你栽赃嫁祸！”

王贵道：“证据确凿，你还想抵赖？”说着望向岳飞，看他如何处置。

岳飞心里已经凉透，斩钉截铁道：“送衙门法办！”

姚衮求饶道：“岳飞，我是你舅舅啊，亲舅舅啊！”

岳飞冷冷道：“天子犯法，与庶民同罪！张宪，按照宋律，该如何处置？”

张宪答道：“私通金人，绑架妇幼，论罪……当斩！”

姚衮听了，惊恐起来，指着岳飞破口大骂：“岳飞……你这没良心的，翻脸不认人，一点亲情都没有！”

岳母悲愤道：“住口！你还嫌自己不够丢人现眼吗？”

岳飞左右为难，一方面怕母亲太过伤心，另一方面，自己这个亲娘舅竟然做出如此伤天害理、大逆不道之事。

姚衮见自己行迹完全败露，连自己的姐姐也不同情自己，便凶相毕露，猛然拔出身旁一名士兵的剑，顺手抓过岳云，将他挟持。

岳云吓得大叫：“舅爷，你干吗？”

岳母看到弟弟竟然挟持自己的孙子，对他彻底绝望。

岳飞又急又气，道：“舅舅，不要一错再错！”

姚衮把剑搭在岳云的脖子上，叫嚣道：“你们别过来……不然……不然我真杀了他……是你们逼我的！”

岳飞请求道：“舅舅，快把刀放下，不要一错再错！”

姚衮咬了咬牙，狠狠道：“许你不仁，就不许我不义？”

这时，岳云趁他不注意，咬了他一口。姚衮尖叫一声，手中的刀一松，说时迟，那时快，岳飞将手中的匕首投去，一剑穿喉，姚衮倒地。

岳母闭眼不忍看，心里悲痛到极点，世上哪有眼看着自己的亲弟弟被自己的亲生儿子杀死的事？可是偏偏就发生在眼前，发生在自己身上。

众人大吃一惊，王贵急忙上前去摸姚衮的鼻息，发现他已经死绝，冲岳飞摇了摇头。

岳飞看着母亲，走到她面前跪下，一头撞在地上，狠狠地磕了个响头。

第三十章

决黄河赵构自保

金兀术听说岳飞又被杜充派回巩县皇陵守陵，镇守澶州的正是那个曾经私通金人的酒囊饭袋王夒，知道这是个千载难逢的好机会，便于建炎二年率兵南下，攻打澶州，不想只是随意攻击了一番，澶州就被铁浮屠拿下，犹如探囊取物。

澶州沦陷的消息很快传到了大宋朝廷。这天，在皇宫大内御书房中，赵构召集文武大臣，商议对策。杜充、汪伯彦、秦桧、王渊、赵鼎等人立于一旁，战战兢兢，低头不语。

赵构指着他们的鼻子，不耐烦地道："你们不是说朝廷搬到了建康，就可以让朕高枕无忧了吗？结果，这才搬来了个把月，澶州破了，宗泽死了，金人长驱直入，你们毫无还击之力！"

杜充走上前，跪地请罪道："臣防护不力，臣知罪！"

赵构看着他就来气，道："朕让你接替宗泽的帅位，把长江下游的兵力尽数归你调度，就是希望你能保国泰民安，让朕能睡个安稳觉，现在倒好了，每天提着颗心七上八下，没准儿哪天你就让金人打进宫来了！"

杜充心中愈加惶恐，磕头如鸡啄米，道："臣罪该万死！"

赵构挥挥手，不耐烦道："朕要的不是罪该万死，朕要的是你们的行动，你们一个个拿着朝廷俸禄，现在该是你们出力出策的时候了！"

群臣交头接耳，议论了一阵，赵鼎走出来启奏道："陛下，不如调韩世忠去接应，集中兵力驻守澶州！"

秦桧在一旁道："韩将军驻守镇江，调动人马少则二十日，多则一个月，可金兵已经大举进犯，迫在眉睫了。"

赵鼎试探着道：“那不如调遣岳飞去对抗金军……”

秦桧笑道：“更不可！岳飞正驻守皇陵，且他只有一万兵马，哪能对抗得了金人二十万铁浮屠！”

赵鼎见秦桧专和自己唱对台戏，生气道：“照秦大人的意思，我们就该束手就擒，任人宰割了？”

秦桧看了看赵构，拱手道：“如今，铁浮屠叱咤一方，所到之处，生灵涂炭，就算集中全国之兵力抵抗，也只是不自量力，以卵击石，倒不如放低姿态，寻求议和，然后皇上便可在建康城安心地韬光养晦。”

赵鼎听他又要议和，大为震怒，斥责道：“现在议和，就等于是向金人投降！向胡虏称臣！这是天大的耻辱，万万不可！”

但是赵构听了秦桧的建议，心里有些动摇，又一听赵鼎坚决反对，生气道：“这也不行，那也不行，难道你们就眼睁睁地看着金人的铁蹄把大宋踏平吗？”

群臣一片静默，不敢再说。

汪伯彦站出来道：“陛下，眼下看来，金人势不可当，建康还不够安全，您得再往更南的地方去！”

赵构听了，觉得这个主意也挺适合目前的形势，想了想，沉吟道：“再走就是临安了。”

汪伯彦点点头。其他众臣担心频繁迁都，恐社稷更加不稳，便一阵骚动。赵构却命令王渊准备再次迁都临安。

赵鼎心急如焚，只能再次站出来向赵构进谏道：“陛下，恕微臣直言，一味南逃绝不是久安之法，以战代和才是上策，请皇上三思而后断！”

赵构挥了挥手，道：“朕累了，你们先退下吧，此事让朕再想想。”

赵鼎无奈作揖退下，其余大臣也跟着退了下去，杜充却磨磨蹭蹭地留下未走。

秦桧见杜充驻足，自己也留了下来。杜充见其他大臣都走了，而秦桧也不是外人，便向赵构道：“陛下，末将有一两全之计，不知当讲不当讲。”

赵构不耐烦道：“你快说！”

杜充犹豫了一下，道：“金军铁蹄肆虐，我们绝非他们的对手，而金人如今驻扎黄河以北，如果我们决了黄河岸堤，就能一举将二十万金军与铁浮屠全部淹困，这样至少可以保我朝十年的长治久安。”

赵构一听，心中暗叫一声好，虽然残忍了一点，但也不失为一条妙计，他望向秦桧，问道：“秦爱卿，你意下如何？”

秦桧想了想，点头道：“铁浮屠确实令人闻风丧胆，决黄河倒是可以一劳永逸，微臣觉得，此法可行。”

赵构沉吟了一下，道：“嗯，眼下也只有这个办法了。不过，黄河一带居住了数十万百姓，得先让他们迁徙到南方来。”

杜充忙道：“皇上，万万不可啊！”

赵构问道：“这是为何？”

杜充道：“黄河一带，金人多有渗透，一旦告知了百姓，等于告知了金人，那此事可就彻底败露了。”

赵构为难道：“可是北岸那么多老百姓怎么办……”

杜充道：“皇上宅心仁厚，可是事已至此，万不可一念之仁。决黄河固然会扺上数十万百姓的性命，可是试想，金兵若是渡过黄河，大举进犯，逐一屠城，婴幼不留，到时死伤又是多少？孰轻孰重，孰利孰害，相信皇上自有分晓。末将无能，不能率兵痛击金兵，此举也是形势所逼，迫不得已，望皇上明鉴。”

秦桧点点头，附和道：“杜帅言之有理，皇上明鉴。”

秦桧看出了赵构的心思，既想决堤自保，又不想背上千古骂名，便走上前去，向皇上一笑，悄悄道：“陛下若是担心被后人诟病，此事可只下口谕，不写诏书。”赵构点点头，心里一下释然，脸上也缓和起来，于是向杜充下口谕，令其决堤黄河，以退金贼，杜充慨然领命。

议完朝政后，赵构回到后宫，一想到自己这个皇帝当得比徽、钦二宗还窝囊，便借酒消愁起来。吴氏在一旁伺候，为其斟酒，不一会儿他便醉了，向吴氏嘟囔道：“我知道外面那些人是怎么说朕的，逃跑皇上……金兵来了，只会跑，一路往南跑，再往下就是临安了，可到了临安再往下又是哪儿啊？”

吴氏安慰他道：“皇上，您醉了……”

赵构睁着醉眼看了吴氏一眼，摆摆手道：“朕没醉……所有人都在骂朕昏庸、无能……可是，朕何尝不想当个好皇帝，何尝不想挽江山于既倒，救苍生于水火？可是你看看，自从朕匆忙上位，金人的铁蹄就没停歇过，打呢又打不过，谈呢又谈不了，朕只能跑，一路跑到江南。”

吴氏再次安慰道：“皇上，您真的醉了……”

赵构依然自顾自地说道：“朕没醉！朕清醒地记得，曾经立志要当唐太宗那样的好皇帝，为后人称道，朕想让大宋国泰民安，牛马遍野，百姓丰衣足食，夜不闭户，路不拾遗，到处一片欣欣向荣的升平景象。可世事弄人，逢于乱世，朕只想保全大宋，对列祖列宗有个交代……可是谁能告诉朕，朕到底要怎么做？怎么做个好皇帝……”说着，看着手边母亲当年送他的灯笼，“我娘送的灯笼也照不亮我心里的那个空洞……”

说着他又猛灌一杯，道：“如果真的醉了该有多好，自此长醉不愿醒……”最后，他终于醉得睡着了。吴氏服侍他更衣，把他扶上床。这时赵构突然惊醒，猛地一看，以为眼前吴氏为邢氏，吓了一跳，大喊道：“爱妃……你怎么回来了……不是朕害死你的……你不要回来找朕……”惶恐中，他拔出剑来，乱砍一通。吴氏吓得惊叫着逃了出去。

赵构仍拿着剑在空中乱砍一气，叫喊着：“不是朕害死你的……你不要回来找朕……”那些服侍他的小太监被惊动，围着他“皇上皇上”叫个不停，希望他赶紧醒过来，他却一剑将其中一个小太监刺死了。看到太监死去，他才从酒醉和梦中醒来，浑身淌着大汗……

自从凌烟阁建起后，岳飞更加无事可干，说是守陵，但想来金人对一个空园子也不会感兴趣，而土匪曹成已被杨再兴所杀，所以大家轮班看护陵墓之外，就只剩下无聊和苦闷了。

这天，岳飞正在皇陵的一片空地上舒展筋骨，练习师父传授的锁喉枪，就见忠义社的女侠素素驱马而来。

岳飞见到素素，颇为意外，不知她千里迢迢赶来，有何贵干。

素素见到他，开门见山道：“我有重要军情禀报！杜充建议皇上决黄河，以此淹困铁浮屠，皇上已经答应了，而且，皇上为了确保万无一失，将这件事情完全封锁，不到最后，决不告知两岸百姓。”

岳飞一听，大吃一惊，没想到皇上为了自保，竟置千万百姓于不顾，愤恨道：“黄河的北岸决了口，濮阳、汤阴、辉县、新乡这一带就都直接在黄泉之下了！”说着，匆忙告辞上马，向皇陵外面奔驰。

这个消息令他心急如焚，一刻也不愿多待，立时便带着牛皋等人直奔汴京留守府，要找杜充商议。

杜充知道他们的来意，却闭门不见，在留守府内饮酒作乐，吃喝嫖妓。

岳飞等人堵在留守府门口硬生生等了一夜。

第二天，杜充在两个妓女身边醒来，洗漱过后，打算出门着办黄河决堤之事，却见王燮悄悄进来禀报道：“这个岳飞堵在大门口，等了一夜。”

杜充气得将手中的马鞭扔到一边，骂道：“娘的！这瘟神一到，我头就开始痛！”

王燮道：“看样子，您今儿个要是不见他一面，他是不会走的。”

杜充叫道：“这大清早的，就叫这小子搞得没好心情！让他到大厅候着！”王燮称“是”，便出来吩咐岳飞几人等候杜充接见。

此时，岳飞众人已经等了一夜，张宪、王贵、牛皋早已忍不住了，只好在树下打盹儿。岳飞却一夜未合眼，死死盯着留守府的大门。

这时，吱呀一声，留守府的边门开了，只见两名青楼女子婀娜地走了出来。

牛皋睁开眼，看到青楼女子走出来，道：“妈的，现在留守府成什么地方了？！”

张宪心想，杜充陪着妓女睡觉也不接见他们，气愤道：“岳大哥，不能干等下去了！”

王贵向岳飞道：“等了一天一夜了，咱们得想个法啊！”

牛皋嚷道：“想什么，我看直接闯进去算了！”

张宪也赞成道："他不见我们，说明他心虚。如果我们打进去，那就正好可以给他个台阶下了。"

岳飞也不知怎么办，觉得张宪说得也有些道理。

这时，正门开了，一个胥吏走出来道："杜帅有请岳将军。"

牛皋听到，准备和岳飞一起进去，却被那胥吏拦住，那胥吏道："杜大人只请岳将军一人进去。"

牛皋嚷道："你这是看不起俺老牛了？以前宗帅在的时候，这门一直是对着三军将士和老百姓敞开的，怎么换了杜留守就变了样？"

岳飞让牛皋少安毋躁，自己去去就回，让他们在外面等候。

岳飞跟随胥吏进入留守府，发现留守府修整一新，添了一些花草，还高挂着杜充亲笔书写的"运筹帷幄"四个字。岳飞看在眼里，心中满是对老元帅的思念，不禁伤感起来。

此时，杜充从后面走出来，看到岳飞，便端起新官上任的架子对岳飞喝道："岳飞，你擅离职守，该当何罪？"

岳飞思忖，可不能让这得志小人抓住什么把柄，于是拱手慨然道："凌烟阁已于数日前落成，岳飞之前以书信向杜帅禀明，可是得不到回音，所以这才亲自前来。"

"你前来所为何事？"

"末将听说杜帅决定用黄河决堤淹没金军的铁浮屠，不知此事是真是假。"

杜充一听，这岳飞果然是为决黄河一事而来，心中颇有些忐忑，于是顾左右而言他，道："我蒙圣上厚恩，匆匆接替宗元帅一职，许多事情需要一一措置部署，怎么，我还需要向你岳飞汇报？"

岳飞道："末将不敢。"

"此乃朝廷的旨意，岂容你在此说三道四？！况且军兴时节，你不知尊卑，不依礼节，敢问又是如何带兵，如何破敌的？"

岳飞冷冷道："今日我岳飞依照礼节，唯恐终有一日那金人不依礼节，破我大宋之门而入！"

杜充气得瞪了岳飞一眼。只听岳飞继续道："恕末将直言，自杜帅接

任以来，终日宴居，鲜少接见众将，更不理兵事，如今又要决黄河，将士们把这些都看在眼里，你淹了他们的家人，迫使他们妻离子散，今后到了战场上，您如何让大伙跟着你冲锋陷阵，保家卫国？”

杜充突然拔出佩剑，架在岳飞的脖子上，冷冷道：“我自有兵机，岂是你等能够知晓的？”

岳飞毫无畏惧，道：“岳飞一介偏裨，死不足惜，然大家从此便知道杜帅苛酷寡恩，到那时诸将人人离心离德，而且，如果真要把黄河的北岸决了口，成千上万的老百姓都泡在黄泉路上，家破人亡，到时还有谁能为国捐躯？望杜帅三思！”

杜充却不以为然道：“你别浪费口舌了，怎么求我都没用，等到诏书一到，就是你和你的三千校尉都堵着炮口，这黄河还是得炸！”

岳飞一听，发现这杜充完全不知自己一片好心，着急道：“杜帅，末将不是来求你的，是来帮你的！如果炸开了黄河，祸国殃民的——是你，背上千古骂名的，为天下人所唾弃的——是你，天下人所得而诛之的——也是你啊！”

杜充越听越生气，转过身来瞪着岳飞，道：“那你想怎么样？”

“请杜帅准许我带人再战金兀术。”

杜充大笑道：“那可是十万铁浮屠啊！”

岳飞拱手道：“末将愿意冒死一试！冒死一战，总好过黄河决堤，洪水滔天！”

杜充再次大笑，道：“好，只要你能打退铁浮屠，黄河，我可以不决。”

岳飞听闻，精神一振，向杜充谢道：“君子一言。多谢杜帅！”说毕便从留守府走出。

杜充看着他离去的背影，从牙缝里狠狠吐出几个字：“不自量力！”

岳飞等人一行来到汴京，向杜充进谏一事早被忠义社梁兴获悉。这天，他邀请岳飞到忠义社的本部飞燕绣庄一聚，共商大事。

等大家到齐了，落座后，梁兴向大家道：“决黄河一事，我是近日才有耳闻，这种荒唐的行为实在是令忠义社的诸位兄弟姐妹发指！”

岳飞道：“江北之地是忠义社的命脉所在，有多少忠义社，多少父老乡亲，多少舍不得、放不下的人会在这一场炮火连天、浊浪泻地之中毁了家、丧了命，梁小哥的心情，岳飞体会深切！”

张宪叹了口气，道：“想宗帅还在世的时候，汴京留守司军久经战阵，与虏人鏖战，委是一支劲兵。可惜到了杜充那厮的节制之下，咱兄弟几个虽有报国之志，却无报国之门。”

素素在一旁，银牙一咬，愤恨道：“要是换作我，我就翻过那道高墙，钻入窗户，扔出一把飞刀，看他还敢不敢这么欺负岳大哥！”

众人看着素素，一阵笑，笑她说得义愤填膺，心里却只装着一个岳飞。

岳飞忙打岔道：“梁小哥苍劲如松，素素姑娘温文如梅，在下实在佩服。眼下，杜帅答应了我，只要能够击退铁浮屠，就撤了决黄河之令。”

王贵道：“大哥，这杜老二可没安什么好心。”

傅庆附和道：“对，那铁浮屠我们在胙城已经领教过了，可不是那么好对付的，他是故意给您出难题！”

牛皋听大家如此说，骂道：“他娃儿的，俺还以为那杜老头儿被大哥说服了，原来是没安什么好心！”

大家商量了半日，却没个结果，素素便端出一碗鸡蛋，分发给大家充饥。牛皋见素素给每人一个，却给了岳飞两个，便嚷道：“素素姑娘，我牛皋块头大，一个不够，得吃两个。”

素素也没什么不好意思，笑着道：“你都长成这样了，还要吃两个？岳大哥最近为国事操劳，你看他都瘦了，得好好补补。”

牛皋道：“我块大所以跑得快，我一定要吃两个！”大家听了，都偷偷笑，不知道这牛皋是故意开玩笑还是认真的，只听他继续嚷道，“你看你，就向着岳大哥！”

素素被他一说明，脸一红，狡辩道：“我谁也不向着！”

岳飞见状，赶紧拿起自己的鸡蛋递给牛皋：“给你，快把你的嘴给堵住。”

其余人终于忍不住，大声笑起来。

吃过鸡蛋，大家继续商量。

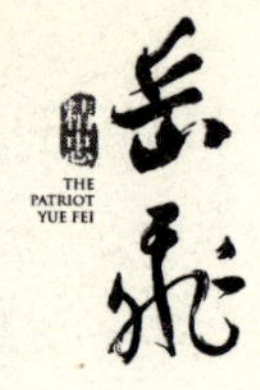

岳飞道："眼下金军的铁浮屠人马披甲，以骑兵为主，但我军多以步兵为主，骑兵甚少，如果这么打起来，我们的胜算不超过三分。"

牛皋不以为然，叫道："哎！雷公专打软豆腐，柿子专拣软的捏，俺老牛先去把那夏金乌给宰了，此事就可有五分的把握，你们说是不是？"

岳飞笑道："擒贼先擒王，即使击败了夏金乌一军，金兀术的精兵依旧势不可当，我们应该集中力量，猛攻金军的中军，只要中军一动，其余各路军队不在话下。只是……"

素素忙问道："只是什么？"

岳飞叹口气道："只是……我们刚刚打完汜水、胙城、澶州，一连数场鏖战，将士们非死即伤，朝廷又不派援兵，这是巧妇难为无米之炊。"

梁兴一拍大腿，高兴道："这好办！此次请大家前来，正是为了此事。眼下忠义社的雪球可是越滚越大，仅河北、河东一带，人数已达三十七万之多，梁兴自知没有这番才智把这个大雪球滚下去，宗元帅在世之时，咱忠义社是听宗元帅的，但从今往后，忠义社的存亡与行止，不再与那汴京留守府里的人有半点瓜葛，在下希望岳大哥以社稷为重，肩负起忠义社盟主之责！"

素素迫不及待地举手叫道："这个好！我第一个赞成！"

梁兴的一番话，说得大家热血澎湃，牛皋、傅庆、王贵都替岳飞高兴。

岳飞却没想到梁兴竟然有这么大一个计划，有些意外，心里一怔。

只见张宪双眉微微一皱，向岳飞看来，岳飞知道他心里也有些担忧，毕竟一旦当上了盟主，就是另起炉灶，这可是与朝廷分道扬镳的事。只听张宪道："此事虽好，但还须从长计议！"

梁兴道："张大哥为人过于谨慎，咱忠义社又不是什么曹成、张超之流的匪寇，何须从长计议！"

岳飞忙接过他的话道："谢过梁小哥和素素姑娘的好意，河北河东两处、燕云十六州，加上太行山区，这万里之遥的土地，岳飞都没去过，因而盟主之事，岳飞实在无法胜任，但如果就此成立一个敌后动员大同盟，我们双方相互配合，同仇敌忾，共同为大宋的江山社稷流汗流血，不知可否？"

梁兴见岳飞执意不同意，只好退让道："大同盟？也成，反正咱忠义社从今往后就听你岳飞的了！"众人拍手称好，一致同意。

岳飞与梁兴结成同盟之后，便开始调集人马，准备应战。

岳飞自从张宪再次在飞燕绣庄表现出细敏多虑之后，更加信任张宪，知道他堪当大任，便将皇陵遗留下的事务悉数交给他处理。

这天，他们骑马向黄河北岸而去，两人边走边说。张宪报告道："大哥，王贵已将军队全部调来了，随时可以应战。"

岳飞急切地问道："那我的家人有没有安排好？"

张宪道："老夫人和孩子们都已经安顿好了，但嫂子和安娘……"说到这里，张宪欲言又止，有些难过。

岳飞一听，黯然道："这么多天了，还是没消息……"

张宪立马安慰道："大哥，您别担心，我留了书信，若嫂子回去了，一定能看到。"

岳飞点点头，长出一口气，道："但愿如此吧。"

却说那独眼龙和大小眼掳走了李孝娥和安娘之后，本打算北上去找金人换一些银子，没想到金人这么不经打，被岳飞给赶走了，只好带着她们四处流窜。

这天，他们走累了，在一处山林歇息，那些山贼自顾自地吃着东西。安娘吞着口水对李孝娥道："娘，我饿。"

大小眼看着安娘年纪小，可怜她，便递给她一个馒头。

独眼龙看到，嘲笑他道："你以为你是梁山好汉，你一个强盗发什么善心？"

大小眼道："人家挺可怜的。"

独眼龙冷哼了一声，道："可怜？谁可怜咱们，老大死了，咱们无依无靠的，这才可怜呢。"于是他们商量起如何处置李孝娥、安娘娘儿俩。

一个山贼说继续找金兀术去讨赏银，大小眼听了，不以为然道："使不得，你看大哥跟着四皇子得了什么好处，到头来命都赔上了，我看我们

还是各回各家。”

独眼龙不耐烦道：“那她俩怎么办？”一个山贼提议杀了，大小眼摇摇头，道：“咱们费了这么半天劲，到头来就为了把她俩杀了，岂不是赔本买卖？”

众贼大眼瞪小眼，小眼瞪大眼。大小眼想了想，道：“我看咱们还是别招惹岳飞，把她们给放了吧。”

独眼龙却冷笑道：“你觉得放了，岳飞就会饶过咱们吗？以我看痛快点，一不做，二不休，咔嚓——”

李孝娥听山贼在商量如何解决她们两个，心里一阵害怕，偷偷解开绳子，趁他们不注意，带着安娘撒腿就跑。

独眼龙带人追了追，也不想追了，正如大小眼所说，他也不知道到底拿李晓娥、安娘娘儿俩怎么办。

于是，李孝娥和安娘一路辗转，终于回到了守陵村。等她们高兴地跑回家时，却发现人去楼空。李孝娥心里顿时凉了半截，不知道是不是岳母、岳云和小慧遭遇了不测，还有自己的丈夫是不是也“征战沙场人未还”。

她心里正七上八下地乱想着，安娘发现了一封信。李孝娥抓过信，撕开一看，正是张宪留下的那封信，叫她们看到这封信后，速到汴京找岳飞。

李孝娥看完信，不禁喜极而泣。安娘看着她，不知道发生了什么事，问道：“娘，您怎么了？”

李孝娥高兴地笑道：“走，去汴京，找你爹去。”说着又带着安娘，一路向汴京奔波而去。

第三十一章

杜充水淹铁浮屠

这天，岳飞和张宪骑马来到黄河岸边，见一些士兵忙着布置炮台位置，还有一些士兵正忙着擦拭炮管及搬运炮弹，岳飞赶紧翻身下马，问道：“你们这是干什么？”

那士兵道：“在装炮啊！”

岳飞又问：“炮口对着北岸放吗？”

那士兵觉得他啰唆，不耐烦道：“是啊！就对着北岸土堤放，要不怎么决得了口？”

岳飞一听，心中恼恨，原来这杜充言而无信，在玩弄自己。

这时，只见张用穿着银亮盔甲走了过来，看见岳飞他们，连忙道：“大哥，到了河边，怎么没给京北指挥官打个招呼？兄弟这下发了财，好摆队相迎啊！”

岳飞纳闷道：“发财？”

原来，张用自从宗老元帅以身殉国后，因为杜充继任做了汴京留守，自然就成了杜充的手下。那天他听到王燮的几个副官议论纷纷，说要决堤黄河，并且要动用四五百门大炮才能完成，于是心念一转，便打起了这几百门大炮的主意。在一番巧舌如簧的游说后，具体负责此事的王燮便跟他狼狈为奸起来，准备发国难财，从这些大炮的采购款中渔利。此时听岳飞问起，他便得意扬扬地道：“是啊，这一门炮规定要放三十响，每颗炮弹搬出去可以卖二两银子，每门炮若是省下五响，就是十两！这么合计下来，我这个指挥官少说也能分到五百两，到时候，一定不会忘了各位兄弟！”

岳飞听后，气得一拳打在张用的胸口上，愤恨道：“新盔甲？很贵吧？”

张用还不明所以，答道：“是啊，花了我几十两银子呢。”

岳飞啐了他一口，骂道：“早知道你是这么个混账东西，在皇陵的时候我就应该让毒蛇咬死你，或者把你交给衙门处死！”

张宪看这张用执迷不悟，不知悔改，骂道：“张用，你这是怎么了？一离开岳大哥就犯病了？”

张用听了，冷笑道：“我犯病，你们才是打肿脸充胖子！听我张用说一句话，人家岳大哥是打算尽忠报国的，你们跟着瞎掺和什么？有朝一日岳大哥真要上了断头台，你们也跟着一道切脑袋是不是？犯病的不是我张用，是你张宪！”

张宪见他说话如此不堪，怒从心起，就要同张用拔剑相向。岳飞将他阻拦下，看着张用道：“张用，你是什么指挥官我管不着，但是我以咱们汤阴人的身份警告你，在留守使没有下达最后的攻击令之前，你不要妄自放响一炮。若是你为了卖炮弹而非放不可，我岳飞一定会来拿你的脑袋祭祖！”说着带着张宪匆匆离去。

被岳飞狠狠痛骂一顿之后，张用心情不悦地返回到炮台边，抬头看见一名小兵正在墙脚偷偷吃东西，旁边有一名六十多岁的老妇人看着他，满脸关切和慈爱。

那士兵看到张用在看他，连忙放下手中食物，向他敬礼。

张用阴着脸道：“你在这儿干什么？你不知道没有到吃饭的时候吗？”

小兵支支吾吾地不敢回答。

张用看了看那老妇人，又向她质问道：“你知不知道轮值的时候不得家人探望？”

小兵连忙致歉道：“大人，我错了，下次不敢了。”

老妇看着张用训儿子，吓得战战兢兢道：“这位大人，是我的不是，我知道小儿病了，就硬要跑来看他，和他无关，我这就走，这就走！”

张用看见老妇人害怕得头都不敢抬，心里又有一丝过意不去。

那老妇人知道自己给儿子添了麻烦，便向儿子告辞道：“我还要赶回汤阴，你好好照顾自己。”

张用刚想转身离去，听见老妇的话，于是停下问道："你要去哪里？"

老妇答道："回禀大人，我要去北岸汤阴老家。"

张用看看那小兵，又看看老妇人，心里有所触动，道："别回去了，我是说今天别回去了，留在军营住一晚。"

老妇向他道谢道："谢大人，但不行啊，小孙子发烧在家，我儿媳又因为连年战争，吓傻了，我得快些回去照顾他们娘儿俩。"

小兵见母亲把家里的什么事都往外掏，有些发窘，赶紧对母亲说道："娘，你和大人说这些干吗？快走吧。"

老妇人知道她让儿子为难了，拔腿就走。

张用心里忽然有些难过，他想告诉她，那个家她是不能回去的，说不定明天就会被黄河大水淹没，成为黄泉之路，但他明白这是军事机密，不能泄露，于是张了张嘴，道："那……这些银两，大娘你拿着。"说着从口袋里摸出一些碎银，那老妇人不敢要，他便劝道，"就当我给您孙子看病的，拿着吧。"

老妇人犹豫了一下，接过银子，谢过他便走了。

张用看着老妇人的背影，心中明白，这位母亲不知道自己这一离去，也就是他们母子的永别了，心中泛起一阵愧疚，自己给些银两又能起什么作用呢？

张用走在黄河边上，望着滚滚黄河水，满腹心事。有人走上前质问道："张用，你搞什么鬼，杜帅三令五申要放炮，为何迟迟不见动静？"

张用看到是王夔，前面岳飞说的话，还有那个小兵和她母子会面的情形一直萦绕在他的心头，他知道，如果这炮弹一旦打出去，自己就是千古罪人，就是屠杀成千上万老百姓的刽子手。可是，眼前这个人就是一个阎罗大判官，他心想，能拖一时就拖一时，于是向王夔笑道："王将军，咱不是说好的，做笔买卖的嘛，眼下这钱还没拿到手呢，怎么，杜帅就变了主意了？"

王夔不理睬他的话，冷冷道："你少废话！所有人都听好了，把炮架好了准备放炮！"说着，就去拿黄色"令"字旗帜，下令放炮。

张用突然下定了决心，冲上去夺过令旗，扔到地上，对炮台上的士兵高声喊道："兄弟们，这个炮弹不能放，放出去的不是炮弹，而是我们北岸亲人的命啊！"

那王燮争执不过张用，喊了一声："张用，你等着！"便愤愤离去。

张用知道王燮定不会善罢甘休，更何况自己已经违抗军命，这军营是不能待下去了，于是，他让乌诗玛收拾好东西，当天就从军营里逃了出来，带着乌诗玛东躲西藏，一路奔逃，打算到了晚上摸出城门。

他先将乌诗玛藏在一个屋檐下，自己用轻功跳上建康城门的城头上，看见城门口的士兵正在来回巡逻，而旁边也已埋伏了许多士兵。

忽然，一支箭向他射来，他反手一抄，将箭拿在手上，只见箭尾刻着岳飞的名字，张用明白，这是岳飞在通知自己，有危险。

突然，巡逻的士兵发现了屋檐下的乌诗玛，遂发出信号。张用立即跃下墙头，去保护乌诗玛。

霎时间，从四面八方拥出了几十名高手，向他们扑来。乌诗玛中了一箭，她让张用一个人走，张用不肯孤身离去，便保护着乌诗玛，奋力抵抗，但无法突围。

就在张用四面临敌之际，牛皋突然出现。

原来，张用逃脱以后，杜充就找上了岳飞，命令他找到张用。

岳飞已经猜到张用已经反悔抗命，不炸黄河了，所以心里更不愿去追捕他，无奈军令难违，只能派牛皋来应付差事。

牛皋马不停蹄地赶到，正好看到他被包围，牛皋立刻跃至张用身边，对那些围攻的士兵叫道："住手！杜帅说了，要抓活的，耽误了军机大事，你们负得起责吗？"

牛皋暗示张用攻击自己，张用明白，便向牛皋攻去，同时一把将乌诗玛扶上了一匹马。

牛皋佯装和张用混战，一不小心便被张用捉了个正着，牛皋立即向那些围攻上来的士兵大喊道："俺是汴京留守府杜元帅派来的，不要伤了俺！"

那些士兵听到他这个话，难辨真伪，不敢轻举妄动。张用便"挟持"

着牛皋，趁机跳上一匹马，带着乌诗玛向城外逃去。

他们摆脱了那些追兵，停下后，张用才发现乌诗玛伤得很重，心痛地大声叫着她。

牛皋向后面看了看，催促他们快逃。

张用问他："那你怎么办？"

牛皋笑了笑，道："俺怎么办？回去交差呗。"

张用担心道："那杜老二和王燮不会放过你的。"说着对牛皋耳语了几句，牛皋频频点头，道："还是你脑瓜子灵……你先别管我，赶紧走。你们此去将去向何处？"

张用看了看乌诗玛，心疼道："我也不知，听说庐山有位名医，我先带着乌诗玛前去求医，和杜充的大仇，等我回来再报！"

牛皋点点头，道："行，俺知道了。你快动手吧，再不走就来不及了。"只听王燮带着大队人马向这条路上追来，张用扬起手中的刀向牛皋砍去。

王燮带着人马追上来，听到有人在头顶呼救，抬头一看，牛皋被倒吊在一棵树上，王燮命人将牛皋放了下来，向他问道："张用呢？"

牛皋一边挣脱绳子，一边嚷嚷道："妈的，这兔崽子，武艺还不赖，我打不过他，被他绑在这儿了！"

王燮并不相信他，知道这其中定有内情，但也无可奈何，冷哼了一声，带着人离开了。

金兀术全然不知宋国这边为了阻断他们的进攻，甚至要自决黄河。他刚带兵拿下漳州，手下士气正旺，于是决定一鼓作气，渡过黄河，直取汴京。

这天，他正和哈迷蚩讨论进攻战略，手下大将夏金乌走进来禀报道："四皇子，收到消息，岳飞正在调集人手，准备和我们大战一场。"

金兀术听后不禁大笑，不以为然道："真是不自量力！他们就算是有十万人，也抵不上我们一万铁浮屠。"

哈迷蚩也笑道："对岸的那些缩头乌龟不敢和我们的铁浮屠正面迎

战，摆了一个炮阵，想必是为了挡住我们大金国的铁浮屠过河。将军，这一仗对我军不利。”

金兀术轻蔑道：“摆炮阵又有何用？我们抢先过河，打他们个措手不及！这汴京，早晚是我的囊中之物！”说着捏了捏拳头，似乎大宋已在他的掌握之中。

这天，他让翎妃亲自替自己穿上战甲，又接过翎妃递来的大刀，一脸志在必得的神情，率领着金兵向南方进军。

与此同时，岳飞也率领着王贵、张宪、傅庆、杨再兴、牛皋五员大将，一人各带一路人马向北方进军，双方很快在黄河口形成对峙。

金兀术骑在马上，看了看岳飞的人马，又看了看岳飞，不禁大笑道：“这个岳飞，不自量力，区区一万人马，就敢挡住我的铁浮屠大军，可惜这里不是汜水关，我也不是粘罕。来人啊！”说着便将手中的令旗一挥，他的一名副将带着铁浮屠向岳飞杀去。

岳飞看着铁浮屠掩杀过来，对王贵、牛皋等人道：“金人十万大军，我军不到一万，金兀术一定会轻敌。铁浮屠威力虽然巨大，所向披靡，但也有一个致命弱点，那就是笨重！不要和他们硬碰硬，打一会儿便撤。我们五路人马一定要用车轮战消磨他们的体力和士气，最后把金兀术引出来与我们对阵，这样我们才有胜算。牛皋，你来打头阵！”

牛皋领命，便要带着人马冲上去，杨再兴向他喊道：“牛皋，别把敌人杀干净了，多少留几个给我！”

牛皋笑了笑，便带兵冲向铁浮屠。

那铁浮屠果然威力非凡，横冲直撞，很快将牛皋带领的人马冲得人仰马翻，连牛皋都受了伤。

岳飞看到牛皋受伤，暗自心惊，没想到铁浮屠比想象中还要厉害，赶紧将手中令旗一挥。牛皋看到令旗，掉转马头便撤。

岳飞接着命令傅庆上阵，傅庆得令，带着人马冲杀上去，接替牛皋继续与铁浮屠作战。傅庆打了一会儿被撤下，张宪带人马顶上。如此车轮战下来，到王贵带人马上去时，宋军已经逐渐占到了上风。

一名金将看到情况不妙，跑到金兀术面前报告："四皇子，岳飞使出了车轮战术对付我们，形势危急！"

金兀术一听大怒，亲自率兵从阵中出来杀向岳飞。

岳飞见金兀术亲自出阵，不禁一笑，将手中令旗一挥，杨再兴和牛皋两队人马合在一起去战金兀术。

杜充一直站在黄河北岸的城楼上观望着河口的战斗情形，看到岳飞和金兀术混战在了一起，觉得时机到了，向炮台上的士兵下令开始炸决黄河。

一名士兵看着黄河南岸的家乡，道："杜帅，不能决啊！"

另一名士兵看着战场上的宋兵道："元帅，岳将军胜券在握，我们不用决！"

王燮早有准备，怕这些士兵早已听信张用的话，手一挥，指挥杜充的亲信军队一拥而上，用枪抵住炮台上士兵的后背，道："少废话！杜帅让你们干什么，你们就干什么！"

有些士兵临危不惧，道："不能决啊，杜帅，求求您！"于是王燮见一个杀一个，让自己的亲兵亲自掌控大炮。

有些炮兵看到自己难以对抗杜充、王燮，无奈地将炮弹装进炮筒。

只听杜充一声令下，"轰"的一声，炮弹朝着黄河大堤飞驰而出，堤坝上被打出了一个窟窿。

炮弹接二连三地划过天空，黄河北岸出现了无数个窟窿，接着窟窿变成一张黑色的大口，只见黄河之水浊浪滔天，犹如千军万马涌出黄河北岸的堤坝。

而岳飞正在追杀金兀术，一抬头，发现天色突然大变，滚滚风雷之声震天而来。

大家回头看，只见黄河决堤，河水汹涌而来。金兀术赶紧下令金兵撤退，岳飞也忙着下令让王贵、牛皋带兵撤退。

只见金军混乱一团，纷纷逃上岸边，而铁浮屠纷纷被水冲走，金兀术也差点儿在战车上被冲走。说时迟，那时快，一名金兵将他推了出去，自己却被一个大浪卷进了水中。

金兀术好不容易在大浪冲淹之时捡得一条性命，回到大本营，在翎妃的帮助下将一身铁甲卸下，浑身湿漉漉的，一副狼狈相。对着桌案呆立片刻，他突然气急败坏地将整张桌子掀翻在地，叫道："是谁下令决的黄河？我要他的命！"

哈迷蚩忙道："四皇子，决黄河之人乃是汴京守将杜充。但这么大的事，若没有朝廷的旨意，谅他不敢定夺，所以说，罪魁祸首，还是宋朝的那位皇帝。"

金兀术气得咬牙切齿："好！这个狗皇帝，为了自保，连自己老百姓的死活都不顾了，还一下子淹掉我诸多铁浮屠，我下一个杀的就是他！"

韩常道："四皇子息怒，当务之急是清点人员数量，召回失散的部下。"

金兀术这才冷静下来，问道："铁浮屠损失了多少？"

哈迷蚩不敢明确回答，金兀术知道损失可能惨重，再次问了一遍，哈迷蚩只好回答道："还没有确数。"

"传令下去，尽快清点人数，重新编队。"

哈迷蚩试探道："四皇子，是否暂缓南下？"

金兀术冷哼一声，道："暂缓南下？哼！区区黄河水，就想挡住我金国的大军吗？传令下去，我们要直取建康，杀了那个狗皇帝！"

韩常也附和道："宋朝廷为了阻挡金兵，竟然不惜决黄河，此事必为天下人所唾弃，民心所向，在此之后定会有所转变，这对我们其实是有利的，此时加以利用也是最好的。"

哈迷蚩担心道："但是黄河决堤之后，想要渡河恐怕会有些困难。"

金兀术想了想，下令道："尽快准备船只，我们往东面取道南下。"

哈迷蚩和韩常得令，便下去着力办理。

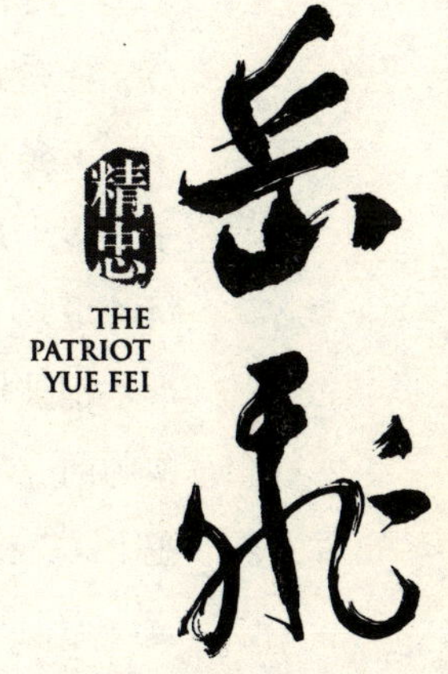

第三十二章

群奸救灾饱私囊

杜充将黄河炸决堤后，心里也惴惴不安，但他不安的并不是普通老百姓的性命和灾难，而是金兀术和岳飞。

这天，他在留守府里来回踱步，等着王燮带来的消息。不一会儿，王燮便进来向他报告道：“挡住了，挡住了！而且铁浮屠因为速度太慢，死伤惨重，江面上到处可以看到金兵的尸首。”

杜充松了一口气，道：“好！太好了！只要能拦住铁浮屠，决黄河就是大功一件啊！”他犹豫了一下，又看着王燮，问道，“岳飞呢？”

王燮答道：“生死不明。”

“没找到他的尸首吗？”

“没有。”

杜充听罢，又开始焦虑起来。

王燮见状，安慰他道：“杜帅，决黄河时，岳飞正身先士卒与金将厮杀，多半是被水淹了，现在肯定在黄泉路上喝闷酒呢。”杜充摇了摇头，沉吟道：“自从当初我们想要除掉岳飞到现在，他已经有多少次必死的情形，都被他因为命大逃过去了，这次要是又被他逃过，恐怕他是不会放过本帅的。”王燮道：“您的官阶比他高，手头又握着重兵，我就不信他会以下犯上。”杜充想了想，也明白这岳飞忠义，即使他能做也不会做，心头稍宽，道：“待我先上书朝廷，禀明决黄河对阻拦金人有功，看朝廷的批复再作定夺。这几日，府内要严加防守，谨防有人闯进来。”王燮领命，增加人手守卫留守府不提。

杜充当天便写了一份请功的奏章，八百里加急向建康送去。

金人虽然被阻挡在黄河以北，但是大宋社稷依然岌岌可危。赵构整日提心吊胆，唯恐哪天一觉醒来发现金人已到面前。

这日，赵构召集文武大臣就这件事升朝商议。山呼万岁之后，汪伯彦奏道："皇上，黄河水决堤后，倾泻入淮，成功阻截了金军去路，杜充将军言，此一役后，可保我大宋国土三年内不受金兵侵袭，此乃大功一件啊！"

赵构知道虽然这是自己口谕，但是千古罪名可不敢轻易担当，犹疑道："大功劳？黄河决堤，那么多的老百姓死伤惨重，家破人亡，这又如何说？"

秦桧连忙将一切罪责推到杜充身上，替赵构开解道："陛下，虽然这杜将军的所作所为有失民心，但确实阻挡了金人。金人残暴是众所皆知的，如果不决黄河，金军长驱直入，恐怕百姓的死伤也不会少。"

赵鼎见他们对遭遇黄河决堤灾难的老百姓全然不关心，却在关心什么功劳不功劳的事，站出来反对道："秦大人此言差矣，决黄河的死伤人数已大大高于金兵入侵，如今两淮之地疫情严重，就是最好的证明，为今之计，是要先考虑如何救民众于水火。"赵构也在思忖，现在最重要的是重获民心，于是点头道："嗯，赵卿家所言，也有道理。"汪伯彦不以为然，道："陛下，依微臣之见，杜将军立下大功一件，朝廷对有功之臣还是应该有所赏赐。"赵鼎怒斥道："汪大人，如今百姓流离失所，疫情蔓延，你却只关心赏赐！"汪伯彦也不甘示弱，道："赵大人，你这是什么话？"

秦桧已经揣摩出赵构的意图，于是劝道："两位大人请息怒，息怒！陛下，日前两淮地区民怨四起，如何救灾的确是当务之急，请陛下尽快下诏，特派官员前往淮河两岸救灾，以平民心。"赵构看了一眼秦桧，点头道："嗯，秦卿家说得有理，这件事就交由你去办理，你看需要多少银两？"

秦桧和康履交换了一下眼神，拱手道："这个嘛，请容微臣回去计算一下，再上奏朝廷。"

赵构听过这些朝政，已经很不耐烦了，摆手道："好，有劳秦卿家。

至于这杜将军的功劳，朕自有分寸，各位大人不用再争了。还有什么事吗？无事退朝。”众大臣已无事可奏，纷纷退出殿外。一个大臣一边走一边议论道：“这秦桧真会钻空子，救灾？哼，肯定是救到自己的口袋里去了。”汪伯彦因不满自己的学生刚才在大殿之上竟然公开违拂自己，哼了一声，附和道：“可不是吗？真会捡现成的！”

秦桧从后面追上来，向他说道：“老师请留步。”汪伯彦停下，不知道他又有什么花样，于是用狐疑的眼光看着他。

秦桧向他鞠了一躬，谢罪道：“刚才朝廷上，学生多有得罪，还请恩师见谅。”汪伯彦皮笑肉不笑地道：“呵呵，哪里哪里，大家都是为朝廷办事嘛。”

秦桧再次鞠躬致谢，道：“恩师真是宽宏大量。学生有事请教，依您看，这救灾的款项多少合适呢？”不提还罢，一提这个，汪伯彦又恼火起来，冷冷道：“既然是你提的救灾，你最清楚了。”

秦桧看他生气，笑道：“到时救灾一事还要烦劳恩师你出力呢！这款项的数字，怎么能少了恩师你的意见啊！”汪伯彦立马听出了秦桧的言外之意，顿时笑逐颜开，点头会意。

第二天，在御林军府厅堂内，秦桧、王渊和康履聚在一起。

秦桧道：“多谢康公公在皇上面前替微臣美言，这救灾的银两，明日就可以到微臣手里了。”

康履点点头，笑道：“秦大人，我是宫里的，这种事不能亲力亲为，所以请王大人来辅佐你救灾。”王渊忙向秦桧拱手道：“秦大人，有劳了。”

秦桧笑了笑，道：“不敢，不敢，王将军是武将，又那么得皇上的信任，这件事由你来具体操办，是再合适不过了。”

康履沉吟道：“秦大人，这么大笔的银两，到时这个账目的问题……”秦桧立马明白，康履是要看看他自己能得到多少油水，于是把提前做好的一本账单给他呈了上去。康履拿过来仔细看了看，很是满意，向王渊交代道：“王大人，你看看，以后要多跟着秦大人学习，好好办事。”王渊点头称是。

秦桧笑了笑，心里却恨恨道：这头老阉驴，自己不但要吃饱，还要叫我多养一个寄生虫，并且还要监视我。

几家欢喜几家愁，在秦桧等人弹冠相庆之时，杜充却忧心忡忡。

岳飞没有如他所愿，淹死在黄河里，他害怕岳飞突然找上门来报仇，每日里焦躁不安。

这天，王燮进来向他报告，他吓了一跳，警觉地握住剑柄，问道："谁？"

王燮忙道："杜帅，是我。"杜充一听是他，放下心来，问道："去建康一事准备得怎么样了？"原来他见宋高宗南下自保，自觉汴京也不是久留之地，便打算撤军南下。只听王燮报告道："您请放心，两日内就可以起程。"

"好。金人此刻到了何处？"

"听说正在东面集结，准备过河。"

杜充一听，立马又焦急起来，道："唉，这汴京我真是一天都不能待了。"王燮见他如此不安，笑了笑，又报告道："元帅，岳飞此刻在府外求见。"杜充一听"岳飞"二字，更是心急火燎，摆手道："不见！你去把他打发了。"

王燮笑道："杜帅，依我看，见他一面倒也无妨。"

杜充听闻，纳闷道："无妨？这几天来取我性命的人还少吗？还要多他这一个？"

王燮上前一步，凑近杜充耳语道："您先不要惊慌，我已经准备了精兵强将在府外埋伏，只要岳飞有半点不敬，就可以把他拿下治罪，这可是我们杀他的好机会。"

杜充听过，转怒为喜，这个机会不把握白不把握，于是叫王燮传岳飞进来。

岳飞带着王贵、牛皋等人在留守府外已经等候多时，只见这里守卫森严，还不时有几个士兵巡视。张宪道："听说决黄河以来，不时有人闯营。"牛皋听了，拍手叫好："他要不让进，我老牛要硬闯了！"

岳飞叹了口气道："宗帅的留守府，就这样毁在他杜充的手里……就

看今天他有什么说法了。”

这时，一个士兵到门口传唤岳飞，王贵等人也要跟进去，被他拦了下来。

牛皋一急躁，就要冲上去，被王贵和张宪急忙拉住。岳飞对他们说少安毋躁，先等自己进去探探这杜老二的口风再说。

杜充见岳飞进来，满脸笑容地迎接道：“来人，给岳将军上茶，看座。”

岳飞见他突然有些热情，不禁疑惑，且看他下面还有什么戏。

只见杜充谄笑道：“岳飞，本座正要召你回来，朝廷下了封赏给你。”

岳飞冷笑，问道：“请恕末将愚钝，岳飞何来的功劳？朝廷又为何有封赏？”

杜充装作没看见岳飞脸上的表情，道：“拦截了金人的进攻，当然是大功一件。”

岳飞凛然道：“黄河决堤，生灵涂炭，这也算是功绩？”

杜充见岳飞不留情面地揭自己的伤疤，脸色相当难看，但想了想还是决定隐忍，心想还不如激怒岳飞，使其动手，那样便可以诛杀之，便道：“金人每攻陷一城，都会大开杀戒，用黄河之水拦截是为了保住南方的百姓啊！”

岳飞道：“杜帅当日曾经答应过我，只要我能带兵拦住金人的大军，就不决黄河，君子一诺千金，你为何出尔反尔，失信于我？”

杜充再次想激怒岳飞，道：“你当时迎战金兀术，似乎略占上风，但你岳飞一人胜，不能算是胜，你的将士却被铁浮屠杀得毫无还手之力，要不是我及时决开黄河，解了你的围，你和你的部下都已经成了金人的刀下鬼了。”

岳飞气愤道：“两军对战，不到最后时分，如何能定胜负？岳飞当时已经有所部署，一定会把金兵杀回黄河北岸的。”

杜充冷笑道：“过去之事，何必太多追究？如今这决黄河的事，朝廷已经论功行赏，你是有功之人，就不要跟功劳过不去了。”

“这样的功劳得来也是耻辱！”

“你若是不服，不如上书去跟皇上说，少在我留守府撒野！”

岳飞十分愤怒，杜充看到，心中暗喜，想看他是否会动手，却见岳飞皱了皱眉，叹了一口气，便向外走。

杜充喝令一声："站住！如今金人大军又在集结，从东面南下，本帅要往建康勤王，你作好南下准备。"

岳飞一听，这哪里是勤王，简直是逃跑，心中怒火燃烧，道："万万不可！汴京乃是兵家必争之地，易守难攻，怎么能拱手让于金人？"

杜充冷笑道："本帅是往建康勤王，汴京府会有我的副将郭仲荀将军守卫，怎么会是送于金人？"

岳飞隐忍道："杜帅要带多少人去勤王？"

杜充道："勤王之师，总要有四十万众。"说着，满脸笑容迎向岳飞。岳飞气愤，想要发作，突然明白，这杜充早就作好了安排，就等自己发作，好有借口将自己除掉，于是冷笑了一声，向杜充告辞，一路走出留守府。

王贵见岳飞闷闷不乐，急忙跟了上去，到了岳飞大帐，大家围着岳飞坐下，问道："大哥，怎么说？"

岳飞气恼道："朝廷下诏，说是决黄河有功，对汴京府的守将都要论功行赏。"

王贵一听，朝廷竟如此昏庸，失声道："什么？！决黄河是功劳？"

牛皋骂道："害死了咱们那么多人，还有众多老百姓，朝廷竟然还要赏？"

岳飞激愤道："不只是有赏，还要加官晋爵，但我心烦的不是这一件事。"

王贵连忙问道："还有什么事？"

岳飞捶了一下桌子，道："朝廷有难，金人从东面南下，建康告急，杜充要带领兵马往建康勤王。"

王贵冷笑道："什么勤王？我看他是逃到建康去！"

傅庆骂道："缩头乌龟！"

张宪看了看岳飞，道："岳大哥有什么打算？"

岳飞道："我就是想听听你们的意思。如果按兵不动，就是违抗军

令，但如果我也带兵去建康，就等于把汴京拱手送于金人。”

牛皋嚷道：“那就不走，俺就不信他敢拿我们怎么样！”

张宪看着岳飞，道：“岳大哥可是忧心如果留下来，之前与王彦将军的过节将会再次发生？”

杨再兴出主意道：“前几日行军之时，正好遇到有逃难的民众来投奔，不如借口要安顿百姓，多留几日，再作打算。”

岳飞摇头道：“这样拖不了几日，对逃到这里的百姓，要尽快安置。传令下去，明日就开始整编。”

牛皋吃惊地问道：“啊？难道我们真的要跟着姓杜的走？”

岳飞沉默不语，也不知道能有什么好办法。

黄河决堤之后，遭难的老百姓络绎不绝地拥入天子脚下皇城根儿——建康。

这天，众多难民在行宫外围着，拦车上书，请求严办决黄河之人。

这时，一名官员的大轿经过，遭到拦截。轿子里伸出一颗头来，吩咐手下把这些拦车的难民拿下治罪。不想围观的百姓看不过去，与官兵起了冲突，场面一时混乱起来。

王渊眼见民愤难平，赶紧溜走，知道建康也不可久留。

王渊一路走进行宫内，见到康履，道：“康公公，自决黄河以来，民怨四起，并且前日接前线战报，金兵已经到了东面，准备过河，分明是冲着建康来的。要不您在陛下面前给他提个醒儿，劝他尽快离开建康。”

康履听了，顿了顿，道：“……我是内臣，不能论政事。”

此时，只见几位来上早朝的大人陆续到了行宫外，康履看到人群中的秦桧，便向王渊使了个眼色。王渊会意，便走过去，把秦桧拉到一边，对着秦桧的耳朵如此这般地说了一番。

很快早朝开始，文武官员排开，跪迎赵构。

赵鼎见赵构已在龙椅宝座上坐稳，启奏道：“陛下，昨日前线战报称，金国大将金兀术已经带兵到了东面，不日就要渡河南下，这样看来是要直取建康。”

赵构一听大惊，道：“什么？这可如何是好？众卿家有什么良策？”

秦桧拱手道：“陛下，杜将军在三日前就已经整队来建康勤王，不日就可到达城内，建康城暂无失守威胁，但金人对我们大宋虎视眈眈，为了巩固边防，不如调韩世忠的大军往北面，先阻一下金人的去路。”

赵构点点头，道：“嗯，秦卿家所言有理。”

秦桧继续道：“此外，我大宋地处中原，除却两淮之地，往南方也有不少富饶的城池，金人既然紧逼，不如暂退。”

赵构一听，又是一惊，道：“暂退？”心里甚是惧怕。

“不错，微臣斗胆建言，我们不如来个‘守江不守淮’，长江两岸的天险较之黄河，有过之而无不及，是个易守难攻的区域。”

赵构听了，心里已经动摇，问道：“嗯……但是，过了江，去往何处好呢？”

赵鼎在一旁启奏道：“皇上，南方富庶之地甚多，其中古城临安是首选。”

汪伯彦见赵鼎难得和自己立场一致，附和道：“不错，临安乃鱼米之乡，风景秀丽，是个建都的好地方。”

赵构神情顿开，道：“这样说来，倒是可以一试。”

秦桧道：“皇上，您可先到临安‘巡狩’，若有什么不满意的，再更换也不迟啊。”

赵构会意，便向王渊下旨道：“准备随后护驾去往临安狩猎，钦此。”王渊接过圣旨，心中暗自高兴。

自韩世忠和梁红玉结为连理，两人倒也相敬如宾，恩爱无比，很快就有了小孩，一家三口，相互逗趣，倒也尽享天伦之乐。

这天，韩世忠从军中回来，沉吟半天方道：“今日有圣旨到。”

梁红玉心有灵犀，问道：“可是要出兵了？”

韩世忠点了点头，道：“嗯，明日一早，就要往北上抗金。”

梁红玉听了，就要去收拾东西。韩世忠劝阻道：“娘子，我今日思量

再三，还是不能让你随军。”

梁红玉道：“当年我们有过誓言，要一起上战场，一起杀敌的。”

韩世忠深情地道：“我知道。但孩子年幼，不能没有你在旁照料。我这次北上，是要和金兀术的大军对抗，实在没有胜算，你要留在家里，好好替我把家里操持好。”

梁红玉也不再固执，只要他答应自己平安归来就好。韩世忠握着她的手，感激地笑着。

王渊得到赵构旨意，准备再次南撤。这天，他亲自来到水师检查渡江的船只，这时，苗傅、刘正彦前来求见。

二人进来拜见过王渊后，便开门见山问道：“前日在军中听说要渡江往临安，将军这几日可是在准备渡江的船只？”

王渊心想，两位小小统制，倒过问起上级的行动来了，于是不悦道：“若是要渡江，一定会提前下令，你们待命即可。”

刘正彦抱拳问道：“不知将军是否有备齐船只，上次渡河，船只短缺，致使我和苗统制几千将领滞留在黄河北岸。”

王渊已经不耐烦，摆手道：“我已经说了，这件事，你们待命即可，退下！”

王渊不知道，他短短几句话，已经为自己惹来杀身之祸。

苗傅和刘正彦气愤地从御林军府里出来，苗傅生气地道：“真是岂有此理！”

刘正彦也道：“如果这次渡江他们故技重施，害我们部下有损失的话，我饶不了他王渊！”

苗傅想了想，道：“我看罪魁祸首不是王渊。”

刘正彦纳闷道：“苗兄的意思是？”

苗傅左右看了看，道：“这里不是说话的地方，你跟我来。”便拉着刘正彦到一个秘密的地方再慢慢说。

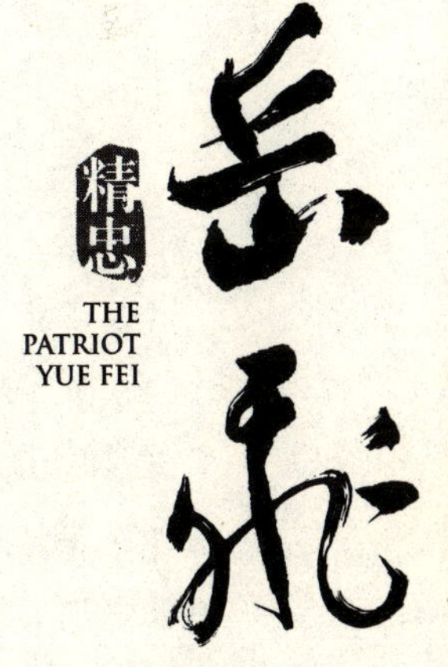

第三十三章

遭兵变高宗退位

尽管金兵已经攻取了汴京，但金兀术依然不满足，还要一心南下，直扑临安。

这天，他正和自己的军师哈迷蚩以及大将夏金乌在大帐里商讨军事，只听外面嘈杂。他出帐一看，见有宋人双手被绑，跪在地上，满嘴鲜血，紧紧咬着什么东西不肯松动。

金兀术走上前，用马鞭把此人的头挑起，只见那宋人用眼睛狠狠地瞪着他。他问道："这是哪里来的东西？"

士兵答道："是个抓来的南蛮，他还不老实，不知道把什么宝贝含在嘴里，死也不肯交出来。"

哈迷蚩道："都说宋人的奇珍异宝不计其数，让我也看看是什么好东西，长长见识吧！来人，把他的嘴给我撬开！"

应声而来了几个士兵，想去掰开那人的嘴，却怎么也掰不开，于是对他一阵拳打脚踢。

那人发出呜咽哀号，但还是死死瞪着哈迷蚩。

夏金乌走到那人身边，绕着看了一圈，恶狠狠地道："我倒要看看，是你的宝贝重要，还是你的命重要！"说着骑上马，将绳子绑在此人脖子上，策马向前跑去。

那人被来回拖了好几次，奄奄一息地倒在地上，身上流出好多血，只见一枚铜钱和鲜血从口中飞喷而出。

金兀术上前捡起铜钱。只听那人嘶嘶求道："你还给我，我求你，你还给我！"

金兀术看着他问道："你就为了这几个破铜钱，连命都不要？"

那人喷着血气，道："在你们这些野蛮人眼里，这当然是一堆废物垃圾，它不是古玩，更不是珍宝，可是这些不值钱的垃圾就是我宇文虚中安身立命的根本！"

哈迷蚩冷喝一声，道："大胆！敢在大将军面前放肆！"

金兀术阻止了哈迷蚩，道："好，如果你今天能说动我，我不但可以饶你一命，还让你保存这套铜钱。"

那人看着金兀术，嘲笑道："这是秦始皇统一天下后，做的第一套钱币。我祖上就是造币的宫廷匠人，这套古钱币，历经千年炮火的洗礼，世代相传。如果丢了它，就是丢了我们的祖宗社稷！你们这群嗜血如命的无耻小人强盗，要杀就痛快地杀吧！"

哈迷蚩听过，不禁一喜，向金兀术献媚道："皇子，这个是很值钱的宝贝啊！"

金兀术却冷笑道："对他是宝贝，对我们就是串臭钱。"转过头问那人，"你叫什么名字？"

那人道："宇文虚中。"

金兀术看了看他，道："放了他，找最好的大夫为他疗伤，再送到我的大营去。"

众人猜不透金兀术这样对待一个宋人究竟是有什么打算。

过了几天，金兀术正在自己帐内看书，忽听见帐外有人吵嚷。只见哈迷蚩把宇文虚中五花大绑押入帐中，向他禀报道："回四皇子，这个宋人暗书密信，私通敌军，被属下抓获！"

宇文虚中道："这根本就不是什么密信!"

哈迷蚩道："证据在此，你不用再狡辩!"说着将手中撕成数片的信交给金兀术。

只听宇文虚中道："既然我是你们的俘虏，就该去和那些俘虏关在一起，我宇文虚中无须施舍和怜悯。"

金兀术冷笑道："这里是我的军营，我想把你放在哪里就放在哪里，

若有一天想把你丢出去喂豺狼，那也就是我一句话！”

哈迷蚩插嘴道：“宇文虚中，你的命是在宋国丢的，如今是四皇子救了你，给你衣服穿，给你食物吃，你们宋国人难道不懂得感恩图报吗？”

宇文虚中道：“国在家在，国破家亡，我早已将生死置之度外。”

翎妃接过金兀术手中的信道：“那这又是什么？”说着便将宇文虚中的信读出来，“深思有名，自家魂返大造，别无牵挂，唯念家母孤苦伶仃，家中又有许多书画古器……”

读了一段，翎妃向哈迷蚩笑道：“军师，我想他不过是惦记着家中的书画古器罢了。”

金兀术听过哈哈大笑，道：“迂腐！你连命都没了，还惦记这些东西。”

宇文虚中嗤之以鼻道：“这就是你们金国和我们宋国子民之间的差别。”

金兀术听了，好奇道：“哦？说来听听。”

宇文虚中想了一下，说道：“深思有名，自家魂返大造，别无牵挂，唯念家母孤苦伶仃，家中又有许多书画古器，逼不得已，先弃辎重物事，其次弃衣被，再次弃书册卷轴，最后弃古器。若是遭逢虏人，不得逃脱，须是抱古器自尽，宁死不可受辱。渊圣皇帝当年不听劝言，不能身殉社稷，便免不得受辱。此可谓大宋臣子之至戒。”

宇文虚中说完，金兀术鼓掌三声，道：“好！好一个身殉社稷！军师，从今日起，给我天天派人看着他，我倒要看看你如何不得受辱！”

哈迷蚩虽然不解，也只好照办。

翎妃看着哈迷蚩押着宇文虚中离开，向金兀术问道：“皇子，你怎么对这个宋俘如此关心？”

金兀术微微一笑，故作神秘道：“南朝有句话，知己知彼，百战不殆，他可以让我更了解宋人的文化。”

赵构带着后宫佳丽和康履等宦臣一口气逃到了临安，这才喘了口气歇息下来，过了好几天，才知道金人还没有打进建康城。这天，在御书房，康履替他捶背，他向王渊质问道：“这金人还在汴京，怎么会有人传说到了建康？”

王渊拱手答道：“回陛下，这是建康城内百姓误传造成的，相关人等，微臣一定查个水落石出。”

赵构点了点头，道：“王将军，你此次护驾渡江到临安，办得十分稳妥，朕赐你布匹百匹、金石五车。”

王渊忙谢道：“多谢陛下恩典！”

赵构看了看自己的文武百官，看到他们个个也是狼狈相，心里不禁苦笑，一国皇帝当成这样，自己也算是前无古人了。

突然，他发现在列的没有汪伯彦，于是向众臣问起。

秦桧心里笑了笑，但脸上却装作很伤心，遗憾道：“陛下，如今汪大人还被困在建康城内，微臣接到他的密函，说是他被百姓围困在山上的一座破庙里，不能出来。”

赵构沉吟片刻，向王渊道：“王将军，如果集结兵力去营救他，需要带多少兵马？”

秦桧向王渊使了个眼色，王渊马上心领神会，一阵为难，一时不作答。

康履忙插嘴道：“陛下，可容奴才说几句？”不等赵构应声，他便继续道，“陛下，您不必太过担心汪大人的安全，依奴才之见，汪大人此次的遭遇，是因民愤已极，若是派兵去营救，恐怕会让形势更加严峻，激起更大的民愤，到时汪大人反而更危险了。”

赵构点点头，道：“这话也有道理。”

赵鼎启奏道：“皇上，自决黄河之后，民怨日益高涨，汪大人已经被围，皇上不如顺应民意，将他罢官，以平民愤，这样一来，百姓能够体会到朝廷对民声的理解，民心一平，说不定他也就平安了。”

赵构犹豫，一则赵鼎与汪伯彦素来不和，这个时候答应他无疑是落井下石；再则汪伯彦是三朝元老，自己怎么着也要装出个样子。

王渊见他犹豫，也附和道：“陛下，康公公说得很有道理，末将如果带兵去救几位大人，当然不会有什么问题，但只怕到时民心更加不平，对朝廷多有责难啊。”

赵构顿了顿，道："嗯，各位说得都有道理……"

秦桧见他有所动摇，忙道："为今之计，还是要先保住汪大人的性命。"

康履听完，看了看赵鼎，也忙附和道："赵大人的做法，是为朝廷，也是为被困的汪大人找了个权宜之策。皇上如果还想留用他，待危机解除，再把他重新召回来不就好了吗？"

赵构考虑了片刻，无奈地道："嗯。来人，传朕的旨意，向众告示，丞相汪伯彦，不能体察民情，招致民怨，现将其革职查办。"

赵构散了朝，遣散随从，一个人在幽暗的皇宫里行走。这乱世，虽贵为皇帝，却也如丧家之犬，惶惶不可终日。

"人生就是这样无常，对谁都是一样的。朕从小生在帝王家，却连一个心爱的女人都保护不了。你明白吗？如今，朕虽然登基了，但朕的父亲、母亲、兄弟，都在别人的手里，他们一日不回，朕就要受制一日，这种煎熬，唉……"

赵构内心苦闷，不知不觉月已中天。

他在寝宫已躺了三个时辰，可是依旧毫无睡意。

此时，外边突然传来喧哗声，他皱起眉头向外边看去，朦胧之中一队兵甲闯了进来。赵构想要反抗，一个军官模样的人就用剑尖指着他，道："皇上还是不要妄动为好！"

这军官正是王渊麾下将官刘正彦。

原来，王渊率部一路南逃的时候，将他和苗傅二人的军队扔在后方不管不顾，以至于他们俩的军队损失惨重，于是两人一串谋，想好了要发动兵变。

他们的手下将王渊拿了个正着，手起刀落将其斩了首。事已至此，便骑虎难下，他们俩索性带兵一路向皇宫而去，准备劫持皇帝，闯条活路。

赵构却不知这些，只是一味恼怒道："放肆！你们不顾君臣之道，要造反吗？"

刘正彦冷笑道："你当着我们的面说什么讨燕云、迎二圣，如今只知道逃跑，这又是什么君臣之道？"

赵构狡辩道："朕想怎么样，岂是你们能懂的？"

刘正彦笑了笑，冷冷道："相信你这些鬼话的，只有康履和王渊。"说着挥了挥手。

门外有士兵看到他的手势，便将两颗头颅扔在地上。那头颅在地上滚了滚，赵构一看，吓得倒吸一口冷气，此二人不是别人，正是王渊和康履。

刘正彦看着他道："现在他们二人已经人头落地了！你是不是要跟臣工们说句真话？说句良心话？"

赵构结结巴巴道："真话？良心话？那当然是……过河……过河啊……"

苗傅道："记得吗？有个叫岳飞的，恭恭敬敬给你上折子，要你下旨过河迎二圣，你把他的好心当成了驴肝肺，让他解甲归田了！"

赵构吓得不知说什么，面无人色。

苗傅冷喝一声，道："赵构！你别想拧了，俺俩可不是岳飞啊！俺俩不来则已，既来了，就跟你表个明白——听咱的，什么都好谈！不听咱的，白刀子进，红刀子出！不跟你石头缝里栽花——做赔本生意！"

刘正彦道："你这当皇帝的，只知道白天吃喝拉撒，夜里抱着光屁股的女人过河！你知道这宫里的文武百官有多少想要送你去凌迟三日？你听着，今儿晚上面对面跟你说话的，不是苗傅和刘正彦，而是二十万精兵、数百员猛将！只是你的眼里只看得见女人，看不见杀机而已！"说着顺手一砍，一把太师椅应声断裂。

赵构吓得一声惊呼，浑身哆嗦。

苗傅一把抓过赵构旁边的吴氏，赵构忙叫道："你们想要干吗？放开她！"

刘正彦冷冷道："你写下罪己诏，废帝退位，朝廷立你小儿子登基，由孟太后垂帘听政，否则，我们就拿她开祭了！"

赵构看看吴氏，又看看刘正彦，突然一反常态，轻声道："就这么多？"

刘正彦反问道："就这么多还不够吗？"

赵构突然歇斯底里地笑出声来，道："列祖列宗啊，列祖列宗啊……总算有人说句公道话了！从大宫跑到扬州，朕就盼有人这么说；从扬州跑到常州、苏州、秀州、临安，朕更是盼着有人这么说，皇天不负苦心人

啊！你们两个有情有义的替列祖列宗满天神佛说出了这句公道话！”

刘正彦冷笑道：“公道话？你也知道这是公道？！”

赵构悲愤地笑道：“我爹和我哥当皇上，听听戏，画画画儿，吟吟诗，赏石游园，朕当的这是什么皇上？不是打，就是杀，不是冲锋陷阵，就是落荒而逃，不是为了筹不到粮饷而胆战心惊，就是为了讨好老金家而卑躬屈膝，每到一个地方，吃不上几顿饭，睡不了几天觉，就得抱着冲天大印，提着铺盖卷儿，遇山爬山，遇林钻林，从火里来，往水里去，这样的皇上还要当多久？还要跑多少地方？还要磕多少头？作多少揖？忍多少泪？装多少笑？哈哈哈……老天啊，苗傅啊，刘正彦啊！你两个可是为朕开枷卸锁的大恩人啊！是朕的大功臣啊！”说着，站起来向苗刘二人连连拱手作揖。

苗傅见他装疯卖傻，怒喝道：“那你赶紧写罪己诏，废帝退位！”

赵构道：“朕写。只是有一样，罪己诏，朕写！废立退位，朕干！换三岁小儿登基？这万万不行！朕求求你们大慈大悲放过朕的小儿吧，他造了什么孽，才三岁就要受这么大的罪，吃这么多的苦？我赵家为大宋操的劳、流的血还不够吗？还要继续扛着这么沉的江山往棺材里跳吗？”说着悲不可抑地放声痛哭，“朕……朕……朕……呀呸！怎么还朕啊朕的……为了称孤道朕……十八层地狱层层都去打过滚儿了……呜……呜呜呜……”

刘正彦道：“快写！阁下不必用什么缓兵之计了，韩世忠、张俊他们都不会来的！要来也是猫哭耗子，一番假情假意，起不了大风大浪！”

赵构无奈道：“好吧，我这就写，这就写。”说着，走去书桌研墨，略作思考，手中之笔便飞舞起来，写道：

> 朕自即位以来，所为不治，遭强敌欺凌，使天下愁苦，不可追悔。朕不忍生灵涂炭，逊位以告天下，望宋金自此休兵，不再兵戎相见。

苗傅、刘正彦听了赵构所写的罪己诏，颇为满意，便让手下将赵构和吴氏押入大牢。

两人一合计，知道目前最大的威胁便是韩世忠，于是派兵连夜来到韩府，将韩世忠府院围了个水泄不通。

韩世忠的夫人梁红玉正打算休息，家丁冲进内室向梁红玉报信：“夫人！夫人！不好了！府外头有大批的官兵围着。”

梁红玉问道：“他们是什么人？”

家丁道：“只知道是官差，看不清楚来路。”

梁红玉跟随家丁来到厅堂，只见两队官兵已经冲了进来，把他们团团围住。为首的将领对梁红玉说刘正彦、苗傅二位将军有请。

梁红玉一听，便知道发生了什么事，于是抱着幼子，跟随着这些官兵，经过重重关卡，神情自若地来到刘正彦和苗傅面前。

刘正彦见她款款而来，忙起身迎接道：“韩夫人，今日真是多有得罪。韩大人一直是我等武将心中敬仰的前辈，这几日京城会有些动荡，我们是担心韩府遭贼人攻击，所以特请韩夫人到宫内来避一避。”

梁红玉不卑不亢地道：“两位大人的一番心意，梁红玉先代将军谢过了。”

刘正彦道：“既然韩夫人不怪罪就再好不过。来人！替韩夫人安顿一下。”

梁红玉心里一琢磨，不能就此束手就擒，要想个办法，于是道：“慢！刘大人，我有一事要与你商议。”

“你说。”

梁红玉笑了笑，正色道：“自康王即位以来，虽然时时高呼要北伐，但始终没有付之于行。朝廷内的事，韩将军也多次提起，他常年南征北战，麾下众将领奋勇杀敌，不畏死伤，求的就是为宋朝夺回失土，朝廷却屡屡托词，不肯动兵，让人怎么能不心寒？”

刘正彦听到，心中快慰，点头道：“韩夫人，你所言真是句句道出我们武将的心声。”

梁红玉继续道：“近年来我身居京城，对康王重用宦臣一事也有所耳闻，听闻他昏庸无能，不理朝政，百姓都对他怨声载道，决黄河一事更是

让民怨四起，如今两位的所作所为在我梁红玉眼中，乃是天大的义举，是为天下百姓造福。”

苗傅道：“韩夫人果然是深明大义！”

梁红玉见他们已被自己的话所诱，心中一笑，道：“实不相瞒，韩将军其实也早有反意，只是苦无机会。如果两位愿意让我带信给他，他应该会追随两位。”

苗傅与刘正彦交换了一下眼神，笑道：“韩夫人所言，正合我俩的心意，但路途遥远，不如你将孩子先放在我们这里，我们会派专人照顾。”

梁红玉叹了口气，道：“我也不想幼儿随我舟车劳顿，然而小儿尚年幼，还未断奶，留在这里让两位大人照顾，恐怕不大方便。”说着，故意顿了顿，“两位若是怕我路途奔波，大可派人与我同去。”

苗傅一听，正中下怀，要是有人跟着她，谅她一个女人，也不会有什么意外，于是便点头同意，于是，第二天一大早，便派人跟着梁红玉上路。

梁红玉抱着幼子坐在马车上，在苗、刘派来的轻骑共六人的看押下，一路向前。

突然，梁红玉吩咐停下，一名轻骑上前询问道：“夫人为何停车？”话音未落，梁红玉乘其不备，突然出手。这些看押的骑兵，因为梁红玉是一介弱女子，不曾防备，更不知其乃一武林高手，便糊里糊涂地被杀了个殆尽，到死还是大吃一惊，不敢相信自己的眼睛。

梁红玉杀掉这些看押的人之后，抱着幼子骑马一路夜行了三百里，直到天边现出鱼肚白，远远望见在山顶上的韩世忠的军营才松了一口气。

一大早，韩世忠刚巡视过自己的军营，便听到士兵报告说夫人来了。他不大相信自己的耳朵，就见到梁红玉抱着儿子从外面走进来。韩世忠连忙迎上去道：“夫人为何拼死赶路？是否有什么重大变故？”

梁红玉喘了口气道：“京城出大事了！”说着摇摇欲坠，差点摔倒。韩世忠急忙扶着，接过孩子，让梁红玉坐下来。

梁红玉缓了一阵，道：“苗傅、刘正彦带领手下叛变，先杀王渊，又杀康履，深夜入宫，将皇上软禁，强行要他下诏让位。”

韩世忠大吃一惊，道："什么？皇上可还安好？人在何处？"

"听宫里的内线说，皇上被暂押大牢。"

韩世忠一听，心急如焚，武将兵变，这还了得？连忙让人准备信鸽，他要亲自飞鸽传书。

吩咐完毕后，他回过头，还想与梁红玉再商量几句，发现梁红玉已经在座位上睡着了，心中流露出无限怜爱，把梁红玉一把抱起，送进内室躺下。

没过一会儿，无数的信鸽便从韩世忠的军营中飞出。

韩世忠心里无时无刻不挂念宋高宗的安危，于是决定孤军南下。

临行前，他向梁红玉告辞道："夫人，此次临安之行，免不了要动刀动枪的，你刚生养又日夜赶路，身体还未恢复，不如留在这里调养。"

梁红玉道："官人，你应该明白，越是危险，我就越是应该伴你左右。"

韩世忠点头道："论武功论谋略，苗、刘二人都不是我的对手，所以娘子不去也行，再说咱们现在已经有了彦儿。"

梁红玉看了看自己怀中的小儿，道："彦儿若是明白这前因后果，不会责怪我的。更何况，我与将军，还要一起白头偕老呢。我随你一起去，相信他们不会有戒心的。"韩世忠见她一再坚持，只好道："好，咱们俩一起去。"于是，夫妻二人率领一干将士前去临安勤王。

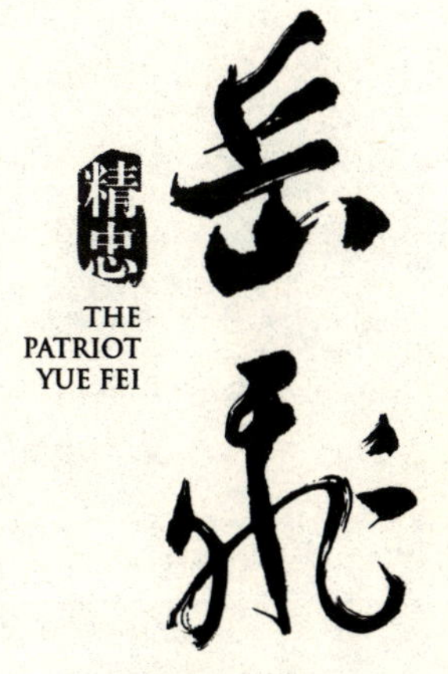

第三十四章

救危局韩岳勤王

岳飞监造凌烟阁，消息闭塞，对朝堂之上发生的变故毫不知情，只是每日练兵。这日，他正在帐中看着地图上的山川地形，就听张宪心急火燎地在外面叫道："大哥！出大事了！这是韩将军的飞鸽传书。"话音刚落，他就冲进大帐，把手上的飞鸽传书交给了岳飞。

岳飞接过念道："苗、刘兵变，皇上下诏罪己，被押大牢。"

张宪气喘吁吁地道："此二人一直主张抗金，对这次朝廷南逃非常不满，此番做出这种极端的事恐怕也是被逼急了。"

岳飞叹了口气，道："再急也不能胡来，这么做是会误己误君误天下的。来人！"亲兵听令上前，"请王贵、牛皋、杨再兴到我帐内议事。"

"是！"

张宪道："韩将军已经决定带兵去临安勤王，号召各地的守军支援，我们去还是不去？"

岳飞听了，思索着，并没有急于回答，他要等王贵他们来齐了，再作定夺。

与此同时，杜充也已收到"新王"的诏书和韩世忠的飞鸽传书。他看着诏书和飞鸽传书，一时间左右为难。

王燮见他犹疑不决，道："杜帅，韩将军传信给了各地守军，现在大家都在纷纷响应，我们也要有所表示啊！"

杜充听了，摇头道："什么纷纷响应？除了刘光世赶往临安之外，其余人等都是嘴上热闹，根本没见动向。"

王燮不解道："杜帅的意思是？"

杜充笑了笑，道："大家都在等着看，我们也别着急啊，临安的局势还不知道怎么样呢。"

王燮恍然大悟，道："要不，我们也学别人，表面响应韩世忠的号召，实际按兵不动，静观其变？"

杜充笑道："演戏要真演，不可全军出动，也不要不动一兵一卒。我准备派出一队人马投石问路，如果是韩世忠、刘光世胜了，那我们便是勤王的功臣；如果是苗傅、刘正彦赢了，我就接受这右丞相之职。"

王燮听了，不得不佩服，还是老狐狸狡猾，谄媚道："还是杜帅英明，这样是两全之策，只是不知杜帅要派哪支队伍前去勤王？"这样一问，两人都有些踌躇。是啊，派谁去呢？这种要命的事情王燮自己肯定是不会干的。

就在这时，一名守卫禀报道："报告将军，岳飞求见。"

杜充与王燮对视一眼，不禁一笑，自己正在为难，这倒好，有人不请自来了，并且还自愿帮这一忙，正所谓说曹操，不，是想曹操，曹操便到，于是杜充连忙请人将岳飞传进来。

杜充看着岳飞进来，不禁一笑，突然发现桌上的文件还放着，赶紧把"新王"的诏书收起来，故意问道："岳飞，你此次从军营匆匆赶来，所为何事？"

岳飞道："临安之事，想必杜帅已经知晓。"

杜充点点头道："嗯，我也收到韩将军的书信了。"

岳飞问道："不知杜帅可有什么打算？"

杜充慷慨激昂道："皇上有难，做臣子的理应火速前去救驾。"说着，叹了一口气，"临安勤王固然紧要，但此刻汴京归了金人，建康的形势也很紧张，如果我们大举进犯，恐怕金人就会乘此机会南下。"他一边说着，一边留意看着岳飞的反应。

果然，只听岳飞道："如果杜帅信得过岳飞，就请杜帅准许岳飞率本部人马前往临安勤王。"

杜充听了岳飞的豪言壮语，向王燮使了个眼色，王燮立马会意，向岳

飞道：“哈哈，岳将军，勤王是要紧的事，杜帅本该亲自领兵前往临安，但眼下这形势不容许亲自前往，若是日后皇上问起杜帅为何不领兵前往，但不知岳将军将如何回答啊？”

岳飞心里思忖，原来这老家伙在这节骨眼儿上还想着功劳的问题，但自己只想救回皇上，功劳不功劳的，无所谓，便坦然道：“岳飞是杜帅的手下，岳飞前往临安就等同于杜帅前往临安勤王，杜帅虽身未在临安，却无时无刻不忧心皇上的安危。”

杜充听完，很满意地向岳飞道：“你能明白我的苦心，实为难得呀，这样你就代本帅前去勤王。”

岳飞拱手道：“末将遵命。”

于是，岳飞带领王贵他们及本部人马——岳家军火速开拔，不几日就抵达了临安。

这天，他们在自己的秘密营地商量着如何接应韩世忠将军，岳飞给他们指点着桌上放着的京城守卫分布图道：“京城的四个入口都有重兵把守，城外也有士兵驻扎，苗、刘二人此次兵变，部署周全，想来是谋划已久，皇上现在还在宫内，所以我们行事一定要万分小心，切不可打草惊蛇。”

张宪道：“要不我们几个明日先便装混入城内？”

杨再兴点头赞同，道：“嗯，这样子好过硬闯。”

岳飞道：“我也正有这个打算。”

王贵看着岳飞，笑道：“岳大哥的这张脸多少人记得，恐怕光是乔装打扮是不够的。”

岳飞听了，也笑了，道：“我自有打算，这个你不用担心。”他转头看着张宪，下令道，“东门的守将是苗傅的家里人，颇有些本事，张宪，你去吧。”

张宪拱手领命便要下去，岳飞叫住他，问道：“需要带多少人？”

张宪满不在乎地道：“随便啦。”

“越少越好，可否？”

“单枪匹马也行啊。”

如此这般，王贵、杨再兴等人都得到了命令和任务，牛皋更是大大咧咧地道："哎呀，这几天都是练兵，正好让俺老牛动动筋骨。"

岳飞看着他警告道："明日黄昏，韩将军会亲自入宫，等他确定了皇上的安危，就会给我们信号，到时我们一起动手。本将再次声明，明日之事，只许胜，不许败，只许进，不许退，明白吗？"众人得令，一个个摩拳擦掌，一夜无话。

第二天，皇宫大内，一大早苗傅、刘正彦便在内室心怀不安地商议着。苗傅道："这梁红玉已经去了五天了，怎么还杳无音信？"

刘正彦心里也不踏实，道："莫非是情况有变？"

苗傅道："各地都有人在勤王，甚至包括杜充和张俊的部下，全都拒绝了我们的册封。"

"我们下一步到底怎么办？"

"只要康王还在我们手里，不用怕。"

两人越想心里越不安，这时有一名亲兵来报："守军回报，韩世忠已经来到皇城。"

苗、刘二人对视一眼，心里放下了一块石头，只要这韩世忠站在自己这一边，那么天下可定，于是，连忙派人去迎接韩世忠，他们则来到大殿上正襟危坐，恭候韩世忠的大驾。

不多时，手下大将便将韩世忠与梁红玉请到了大殿。韩世忠看到他们，拱手长揖道："韩某见过二位将军。"

苗、刘二人连忙起来还礼，并请他们二人落座，吩咐道："来人，上酒。"宫女听命，连忙上前倒酒，几个人举杯畅饮。

刘正彦道："素闻韩将军是个爽快人，今日一见，传言不虚啊！"

韩世忠笑了笑，佯装恭维道："两位能有如此魄力，也让韩某人非常佩服。实不相瞒，当今朝廷，乌烟瘴气，宦官与大臣勾结，武将血洒疆场，却要忍气吞声，我也是忍耐已久。"

苗傅听闻，心里终于放松下来，高兴道："这么说，韩将军是支持新

君的？”韩世忠大笑，道：“当然。只是不知道新君对我韩某可有加官晋爵啊？”

刘正彦一听，传言中的韩世忠刚正不阿，忠贞不贰，原来也不过如此，也大笑道：“有！当然有！只要韩大人愿意效忠新君，高官厚禄都不在话下，更重要的是，北伐一事，也会有个说法。”

韩世忠道：“那就太好了。不知两位对康王打算怎么处置？”

苗傅、刘正彦对视了一眼，心里也没个底，问道：“韩大人有什么建议？”

韩世忠见他们已经对自己放松了警惕，便镇定道：“我大宋讲究君臣之道，所谓名不正则言不顺，言不顺则事不成，若是这样一直关着他，如果没有合适的罪名，反而难以服众。”

苗傅点头道：“韩大人说得有理。”

“依韩某人的看法，不如封他一个王爷的名号，再把他贬到边疆去，这样一来，既保住了名声，又无后顾之忧，二位觉得呢？”

刘正彦拍掌叫好，道：“韩大人，这个办法真是两全其美，在下佩服！明日我就让皇上下诏。”

韩世忠摆了摆手，谦虚道：“韩某只是提个建议罢了。来来，喝酒！”说着大家又喝了一轮。

韩世忠见苗、刘二人高兴，趁势道：“如果两位不介意，韩某人还有几句话要向康王交代。”

苗傅问道：“什么话？”

韩世忠故作义愤，恼怒道：“当年他重用宦臣，我直言相劝，却落了个没趣，险些被罢官，这口气不出，义愤难平。”

刘正彦听了，点了点头，道：“这样看来，我也有话要说。”说着便吩咐守卫将地牢里的赵构提上来，守卫领命而去。

只见赵构与吴氏在地牢里坐着，狼狈不堪，像是两个乞丐。听见有人走进来，赵构本能地将吴氏抱在怀里。

守卫打开牢门，看到此情形，骂道：“狗皇帝，死到临头，还不忘风流！”说着就要押他们走。

赵构连忙道：“放开她，冲朕一个人来就好！”

一国皇帝，如今落到这般田地，人生真是一场梦啊。

赵构被押送到大殿上，守卫重重地推了他一把，他狼狈不堪地摔倒在地。他一抬头，便看见韩世忠与苗、刘二人正把酒言欢，心里一怔：秦桧不是告诉自己韩世忠是来京勤王的吗？怎么现在和他们在一起？不禁感到一阵绝望。

此时，苗傅和刘正彦都已经喝得微醺，看到赵构被押了上来，叫道：“哎哟！康王来了，快给康王看座！”一名宫女上前，给赵构送了一把椅子，但赵构看着他们却不敢坐。刘正彦笑道：“康王，你怎么不坐啊？”

赵构这才战战兢兢地坐下。苗傅道：“来人，给康王倒酒。”

又有一名宫女上前为赵构倒满了一杯酒，赵构端着酒杯低头不敢说话。苗傅大声喝道：“你倒是喝啊！”

赵构连忙举杯喝酒，因为畏惧，喝了一口，便被呛到了。

韩世忠将这一切看在眼里，心里觉得他又可怜又可恨，佯装喜悦道：“康王，今日请你来，是有个喜讯要告诉你。”

赵构看着他，不解道：“喜讯？”

刘正彦道：“我们要升你做王爷了！”

赵构更加困惑，重复道：“王爷？”

苗傅冷笑道：“嗯，派你去岭南做王爷，有良田万顷，不但没有生命之忧，还有朝廷的赏赐可以拿。”

赵构心中苦笑，道：“是吗？多谢，多谢各位。”说着向苗、刘二人敬酒，因为心中害怕手都在抖，酒水也洒了出来。

苗、刘二人看到，正要发作，梁红玉见状，抢先说道：“今日大家喝得这么高兴畅快，真是难得！不如让我替各位大人击鼓助兴，你们看可好？”

苗傅急忙拍手，叫好道：“哎呀，早就听闻韩夫人是击鼓高手，一直无缘一见啊。”刘正彦也打着酒嗝道：“韩夫人愿意赏脸，当然好了！”

于是，梁红玉起身击鼓，轻纱飘舞中，梁红玉风姿绰约，巧笑倩兮，十分迷人。她随带的那些舞婢也跟着她的节奏翩翩起舞，而这些舞婢正是

她平时亲自调教出来的武婢，个个都是武林高手。

苗傅和刘正彦一边喝酒，一边欣赏，好不得意，全然不知周围已经杀机四伏。

岳飞等人守在皇城外各个城门的隐蔽位置埋伏着，只听到皇宫里传出梁红玉的鼓声，立时便知道，韩世忠准备动手了。

在皇宫鼓声的伴奏下，岳飞、牛皋等人突然从隐蔽处冲出，和城门上的守卫厮杀在一起。

而在皇宫大殿内，只见梁红玉举着鼓槌，上下飞舞，十分优美，在转身的刹那，她向韩世忠使了个眼色，韩世忠微微点了点头，梁红玉手中的鼓槌立即脱手飞出，分别击向苗、刘二人的面门。说时迟，那时快，韩世忠起身打倒了身边的几名侍卫，方才翩翩起舞的舞婢也立即从衣裙下取出藏着的武器，跟着梁红玉上前与苗、刘的手下激战。

赵构被眼前的惊变弄得不知所措，呆呆地坐在那里看着他们。梁红玉立马上前将其推到柱子后面，使其安全。

那苗、刘二人中了梁红玉的袭击，立马惊醒过来，跳过去与韩世忠战在一起。虽然韩世忠有万夫莫开之勇，但毕竟两拳难敌四手，眼看着就要落下风，梁红玉连忙过来，助丈夫一臂之力。二人三两个回合之后，苗、刘便败下阵来。两人一看情势不对，边战边退，想要逃走。

此时，岳飞早已将城门控制，直向皇宫奔来。

苗、刘二人边战边退，已经到了宫门口，眼看着就要逃走，岳飞赶到，与韩世忠里外接应，将二人逮个正着。此时苗、刘二人的手下赶到，不由分说就想冲上来解救自己的上级。韩世忠大叫一声，正义凛然道：“谁敢动手，以欺君之罪判处！”那些人被老将的气势所慑，不敢再动。

此时，梁红玉等人护送赵构出来，赵构见到苗、刘二人已经被拿下，心下释然，道：“将这两个逆贼关押起来，听候发落！”

韩世忠领命称“是”。

岳飞恐赵构一时气愤，将二人问斩，连忙求情道：“皇上，苗、刘二位大逆不道之举，罪不可赦，但念及其初衷是为了抗金大业，这也是大宋千万军民的共同心声，其行可诛，其心可谅，请皇上从轻发落。”

赵构听过，心里很不高兴，以后万万不可姑息武将，但是岳飞才将自己从虎口中救出来，也不好发作，便敷衍道：“好，听你的，把他们收监，听候发落。”

很快，赵构重新龙袍加身，又做回了皇帝。

第二天，在皇宫大殿内，在秦桧的搀扶下，赵构重新坐上了龙椅。韩世忠、梁红玉和岳飞纷纷下跪叩礼：“吾皇万岁万岁万万岁！”

赵构抚摸着失而复得的“龙椅”，心中感慨万千，哈哈大笑，道：“众位爱卿，不必拘礼。今日我特意让内侍备下酒宴，一来给诸位庆功，二来嘛，也是想不拘君臣之礼，说些交心的话。”

韩世忠他们拱手道：“谢皇上。”

赵构看着他们道：“韩世忠，岳飞，你们可是朕的救命恩人啊！要不是你们带领勤王兵奋勇护驾，立斩逆贼，情势不可预料。二位爱卿忠勇可嘉，实为朕之左膀右臂，有你等忠臣，我大宋必隆盛。”

韩世忠道：“皇上，经过这几日的折腾，不知皇上龙体可安？”

赵构道：“朕不过是受些风寒，几日便可痊愈。”

秦桧早就听闻梁红玉的风姿，今日一见，果然不同凡响，遂向赵构进谏道：“皇上，此次勤王救驾，臣听说韩夫人的功劳不小，不在韩将军之下，如此舍身为国，传为佳话，应予奖励。”

赵构点点头，指着韩世忠旁边的梁红玉问道：“这是令夫人？”

“回皇上，正是贱内。”

梁红玉施了个万福，道：“梁红玉拜见皇上。”

赵构看着她道：“真是巾帼不让须眉啊，好，好！朕念你等为国效力，不惧生死，擢升三等。梁红玉护驾有功，封安国夫人。”

韩世忠、梁红玉纷纷叩谢。

赵构看着岳飞道：“如今金人大举南下，直逼建康，若要保大宋，这建康不容有失。岳飞，你是一员虎将，有你在建康，朕放心不少。”

岳飞慷慨领命道：“皇上放心，末将誓死守卫建康！”

赵构看着大家，心中不禁澎湃，道：“望诸位爱卿协力同心，保我大宋江山安宁，百姓不再流离失所，也算是告慰被困金营的二帝。”说着，自己触景生情，流出眼泪。

韩世忠、岳飞等人立马跪了下来，齐声向赵构信誓道：“只要臣等活着一日，便叫我大宋安稳一日！”

赵构听了，心里却像打翻了五味瓶，是信任，还是防备，都是一个难啊。

群臣商议了半晌，没有商议出有用的方略来。虽然朝堂上的危机已解，但是金人在长江边枕戈待旦，随时都会南下，这个朝廷，依旧是危如累卵。

岳飞情知若不打退金人，这等逼宫政变的事还会发生，此时挽救举国危难之任系于他一人之肩，顿时深感责任重大，一刻不敢怠慢，便先驻扎在临安，等形势稳定后再作打算。

这日，他正在校场练兵，远远望见韩世忠夫妇打马而来，岳飞赶忙迎上去。

国家危难，韩世忠一刻也不敢久留，这日便要回到自己的营中去，临行前来向岳飞辞行，见岳飞迎来，便道：“岳将军，金军逼近建康，眼看就要危及江南，情势骇人，如今皇上又有迁都之意，建康防务系朝廷第一要务，你身上的担子更加重了。”

岳飞拱手道：“韩将军亦如此。同为朝臣，理当竭力尽心，报效朝廷。”

韩世忠拱手告辞道：“你我均有军务在身，不便多叙，只盼早日戡乱，迎回二圣，到那时你我兄弟再把酒相贺。”说着，便拍马赶上梁红玉。那梁红玉看了看岳飞，向他告辞。

岳飞看着他们夫妇二人离去的身影，心中感慨，要是朝中能多一些韩将军夫妇这样的文臣武将的话，我们大宋何以沦落到如此田地。他不禁又想起李孝娥，不知她和安娘是死是活，人又在哪里，一时伤心万分。

过了两日，形势稳定了一些，便有消息传来，说金兀术在汴京驻军休整多日，决定再次南下，想要一举拿下建康。

为了应对金人，这天，杜充在自己的留守府中召开军机会议。

杜充指着图道：“以上是本座就敌我的对阵所作的说明，现在要听听岳将军有什么好的建议。”

岳飞想了想，站起来道：“诸君都知道建康府是古来兵家必争之地，现在面对兵临城下的决战，各路精兵悍将聚会一处，今日守建康，十万人可行，他日夺建康，百万人莫办！所以，这次四方瞩目的一场会战，只能赢，不能输，只能得，不能弃！”

牛皋还没听他说完，便叫嚷道：“他娃儿的！不就是一死吗？老牛跟他金兀术拼了！”众将听闻，也鼓噪着“拼了拼了”。

岳飞招手让大家安静下来，道：“金人西路要取江西，东路要陷浙江而夺临安，东西交集，目的是逼咱们的皇上出江漂海，流离失所，弄得君不像君，国将不国。四皇子阵中有谋，谋中见阵，确是一个劲敌。目前帅座耗下心力布置周详，我军士气之盛前所未有。”

岳飞知道杜充爱听什么，先让他高兴高兴，以便随后他能听取自己的意见。

突然，他话锋一转，道：“只是末将听下来，大江北岸全然放空，马家渡一处未加重兵防守，甚至把存在长芦镇崇福禅院里的军需与粮食一把大火烧得精光，万一金兀术出其不意强越马家渡，对我军来个迅雷不及掩耳的奇袭，其后果如何，尚难断定。飞部不自量力，愿以五千人马请缨杀敌，固守马家渡，一则补充布防兵力之不足，再者支持预备军队之机动，如有险胜，尚可越江而北，驱贼出关……”

杜充越听越怒，阻止岳飞道：“好了，好了！你不要又来兴北伐、迎二圣那一套了！马家渡地属天险，易守难攻，四皇子用兵既有谋有略，断不会冒险强渡马家渡，我等下功夫去经营马家渡，实乃毫无意义的一步闲棋，岳将军就不必在此处虚掷人力物力了。你提到愿以预备军队支援他们几位机动作战，这一层本座另有安排，目前已授命王燮率所部一万三千人为预备队，支援各处的不利状况。两位将军早有结交，王燮干得了干不了这个活儿，你心里自然有数，这方面就不必你操劳了！”

王燮在一旁冷笑道："难不成岳将军要夺为兄这口饭吃？"

岳飞听闻大怒，国家兴亡，这王燮还在计较权位和名利，于是冷冷道："此刻还有比吃饭更要紧的事，就是辟谣！听说王将军的宝眷和家当都已送到了福建，前线将士如有耳闻，对作战的勇气和决心似有不当！"

众人听了大吃一惊，纷纷交头接耳。

王燮脸上一阵白一阵红，叫道："没料到你岳飞除了勇气和决心之外，还有千里眼和顺风耳啊！身在巩县却把为兄的家务事搞得如此之清楚，佩服，佩服！"

杜充插嘴道："岳将军，你这是受了好事者的恶意中伤，挑拨本军彼此的信任！你不要误听不实之言，伤了好弟兄的和气！"

岳飞知道杜老二和王燮本来就沆瀣一气，于是没好声色地道："那我部既不能守马家渡，又不能充预备队，明日当开拔返巩县去了？"

杜充见他真的恼怒，赶紧换上一副笑脸道："少了你岳飞怎么成？不能走，不能走！本座邀你来，自有你的用武之处。千古之役，岂能少了你岳飞？"

岳飞沉吟不语，气氛沉重，杜充的脸色也不好看，王燮见状忙打破尴尬道："留守府备下了盛宴，请大伙入席，入席了！"说着便邀请大家入席。岳飞与牛皋、王贵、张宪、傅庆对视一眼，愤而离开了留守府。

第三十五章

结宇文兀术谋策

金兀术他们这边也没有松懈。在金兀术营帐内，韩常正在向围着模型的金军将领讲解宋军兵力部署：“戚方军队在西北三角洲，有一万四千余人；陈淬军队在西南一柱天，有一万七千余人；郭伟军队在油皮嘴，有一万八千余人；刘经军队在王高屯，约两万人。至于王燮军队，掌握了四方兵力的机动支持，其位置在城中央，全权听杜充的命令和调度，而岳飞军队极力争取这个任务，有意化预备队为主力军，对建康之役作出积极的贡献。”

金兀术看着模型道：“看来赵构是把他大宋的精英都派上阵了。”

韩常却不以为然，道：“大宋精英个个贪生怕死，连个皇帝也是孬种。”众将听了他的话，哄然大笑。但金兀术却一脸凝重，思考片刻，向哈迷蚩看去，问道：“哈迷蚩，你看这仗该怎么打？”

哈迷蚩盯着模型，思考了半天，方道：“敌人的位置在建康府及四周山脉，本军的位置在敌正北方，攻击区里有长江，有沙滩，有沼泽地，还有高山丛林，本军攻击军队有骑兵七万两千人、步兵十一万九千人，预计攻击日是四天五夜，预计伤亡人数是全军三分之一，攻击的阵形可用一支突破阵，也可用四方分击阵及十面埋伏阵，这要看四皇子指示攻击的目标而定。”

金兀术看着模型，沉吟道：“这王高屯与三角洲之间夹了一个马家渡，此处急流与悬崖纵横交错，是罕见的天险，南宋认定咱们绝不会以马家渡为攻击目标。”

韩常听闻，豪迈道：“四皇子，我愿立下军令状，十个时辰之内，本队冒险犯难，强占马家渡！”

金兀术正色道：“由马家渡上去，可能如入无人之境，本军全无伤亡，也可能遭遇伏击，伤亡可就不止三分之一了，这可不是逞能的时候。”

韩常拍着胸口道：“四皇子，沙场输赢一局棋，末将也是这个走法！”

夏金乌听了，也豪情万丈地附和道：“咱们是明知山有虎，偏向虎山行了！”

哈迷蚩却忧虑道：“由马家渡上，是绝招，也是险招，小的以为，进攻建康与其以力取，不如以智取，攻马家渡积尸如山，攻一柱天不过是易如反掌。”众将听了轻声私议，金兀术却低头不语，陷入思考中。

哈迷蚩见状，示意大家先散了，让皇子一个人思考思考，再作定夺。

这天，在金人营地内，宇文虚中独自一人望着远方，黯然出神，他想起了自己的家乡和母亲。

这时，不远处传来一女子的歌声，悠远清亮，如诉如泣。他侧耳聆听，那歌声唱的是：

> 啊咦……啊咦……阿哥在哪里……阿哥去摔跤去了……阿哥去打猎去了……小妹我只能在松树边等阿哥……嗯……嗯……

宇文虚中被歌声深深打动，循着歌声的方向走去。

唱歌之人正是翎妃。

只见那翎妃坐在金兀术怀里，他们刚刚策马兜风归来。金兀术看到宇文虚中，便从马上跳下来，问道：“一早就在这里躲清净吗？为什么不随我去打猎！”

宇文虚中恭敬道：“臣无有这个兴致。”

翎妃从马上下来，看着宇文虚中，发现他双眼红肿，便走到金兀术身边，扑在他肩头，对金兀术耳语道：“先生在偷偷掉眼泪呢。”金兀术这才注意到宇文虚中脸上的表情果然不正常，道：“哦？你有什么伤心事

吗？”

翎妃插嘴道：“先生，不要把话憋在心里，告诉我们，也许能帮上你的忙呢。”

宇文虚中道：“多谢皇子，多谢翎妃，我一切甚好，只是刚刚听到翎妃唱的那首歌谣，一时心生感叹罢了。”

翎妃惊诧道：“哦，你也听得懂我们女真的歌谣吗？”

宇文虚中问道：“翎妃唱的可是《等阿哥》？”翎妃兴奋地点头。宇文虚中赞叹道：“这歌曲律哀怨，叫人听来倍添伤怀。”

“先生可是思念家中之人？”

“十年生死期，生死两茫然。自我远到边国，家国音信全无，只是家中高堂无人侍奉，不知生死。”

翎妃听了宇文虚中的话，也不禁悲从中来，同情道：“先生在家乡还有什么人吗？有没有相好的人？要是有的话，让四皇子给你接来就是。”

“卑职并未婚娶，更无心仪之人。”

金兀术听了，大笑道：“我们女真一族的好女子多得是，只要你愿意，我赏赐给你。为了这点儿小事，就在此抹眼泪，未免小题大做了吧。”宇文虚中听他说得不堪，不理睬他，一个人往前方走去了。

翎妃用马鞭轻轻地抽打了一下金兀术，撒娇道：“你不该取笑我的先生，惹恼了他，谁给我上汉文课啊！”

金兀术笑道：“说得是，都是我的不是。走，咱们把他给抓回来。”说话间，宇文虚中已经走向远处，留下一个凄凉的背影。

翎妃看着他的背影，对金兀术说道：“皇子信不信？我有本事让先生高兴起来。”

金兀术道：“人说千金难买一笑，爱妃若能博得那冥顽之人一笑，我定重重赏你。”

翎妃道：“好，我就给你看看我的本事。”金兀术看着翎妃调皮的样子，知道她又想出了什么鬼点子，于是会心一笑，也不多问。

这天晚上，金兀术在营帐内宴请自己的一干将领，只见帐内篝火通明，鼓乐大作。

翎妃对着金兀术使了个眼色，金兀术看了看旁边喝闷酒的宇文虚中，一声口哨，乐手变换了曲子，几个女真女子从帷幕后翩然而至，歌舞起来。

突然，一个佩戴白色羽毛装饰的女真女子从舞蹈队伍中凸现出来，舞姿婀娜，相貌狐媚。哈迷蚩看得入了迷，差点儿把酒洒出来，道："皇子，好个风流娘儿们，哪里搜罗来的？"

金兀术笑道："全是翎儿搞的鬼，我也不知道还有这个宝，哈哈哈……"

哈迷蚩拿韩常开起玩笑来，道："你看看，韩将军看得口水都要流出来了。"

金兀术故意卖关子，道："只怕还轮不上他。"

只见那女子一边舞蹈一边朝着宇文虚中直送秋波，翎妃等人干脆把那女子向宇文虚中推了过去。那女子便一下子坐在了宇文虚中身旁，给他斟酒。但宇文虚中不为所动，看也不看。那女子娇嗔道："先生，阿雅给你倒酒，你喝了吧。"

金兀术也笑着劝道："是啊，宇文虚中，不喝我们女真女子的酒，可是要挨刀子的，哈哈哈……"

宇文虚中却冷冷道："谢谢姑娘好意，今日我不胜酒力，这酒不能再饮了。"说着就要起身离开。那女子连忙拉住他，众人哄笑，只有夏金乌满脸不爽，叫道："我看你不是不能喝酒，是看不起我们女真人！你们汉人就是一身臊气，还嫌我们的女子！来啊，把这个不识抬举的汉人拉下去！"

金兀术阻拦道："夏金乌，何必弄得这么剑拔弩张的？"

夏金乌不满道："四皇子，他……你为何对一个汉人如此厚待？"

金兀术见他如此不识礼数，冷冷道："这无须你来操心，吃你的酒吧！"

夏金乌听了，气得把手中的酒杯扔进火堆中，愤然离座。

宇文虚中把这一切看在眼中，嘴上露出高深莫测的笑容，一夜无话。

第二天，宇文虚中正在自己帐内作画，突然听到金兀术道："宇文虚中，本王来看你了。"说着便掀开帐帘，走进帐内。宇文虚中连忙用一块布把画作遮住。金兀术见他不说话，问道："怎么，还在为昨晚的事生闷气？"

宇文虚中道："卑职不敢。"

金兀术冷哼了一声，道："你这张脸拉得那么长，你当我看不出你的心思？翎妃也是一片好意，见你思家心切，寂寞难耐，就想着把她的好姐妹送给你。你看看你这个女学生多么知道心疼人啊！你倒好，把人家往旁边一推，真是大煞风景嘛。"

宇文虚中见他旧话重提，连忙打断道："多谢皇子和翎妃的一片好意，在下消受不起。"

金兀术却没听出宇文虚中对这一话题根本不感兴趣，毅然道："你是不是不喜欢阿雅？我这里的女子多得是，任你挑选就是。哦，你要是不喜欢我们女真的女人，这掠来的汉族贵妃还有公主，你看上谁，偷偷告诉我就行。"

宇文虚中再也听不下去，按捺不住，拍案而起，道："够了，我们汉族女子都是有尊严的，因为我们从不把她们当作淫乐的工具。宇文虚中不是什么圣人，但是祖宗礼法、人伦道德还是铭记在心，不敢僭越。"

金兀术冷哼道："别和我说这些堂皇的道理，你们皇帝三宫六院，有的女人一辈子守在深宫也未得临幸一次，谈什么人伦道德！狗屁！"

宇文虚中见他强词夺理，一时无言，道："好了，我不想和你争辩，反正我不要任何女子，请你们不要再给我安排这样的意外了。"

金兀术见他真的生气，便转移话题道："我记得你说过，家中只有老母，不知生死，既然不知生死，何必念念不忘？"说着无意间将宇文虚中画作上的蒙布弄掉了，只见三秋桂子十里荷花，一派江南风光跃然纸上。

金兀术一下子被这画上的风景给震住了，忙问道："这是哪里？"

宇文虚中道："我的家乡。"

金兀术道："好男儿志在四方，忘记过去，才是最聪明的做法。本王不会辜负于你！"但却在心中思忖，江山如此多娇，这样的大好河山如果我兀术不拥有，那将有多么遗憾。

他见宇文虚中将目光久久停留在画作上，知道其思乡心切，也不想再多打扰，悄悄地走出宇文虚中的营帐，心中更加坚定了南下攻打宋朝的决心。

哈迷蚩见金兀术很长时间不再提南下攻打建康的计划，还有那个宇文虚中，这些问题压在他心头上，很不舒服。

这天，他陪着金兀术打猎，看到金兀术心情挺好，便开口道：“皇子，有句话我早就想说了。”

金兀术似乎已经猜出来他要说什么，道：“那你就痛痛快快地说出来。”

哈迷蚩道：“这个宇文虚中城府太深，身在曹营心在汉，处处为汉人说话。他明明知道你对建康志在必得，却宣扬什么不可轻举妄动，一副自傲的调调儿。”

“怎么？你是说他不愿意我们打过去？”

“这我倒是不敢说，只是这个人咱们还是得提防着点儿，毕竟不是喝羊奶长大的，和咱们隔着一层肚皮呢。”

金兀术逗弄了一下手中的飞鹰，意味深长地道：“再凶猛危险的动物，心也是肉长的，咱们真心对他，还怕他有异心？”

哈迷蚩还是心有不甘，吞吞吐吐道：“皇子说得是，不过我还是担心。”

金兀术摆摆手，阻断他道：“好了，不管是金人还是宋人，只要是我金兀术看得上的人，我就当他是真兄弟。”

哈迷蚩看着金兀术，不敢再多语，但心里却甚是不满。

这天，金兀术的手下不知从哪儿弄来了几坛好酒，说是宋人相传的最好的酒，于是便请自己的大将和宇文虚中前来品尝。

他对宇文虚中道：“果然是十里飘香。宇文虚中，我最佩服你们汉人的酿造之术。”说着向大家看了一眼，大声道，“来啊！大家今天不醉不归！”

金兀术把酒赐给大家，众人狂饮。酒过三巡之后，众人才发现酒坛底部全是金银，吃惊万分。

宇文虚中问道：“四皇子，这是什么？”

哈迷蚩故作神秘道：“这是四皇子的高明之处，先生不必细问。”

金兀术看着宇文虚中，却向哈迷蚩道：“哈迷蚩，你明天就起程去建康，把好酒送给我们的老朋友。”

原来这一切他早有安排，目的就是给宇文虚中看看，看他会有什么反应。

哈迷蚩悄悄地观察着宇文虚中，领命称是。

且说那赵构将苗傅、刘正彦暴晒示众之后，知道这二人虽然起兵造反，却深得民心，尤其是因为自己昏庸无能，才导致他们二人逼宫，因此也不敢直接问他们死罪，思前想后，便将二人流放边境，随后又找了个人将二人除掉。

这天，他在御书房一边看奏折，一边还念叨："到如今，朕还心有余悸，常惴惴不安。"

在一旁服侍他的秦桧安慰道："陛下，您受惊了。不过，有韩世忠、杜充这等忠臣侍朝，圣上将无后顾之忧。"

不提还罢，一提又在赵构的伤口上撒了一把盐，他现在反而最不放心的就是韩世忠、岳飞，怕他们有一天也会兵临城下，向自己逼宫。

他把手中奏折拿起来给秦桧看了看，又抓过来愤怒地扔到地上，道："爱卿，你看看这些，都是韩世忠、岳飞等人写来的奏折，朕刚刚给他们加官晋爵，可是转头来他们却不能体恤圣意，叫嚣着要迎回二圣，为大宋正名，难道朕在他们眼里就这么不称职？到底要我如何掏心掏肺才能让他们心甘情愿地臣服？"

秦桧安慰道："陛下息怒。"

赵构激愤道："昨日苗、刘逆贼可以当着我的面，堂而皇之地砍了王渊、康履的脑袋，把朕赶出皇宫，明日难保韩世忠、岳飞不会重蹈覆辙，要将朕打入万劫不复之地！"赵构越说越激动，把奏折全都投入火盆。

秦桧赶紧让身旁的侍卫灭火，将奏折扑救出来。只听赵构道："祖宗训教犹在眼前，武将败国啊！"

秦桧佯装安慰，实则火上添油道："陛下的担忧不无道理，苗刘之痛犹在眼前，如今韩世忠、刘光世、岳飞等拥兵自重，朝野上下，一呼百应，威望日益加重，如今就是皇上您，恐怕也轻易动不得！"

赵构果然被他的言辞激得更加恼怒，大声道："放肆！朕乃一国之君，别说是一介武将，就是这天下的反臣，我哪个杀不得？"

秦桧见自己目的达到，心想暂时先按下皇上这一股怒火，等到需要的时候再重新将其激发出来，于是连忙跪下劝道："皇上，苗刘兵变之时，那韩世忠身先士卒，救陛下于危难，现在金国大兵压境，直逼建康，金国虎视眈眈，我们大宋朝的根基摇摇欲坠，正是用人之时，这于情于理都杀不得啊！"

赵构悲愤道："难道朕就只能眼睁睁看着他们几个莽夫闯进行宫，夺了朕的皇位，断送了朕的前程？苗刘之患还在眼前，朕整日惶惶不知如何自处。"

秦桧忙磕头作揖道："皇上少安毋躁，这奏折不过是他们热血男儿一时冲动，并未成什么气候，事态还未到不可控制的地步。"

赵构见他话中有话，便将他扶起来，道："起来说话。以爱卿之见，如何剪除后患？"

"韩世忠、刘光世、张俊等护驾有功，如今又被圣上加官晋爵，天下人无不赞扬圣上的伟德，满朝文臣武将也看到了圣上的一番爱臣之心，不敢有所为。"

赵构听了秦桧的话，冷冷笑道："不敢？韩世忠、岳飞连上二十多道奏折，二十多道！这不是明摆着让朕难堪，让天下人看笑话吗？"

秦桧劝道："智者贵审时度势，韩世忠等一众武将并无反心，又能为社稷所用，皇上还得留着他们。"

赵构犹豫道："这不是养虎为患吗？"

秦桧笑道："战国时，赵国与燕国相争，燕国说客苏代给赵惠王讲过一个'鹬蚌相争，渔翁得利'的故事，暗示惠王，两国相持，以弊大众，强秦必成得利之渔父。惠王听后，甚喜，不但不责罚于他，还停止了与燕国的旷日之战。"

赵构听闻，久久不语，也明白了秦桧的意思。

只听秦桧继续道："陛下，要想社稷无虞，便要做这渔父，撒下鱼饵，让这鹬蚌相互咬吃，自然是两败俱伤，到那时陛下只要轻松收网即可。"

见他说得轻松，赵构却不放心，叹了口气，道："眼下朕是内忧外

患。在内，这些武将个个是深藏的暗箭；在外，金国又虎视眈眈，朕无一日可安宁啊。”

秦桧道：“微臣倒有一策，可解皇上之忧。”

赵构连忙道：“还不快说！”

秦桧顿了顿，试探道：“就依金人和议之请，削去帝号，降为金国的藩属国，以求自保。”

果然如赵构所料，他气急败坏，拿东西向秦桧砸过来。秦桧不慌不忙躲过。只听赵构道：“这满朝之众，都说你是金国的奸细，看来不假。”

秦桧听闻，不慌不忙地跪下道：“皇上，这实为韬光养晦之计啊！眼下天下未定，人心未服，作鱼死网破之争，不如作长远之计。汉高祖刘邦正是退居关中，才最终得了天下，此时的金人虽然猖獗，过个一年半载，演一出霸王别姬也未可知，还望皇上三思啊！”

赵构背对着秦桧，并不说话，但是把秦桧说的每一字每一句都听进了耳朵里。

秦桧看着赵构，见他半天不动，凝神思考，知道一切都在自己掌握之中，于是慢慢起身，悄悄退了下去。

赵构思考了半天，长叹了一口气，命人拿出笔墨，在纸上写道：

> 大宋皇帝致书于大金国相元帅、皇子元帅：前者遣使奉书想必已呈上，危迫之恳，恳请四皇子矜悯……

他一边写着，一边自怨自艾，只见灯火在他脸上闪烁，泪光闪闪。

世事艰难，虽然岳飞和韩世忠忠心为国，但是朝中依然阴云密布。

杜充和王燮对抵御金军早已不抱希望，金陈兵江北，不日就要南下，他们心急如焚，犹豫再三之后还是秘密接触了哈迷蚩，准备给自己找条后路。

这日，在建康府某一酒楼内，只见食客们三五成群地在谈论建康的局势和防务，有的忧心忡忡，有的酩酊大醉，有的骂声不止，有的索性引吭高歌，或是翻桌子、砸板凳……

哈迷蚩老早就坐在那里，等着杜充派人前来接触。他将上述情形一一听在耳中，看在眼里，心里不禁一阵冷笑。

过了一会儿，只见王燮被小二领到他们包间坐下。哈迷蚩向他问道："我奉命带了些礼物，但是不知道杜帅有什么好消息给我和四皇子。"

王燮忙道："烦请转告四皇子，皇上和杜帅都盼望着朗朗乾坤，一片太平，金国和大宋百年修好为宜。"哈迷蚩听过，大笑道："好说好说。"

王燮假装客气道："还有一样，以后我们都是自家人了，那些金银之物我受之有愧啊。"

哈迷蚩知其虚伪，不过是想多贪点油水而已，道："王将军客气了，你是杜帅眼前红人，又是智囊，你的一句话抵得上别人十句话。"

"军师言重了。眼前我们不过都是为了各自的主子效命，做好了，升官得势；做不好，这脖子上的脑袋不定什么时候就搬了家。众人只看到我们眼前的好，谁知道我们背地里的苦啊！"

哈迷蚩一听，心里更瞧不起王燮，表面却佯装同情道："王将军说得好，所以我们更该联手，把主子这点儿事办好了。"

王燮悄声道："一切遵从旨意，任由贵军自马家渡攻城，附近关隘全不设防。"

哈迷蚩拍手道："好，不过，我们四皇子已经改攻一柱天了，到时自有一场恶战。眼下要说的还是这建康的事，听说赵天子把大宋的宫中精锐都派来驻守了？"

王燮笑道："四皇子果然消息灵通。"

哈迷蚩冷冷道："如今建康大大小小的地方都是岳飞的护卫军，看来你们对我们金国是早有防备啊！"

王燮忙道："军师言重了。皇上早就有话，杜帅全权负责建康防务，岳飞这些将领不过是杜帅手中的卒子罢了。皇上请金皇帝和四皇子放心，我大宋为保安宁，愿偃旗息鼓，向大金称臣。"说着将一份密信呈在哈迷蚩面前。

哈迷蚩不明所以，问这是什么，王燮向他交代道：“大宋皇帝钦书，请务必呈于四皇子。”

金兀术将哈迷蚩派往建康与自己的“老朋友”接触后，自己倒闲情雅致，向宇文虚中学习下棋。

宇文虚中一边教他下棋一边道：“四皇子，同一盘棋和不同的对手下都会有不同的结局。楚河汉界如同一个人生舞台的博弈场，高者能看出五步、七步，甚至十几步棋，低者只能看两三步。高者顾大局，谋大势，不以一子一地为重；而低者呢，则寸土必争，结果费尽心力，却惨遭大败。”

此时，哈迷蚩从营外走了进来，原来，他在建康将一切事情办妥之后，连夜从建康赶了回来，还不曾歇息，就跑来向金兀术禀报。

金兀术正在绞尽脑汁，想着如何走好下一步棋，翎妃挥手让哈迷蚩先不要说话。只听宇文虚中道：“四皇子，下棋如行军打仗，借势而上，出奇乃制胜法宝。”

金兀术脸上淌着汗，翎妃见他认真的样子，窃笑道：“您输了！”金兀术满脸通红，想悔棋。宇文虚中连忙阻止道：“您这是第三次悔棋了。”

金兀术怒道：“岂有此理！本王再悔回棋不行吗？”

宇文虚中却认真道：“下棋非同儿戏，每一步都必须经过深思熟虑，一时冲动、一子落错都会满盘皆输。将军，您切切牢记，落子无悔啊！”

金兀术冷笑道：“落子无悔？！你这是骗小孩子的把戏吧！我堂堂金国四皇子，率领千军万马的大将军，一个小小的棋子我都悔不得吗？”说着，一气之下把棋盘掀翻，叫道，“我玩不过你，不玩了！”

宇文虚中冷笑道：“你如果在战场上也这么冲动，那么你摔下的就是千千万万的兵马。您连这几个棋子都指挥不了，怎么能指挥千军万马？以您如今所为，只能是军，不能是将。”

金兀术听闻，无名火起，突然拔刀，横在宇文虚中的脖子上，冷冷道：“下棋有什么了不起，你会领兵打仗吗？”

宇文虚中却无所畏惧，缓缓道：“四皇子心急了，正所谓当局者迷，旁观者清，这下棋的道理还需要慢慢体悟才是。您把这些棋子都拾起来，我们重新再来。”

金兀术咬牙切齿道：“宇文虚中，你太不把我金兀术放在眼里了吧？”

哈迷蚩一直就对宇文虚中不满，不过，金兀术一直护着他，自己也没办法，现在见他对金兀术如此无礼，并且惹得金兀术如此恼怒，连忙道：“大胆，我赫赫金国岂能容你一个宋人大放厥词？给我拉下去！”

门外的守卫听到，就要进来将宇文虚中押下去。宇文虚中却不慌不忙，大声道：“等等！有的人下棋，落子如飞，却常忙中有错；有些人下棋，思虑过甚，弄得后来捉襟见肘；有的人下棋，不到最后关头，决不认输，伺机而动，峰回路转；有些人下棋，稍见情势不妙，就丢兵弃甲，弃子投降。四皇子是哪种人？您下的是哪种棋？全在您这一念之中啊！”

哈迷蚩再次挥手道：“大胆！在我堂堂金廷之上，岂容你一个宋人大放厥词？把他拉下去！”

金兀术似有所悟，挥手制止哈迷蚩道：“等等，宇文虚中，我们再杀一盘。”说着和宇文虚中重新摆起棋盘，一边向哈迷蚩问道，“哈迷蚩，你来干什么的？”哈迷蚩被他弄得一时糊涂，没有反应过来。

只听金兀术怒喝一声：“有话就说！”

哈迷蚩吓得脸色惨白，赶紧从怀中掏出王燮给他的密信，禀报道：“哦，我手里有大宋皇帝钦书一封。”

金兀术眼睛并没有离开棋盘，向他道：“念！”

哈迷蚩立马打开信，念了起来：

“大宋皇帝致书于大金国相元帅、皇子元帅：前者遣使奉书想必已呈上，危迫之恳，恳请四皇子矜悯。以四皇子之大德，必以金宋和好为重，谅解朕的一时失察，误听小人谗言，以致招惹此等兵衅。现守则无人，奔则无地，朕抚谕不定，深忧惹出事端，致使举国军民不能奉承四皇子之大德。故拜上指挥之权，愿削去旧号，使天地之间皆大金之国，而无有二上，敢望四皇子发扬恩德，对朕

加以存全。所有欲约事目必一一谨即听从，便当歃血着盟，传之万世。其为大恩，何以方此？祁寒应候，万恳求哀请命。”

宇文虚中听闻哈迷蚩念信，手中的棋子迟迟未落。

金兀术催促他道：“该你摆子了。”

宇文虚中早已分心，问道：“四皇子，这真是大宋皇帝送来的吗？”

金兀术却不理他的话，看着棋盘道：“你告诉我的，下棋的时候，要身心相合，不能心有旁骛，要不一子走误，满盘皆输。将军！”

宇文虚中低头看去，发现自己这盘棋已成死局，输定了。

那金兀术虽然赢了宇文虚中，心中却并不高兴，从哈迷蚩手中拿过信，闷闷不乐地走了。

宇文虚中不知道他是因为宋高宗所写的求和信还没达到自己的要求不满意，还是因为自己方才的话而不满。

这天傍晚，金兀术一个人站在自己帐篷前伫立思考。宇文虚中看到便走了过来，道：“四皇子，臣特来向您为白天的话道歉。”

金兀术并不回身，深深叹了一口气，道：“宇文虚中，你今天的话深深刺痛我了。”

“望将军赎罪。”

金兀术一字一顿道：“你们汉人不是常说忠言逆耳吗？今日听来，岂止是逆耳，简直是逆心！可是我仔细地想了想你说的那些话，没有一句不是暗含深意，振聋发聩。”说着，转过身来向宇文虚中笑道，“宇文虚中，谢谢你敢对我说这些话，我一字一句都记在心里了。”

宇文虚中听了，心中不无感动，望着金兀术道：“四皇子能体谅我一番苦心，宇文虚中死而无憾。”

金兀术自得道：“你们大宋的人能做到的，我金兀术也能做到！”

宇文虚中道：“将军，有勇而无谋，天下自然拿不下来；有谋而无义，民心就不会向着你。隋炀帝为何亡国？就是骄奢淫纵，图一时之欲，而李世民却处处怜惜百姓，对前朝官吏也不为难，留下的可以做官，不愿意侍奉新朝的可以告老还乡，隋朝将领对李家甚是感激，衷心拥护，齐心辅助，共图盛世。”

金兀术佩服道：“得民心者得天下！贪胜就只能失天下，这深奥的道理却蕴含在这小小的棋盘之上，汉人的智慧果然不同凡响。”

宇文虚中见他如此说，便试探道：“皇子，前朝既有先例可以效仿，你为何还要攻打建康？”

金兀术见他不过书生意气，冷笑一声，道：“如今南宋刚刚平定叛乱，赵构一心苟安，你听听他那封信，哪有大国君王之威？此时他正在休养生息，疏于防范，而我们大金兵强马壮，又有里应外合之利，一举攻下建康，岂不是事半功倍的好事？”

宇文虚中劝道：“四皇子糊涂，宋帝把岳飞派去镇守建康，又有韩世忠等大将在扬州作策应，足见其早有防备之心，此时万万不可轻举妄动，免得落入泥潭，不能自拔。”

金兀术不以为然道：“你是不是又要和我说你那套以德服人的老话？”

宇文虚中道：“德乃社稷之根本，如今宋帝有议和之心，你何苦要擅动兵戈，涂炭生灵？”

金兀术不等他说完，便打断道：“你记住，我学习你们汉文化，用你这样的汉人，可是我骨子里流的血永远不会改变。在我金兀术看来，从来没有什么议和求安之理，这天下众生，只能为我征服。你也一样！”心想，虽然你宇文虚中有才有能，可惜毕竟还是酸腐，便挥挥手让他下去。

宇文虚中无奈向他告辞，回到自己帐中休息。

第三十六章

宋高宗海上逃难

秦桧自从向赵构提出议和之事，心里也好不焦躁。这天他和王氏躺在床上却半宿无法合眼。王氏见他忧虑，便道：“官人，咱们在五国城本来过得很好了，现在回来又得跟着皇上逃来逃去，何苦呢？不如等四皇子大军一到，咱们就出去迎接吧。”秦桧连忙摆手，叫她别嚷，道：“时机未到。”

王氏也焦急道：“还没到呢？都说我们是金国奸细，等皇上走投无路了，临死也得找个垫背的，不得拿你开刀啊？”

秦桧道：“你说得对，要想个办法不跟着皇上跑，但是得找个妥当的理由，万一哪天皇上站住脚跟了，我们也好有个后路——难道你想以后都住金国的帐篷啊？”

王氏脱口而出道：“鬼才想！不过要什么妥当理由呢？”

秦桧看着她，问道：“你说皇上最想要什么？”

“皇上最想要金人退兵。”

“对呀，皇上既想退兵，又不相信外边的将领们能打得过金人，怎么办啊？”

王氏听得一头雾水，摇摇头。

秦桧接着道：“那他只有和议了，只要皇上派我去和议，我们就可以不跟着皇上跑来跑去了。”

王氏听了，心里立马释然起来，叫秦桧第二天就去觐见皇上，好派他去和金人和议。

第二天，宋高宗赵构升朝，听到金人正大军南下直逼建康的消息，不禁大怒，道：“当日决黄河，上奏折说是能阻截金人，至少拦他们一年半

只见高宠带着自己的妻子杨氏向里面闯，士兵连忙阻拦。高宠一边保护着妻子，一边同岳家军作战，如入无人之境。

“尽忠报国，那忠的不仅仅是大宋，而是四海之内皆兄弟之国，是人与人能和平相处之国，是朝廷以仁义为政，三军以仁义为师的泱泱大国。”

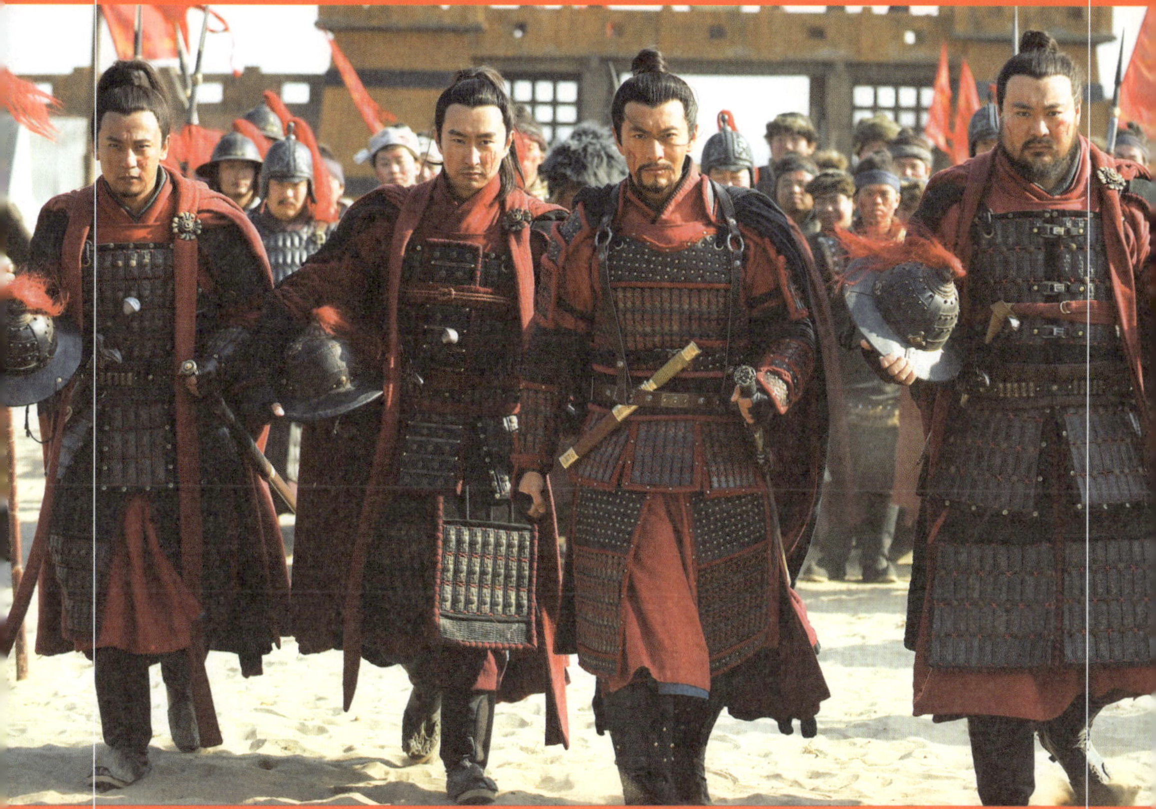

Y

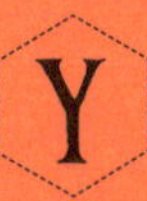

“岳飞一介偏裨，死不足惜，唯愿同众兄弟冒死一试！冒死一战，总好过黄河决堤，洪水滔天！”

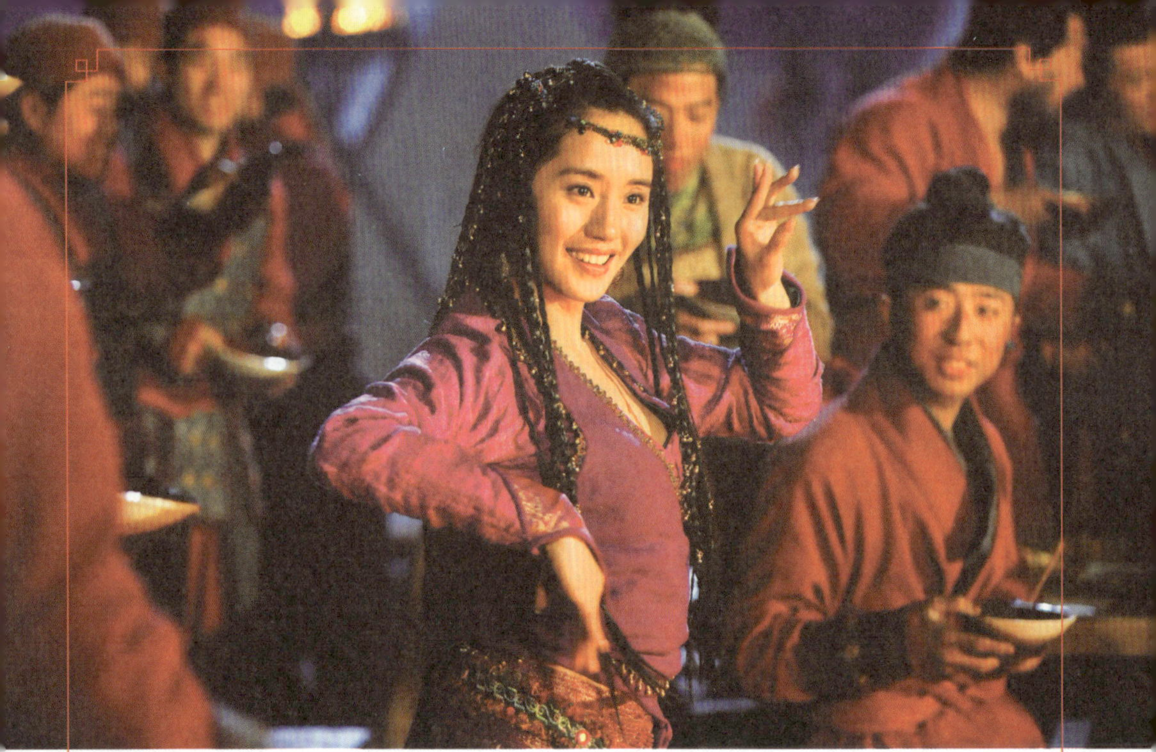

Y

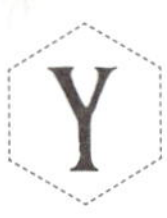

乌诗玛突然在人群中跳起舞来，旋转的裙裾在篝火映照下显得格外好看，大家看着，惊艳不已。

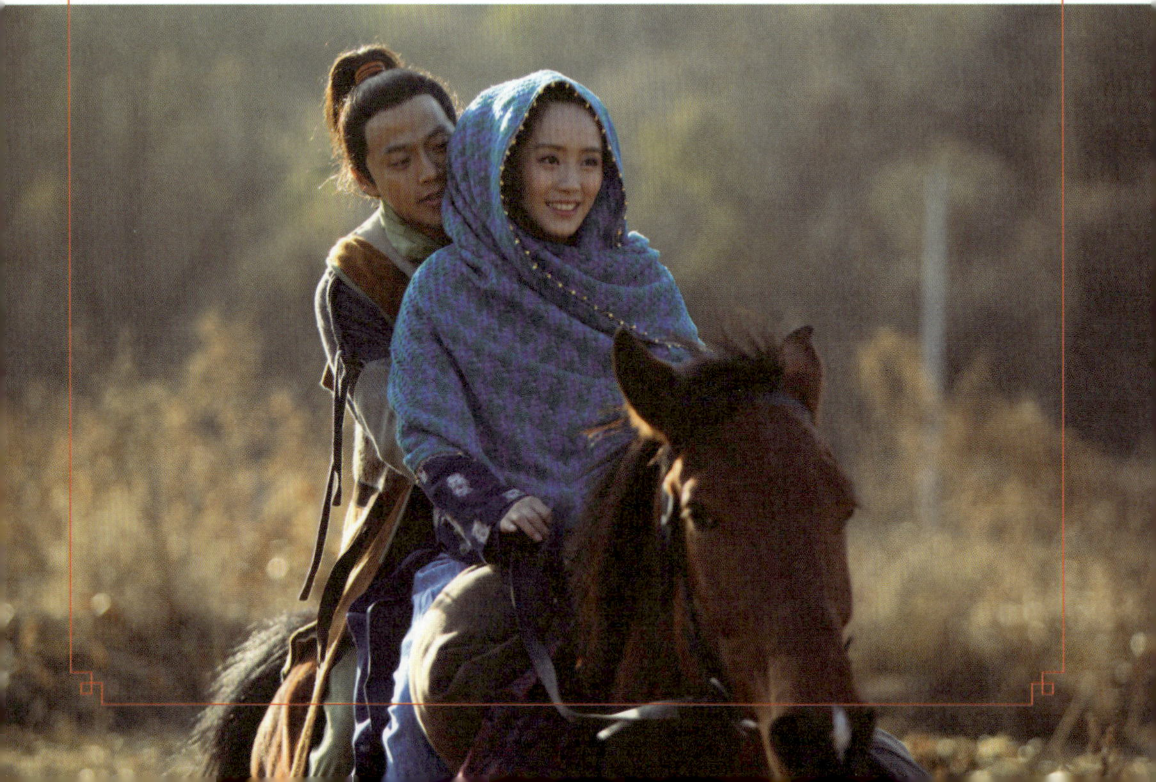

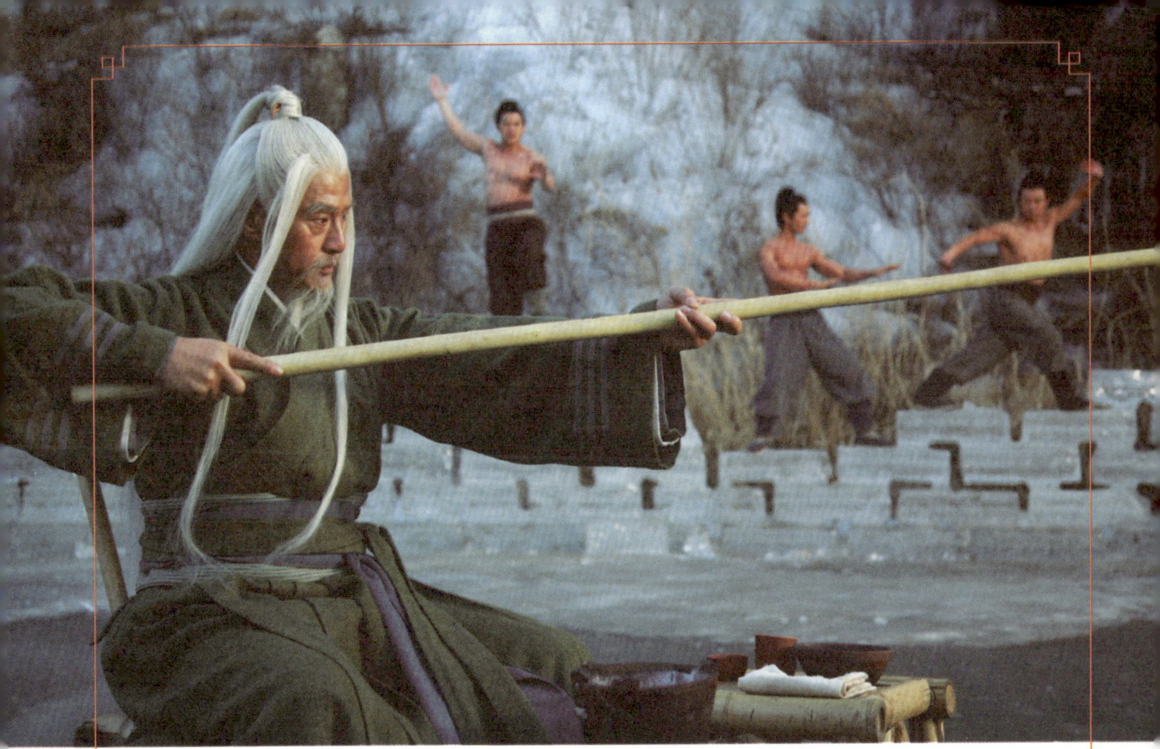

Y

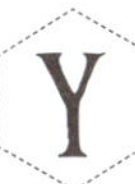

THE PATRIOT YUE FEI

猎猎风中，冰川上苦练的少年，终在抗敌中成长为英雄。

Y

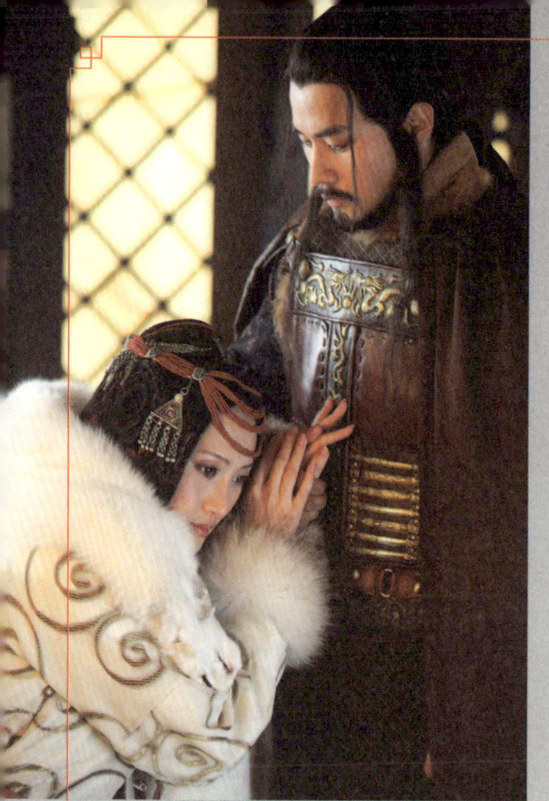

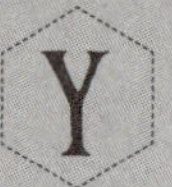

翎妃将金兀术抱进怀中……叹息道：『四皇子心中有一个天下，而翎儿只是一个普通女子……』

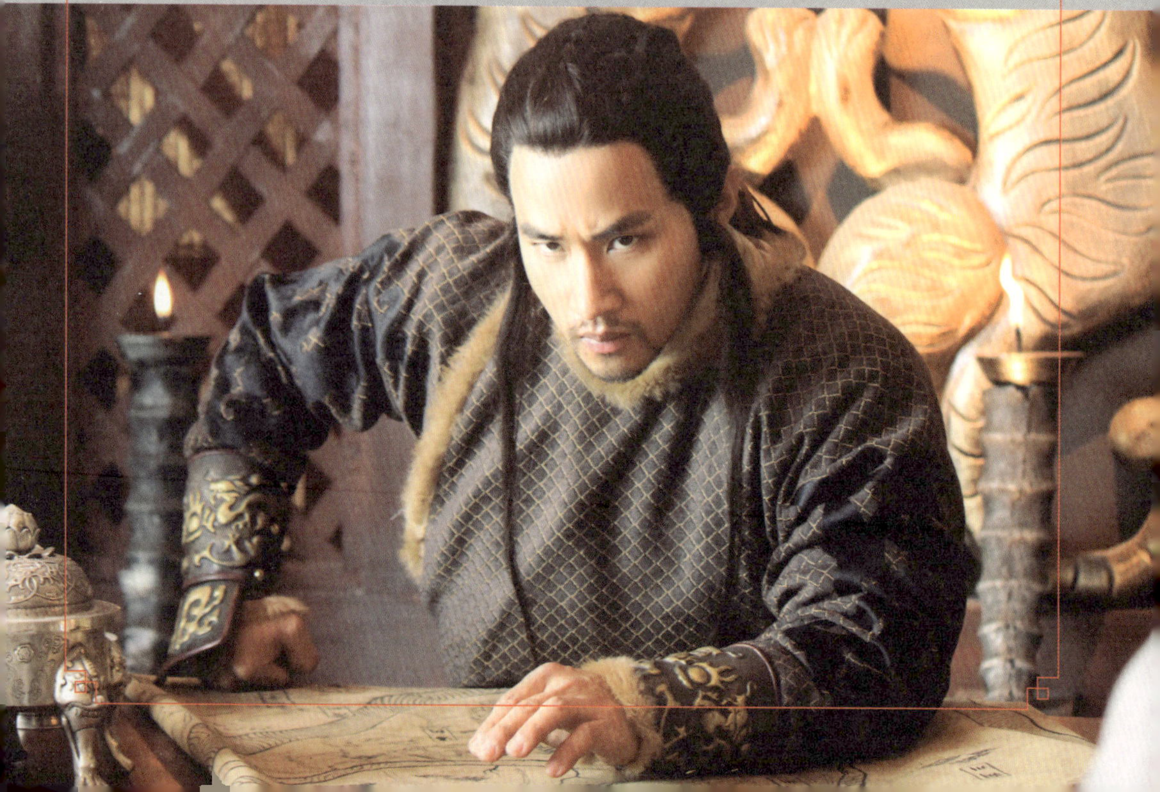

“我大金之所以与你宋国缔结海上之盟，是觉得你们还有可用之处。狼虽生病，犹有利齿。现在看来，你们根本就是一只羊！”

『朕这是当的什么皇帝！不是打，就是杀！不是冲锋陷阵，就是落荒而逃！这样的皇上还要当多少久？还要跑多少地方？』

载，因此还牺牲了那么多百姓的性命，如今才不过数月，建康就告急了，真是一群废物！秦桧，你不是一向都有主见吗？今天怎么不说了？”

众大臣面面相觑，不敢答话。

秦桧就等着皇帝点自己的名呢，见赵构气急败坏地叫到自己，不慌不忙地上前道：“启奏陛下，金人对我大宋疆土可谓是志在必得。河岸决堤，黄河两岸受灾严重，民心、军心都很涣散，金人南下的攻势又有增无减，这样一来，建康告急也是情理之中。”

众大臣听他如此说，立马附和道：“秦大人说得对！有理，有理。”

赵构见他们七嘴八舌的，都是缩头乌龟，恼怒道：“有理有什么用？朕要的是有效的办法！”

秦桧拱手道：“皇上不用急躁，依微臣之见，北面有韩将军和杜将军的大军守卫，短时间内应该还能支撑。严冬已经过去，大地回春，南方湿暖的气候是不利于金人进攻的，再往南攻，他们的攻势就会减缓，不如先来个缓兵之计，向金国提出议和。”

赵构听了，不禁一惊，议和？自己在先前钦书一封，现在再次议和，那金兀术会答应吗？

秦桧似乎已经看透他的心思，道：“议和，自然要派一名有分量的大臣前去，方可达成，这样一来，也可以拖延金人南下的时间，暂保一时平安。”

赵构犹豫道：“这个建议虽然好，但出使金国危险重重啊，哪位大臣愿意担当呢？”

众大臣听闻秦桧建议，议论纷纷，都怕皇帝会钦点自己。

秦桧早已料到如此，便慷慨激昂道：“只要皇上信得过，臣愿意担此重任！”

赵构一听，喜出望外，心中更是感动，道：“秦爱卿，在紧要关头，总是你挺身而出，那这次议和便有劳爱卿前去了。”

秦桧大声道：“臣遵旨！”那些大臣听了，无不对秦桧交口称赞。秦桧领旨前去金营议和。

杜充与金兀术暗中勾结，早已筹划好了一切，好让金兵南下，一举拿下建康。他将自己的一切财物转移后，只剩下一个问题需要解决，那就是岳飞。

岳飞主要负责建康的守卫，如果有岳飞在，那金兀术南下的最大障碍便在，于是杜充让金兀术散播一个假的军情出来，声称金人要攻打一柱天。

这天，杜充派人将岳飞请进留守府，设法使岳飞上套，他道："近日北面军情来报，金人已经攻至一柱天。如果从一柱天渡江，则几日之内就能南下到达建康，敌强我弱，到时如想守住建康恐非易事啊。"

岳飞听了，正如杜充所预料，慷慨道："将军，依我看，这金人南下，势如破竹，不过是因为沿路的守兵军心涣散，逃的逃，躲的躲，少有人顽强抵抗。如果将军愿意派兵，只要我们守住一柱天这个天险，金人未必能攻到建康，与其日后困守孤城，不如拒敌于江北之外。"

杜充拍手道："好，我们两个想到一起去了，一柱天地处天险，易守难攻，如果守在这里便能将金人挡在江北。"

岳飞立马请命，杜充见他中了自己的计谋，还故意激道："你擅长的是陆路进攻，水路作战恐怕经验尚浅。"

岳飞抱拳道："岳飞愿立下军令状，只要放一个金人过江，甘当军法处置。"

杜充心里暗笑，嘴上却说道："言重了，言重了。岳将军壮志可嘉，令人欣慰啊！但征战之事不但关乎个人生死，而且关乎国之存亡，不可全凭意气。我是这么想的，在大宋，若论水战，当属韩将军为魁首，若由他相助，那胜算会大增，你与他私交甚好，我想辛苦你一趟去请韩将军来相助。"

岳飞略感意外，没想到这次杜充竟然如此痛快，不但要抵抗，而且还要积极联合韩世忠将军，却万没想到自己已经中了杜充的调虎离山之计。

他从留守府出来，张宪、牛皋、王贵等人老早在等着他了。他将方才的情形说了一遍，大家都感到诧异，却也看不出哪里有问题，于是，岳飞吩咐王贵、傅庆、杨再兴三人留守建康，自己率领牛皋、张宪去扬州会见韩世忠将军。

岳飞率部快马加鞭赶往扬州。等他们赶到扬州的时候，发现韩世忠的军队已经和金兵有多次交手，恶战了几场，连韩世忠本人也添有新伤。

梁红玉看着自己的丈夫，心疼道："将军身上的伤疤真是越来越多了。"

韩世忠笑道："男子汉大丈夫，疆场杀敌，身上没有伤疤那才奇怪呢。"

梁红玉眼睛一红，担心道："这次还好，只是伤到手臂，如果伤到要害，那就……"

韩世忠喝了一口水，安慰她道："我命大，死不了，算命的说了，我能陪你到九十九。红玉啊，有了你和彦儿，我会小心的。"

此时，一名士兵在帐外禀报，岳飞前来求见。韩世忠虽然诧异，还是请岳飞快快进来。

岳飞、牛皋、张宪见到韩世忠，拱手齐声道："见过韩将军！"

韩世忠忙起身道："来来来，岳兄弟，咱们好久不见啦！"说着，亲切地拍了拍岳飞肩膀。

岳飞看到韩世忠的伤，忙关切问道："韩将军，您受伤了？"

韩世忠不在乎地道："小伤罢了，何足挂齿。昨天和他们的铁甲军遇上，他们的铁甲真是厉害啊，我韩家军损失惨重。"

岳飞道："末将近日正在研究破铁浮屠之法，到时候一定与韩将军互通有无。"

韩世忠豪迈笑地道："太好了，虽然我们不能跟铁浮屠硬碰硬，但是打水仗是我的强项，我打算在这里屯兵，等金人南下打不下去，想要北撤的时候，我在这儿阻击他们，杀他个回马枪。"

岳飞慷慨道："好，到时候如果需要岳飞接应的话，尽管说。另外，韩将军，岳飞此次前来是向韩将军借调兵马，这是杜帅的书函。"

韩世忠接过岳飞递上的信，打开看了片刻。放下信件后，他皱着眉头沉吟着，却不说话。

岳飞怕他像上次借粮一样不会答应，于是焦急道："韩将军，中原之地尺寸不可弃啊，况且建康是江南的门户，这门户没了，整个江南可就没了。"

韩世忠这才将自己心中的困惑说了出来，道："建康告急，以杜充的

为人，不但不逃走，还邀我共同抗金，这个时候又让你借调兵马，分明是调虎离山之计！”

牛皋因为上次借粮不成，还在生韩世忠的气，便嚷道：“什么调虎离山？”

韩世忠看着岳飞他们，叹了口气，道：“兄弟啊，你还看不出杜充的为人吗？金人想攻打建康，最大的障碍就是岳家军，这个时候让你到我这儿借调兵马，分明就是调虎离山之计，想让金人趁机入城啊。”

牛皋这才恍然大悟，眼睛一瞪，道：“他娃儿的，又中了杜老二的算计了！”

岳飞听了韩世忠的话，这才明白为什么杜充这次表现得如此反常，他赶紧向韩世忠告辞，带领张宪、牛皋快马加鞭往建康赶，同时飞鸽传书给王贵，要他们作好一切应变准备。

杜充把岳飞调走之后，便放下心来，连夜和王燮两人在灯下密谋。

只听王燮谄媚道：“人人都道岳飞用兵以多变著称，其实论谋略还是不能与杜帅您抗衡啊。”

杜充冷哼一声，得意道：“这小子，冥顽不灵，到时候金人攻进来，他如果顽抗，岂不是要害死无辜的百姓？我这可是善举啊。”

王燮道：“是，杜帅是以百姓的安危为首要。”

他们相视一笑，好不得意。

早有探子将他们密谋的情况报告给了王贵和杨再兴。傅庆听到杜充和王燮又要打算逃跑之后，骂道：“就知道这个杜老二不会改了脾性！”

杨再兴看着王贵，问道：“怎么办？”

王贵想了想，道：“岳大哥还在赶回来的路上，如今看来，我们也只能尽量先拖住他。”说着，将杨再兴、傅庆叫到身边，对他们如此这般地耳语了一番。大家点头，依计行事。

杜充并没想到自己的计谋已经被识破，这夜，他依照自己既定计划，带着人马想要偷偷出城，却看到城门那里灯火通明，有重兵在把守。

杜充看着王燮，不满地道：“怎么回事？王燮，去看看。”

王燮来到城门下，见傅庆在守城门口，问道：“这城门上的守兵是哪里来的？”

傅庆佯装糊涂，答道：“王将军，接到军情，这两日会有金人来攻打，岳将军派我等前来加强守卫。”

王燮听了，不动声色地返回到杜充身边，道：“杜帅，看来岳飞这小子得到了风声，城门上是他的人在把守。”

杜充气得咬牙，道：“传我的命令，要他们立即撤下！”

王燮重新来到傅庆面前，传杜充的命令：“杜帅有令，要你们立即撤下，违者军令处置。”

傅庆道：“王将军，我们是奉了岳将军的命令在这里把守的，还是等岳将军的命令再撤比较稳妥。”

王燮急道：“你好大的胆子！叫你立即撤下！”见傅庆并不行动，他拔出剑来对着傅庆，“再不撤，我就砍你的脑袋！”

此时，王贵才从黑暗中出来，向王燮笑道：“王将军息怒！”

王燮看到王贵，脸上有所缓和，道：“王贵，原来你也在此守卫。”

王贵道：“刀剑无眼，应该用来对付金人才好。”

王燮收了剑，道：“我不过是奉命行事，请你们立即撤下！”

王贵装作不解，问道：“前方军情告急，加强守卫是情理中事，不知杜帅为何不允？”

王燮不耐烦地道：“我已经说了，我只是听差办事，你有什么疑问，大可去向杜帅那里申诉。”

王贵见时间已经拖延得差不多了，便笑道：“王将军言重了。来人，传令下去，全体守军撤下。”

傅庆装作对王贵很恼怒，两人争执起来。王燮在一旁看着毫无办法，一来二去，耽误了时间。天渐渐亮了，街道上出现了赶早市的百姓。

杜充明知此时离开，会撞上百姓，却还是不顾廉耻地带着大批人马浩浩荡荡出城。一些百姓见了，纷纷上前拦截，不让其逃跑。

“那不是杜元帅吗？”

“可不是！”

“他这是要去哪儿啊？不是要溜之大吉吧？”

“走，咱们去看看。”说着，这名叫三娘的女子便伸手拦住杜充的马，道，“杜帅要去哪儿逍遥啊？”

杜充狡辩道：“三角洲督阵去！”

一名叫顺子的男子道：“听说阁下这些日子足不出户，怎么想起来今儿晚上去督阵？”

杜充大声道：“不仅督阵，还得作战！”

那三娘却不依不饶，尖声道：“要去跟金贼打仗？咱们一道去！你杜相公枉杀了多少人？目前情况稍有紧张，你便想着弃城而逃，是不是？”

顺子立马附和道：“对呀，你哪儿是去打仗，分明是想做逃兵，你这么做可是终生之大辱、千古之罪人啊！”

老百姓在三娘和顺子的呼应下，越拥越多。

杜充在马上焦急地大声道：“胡闹，胡闹！你们这是要造反？”

顺子道：“金不犯宋土，宋何以战？官不逼民反，民何以反？”

杜充道：“难道我堂堂统帅竟要听你等的指派？”

老百姓不听他的，直把杜充他们往回赶。

王燮见状，向杜充提醒道：“大人，按照约定，金人的队伍已经到了北门外了。”

杜充一听，心中万分焦急，于是下令凡是挡住自己去路的，一律格杀勿论。

傅庆见状，怕老百姓无辜便遭血光之灾，想要上去帮忙，被王贵阻拦道：“惹出事端来可如何是好？大哥只让咱们监视杜帅，没让咱们动手啊！”

只见王燮带头，把围在最前面的几个百姓砍杀了，可怜那顺子和三娘，年纪轻轻便做了冤死鬼。边上的百姓开始四散逃开，一时来不及躲避的，因为人多拥挤，发生了互相踩踏的情况。几个愤怒的百姓开始反击，与王燮等人扭打在一起，双方一片混战。可手无寸铁的老百姓怎么会是钢筋铁甲的军队的对手？片刻后，杜充就带着手下人，踏着百姓的尸体出了城。

那杜充好不容易来到江边，杜充见船小，还有些财物带不走，便命令士兵点火烧掉。

此时，岳飞、张宪、牛皋疾驰追来，但还是晚了一步，船已经离岸四五十步。

杜充站在船上看到岳飞，哈哈一笑，向岳飞道："岳将军想与我一起去北金享受荣华富贵吗？"

岳飞咬牙切齿道："我想将你留下，让你享受囚牢的滋味！"

杜充道："哈哈哈，你纵然是有天大的本事，现在说什么也晚了，我们好歹相识一场，我送你一句忠告，莫逆势而行。如今金人要得天下，知道不可为就不要为！"

岳飞冷冷道："可惜岳飞不是你杜充，我今天便要逆势而行，将你留下！"

杜充冷笑道："你何苦逼我？你口口声声要尽忠报国，现在倒要为了个人恩怨追杀我，那么多降金的统制官，你怎么不去追杀他们？"

岳飞道："你坏事做尽，私仇肯定是有的，但我要杀你，是因为你是三军统帅，你若降了，三军便乱了，我宁可杀了你，也不会让你走的！"说着，张弓搭箭，一箭射去。

杜充一看箭来了，拉过一名士兵挡住自己，可怜那名士兵，被当场射死。

眼看岳飞第二箭紧跟着射来，杜充吓得往后退去，大腿根中箭，惨叫着连忙爬进船舱。

岳飞接连射去，箭一支一支钉入船舱，但小船渐渐驶远，无法射中杜充，岳飞气得一跺脚将弓折断。

岳飞追杀杜充无果，眼看着建康失守，知道大势已去，只好率领近万人的岳家军，进入寒气逼人的山林。

牛皋骂骂咧咧道："真没想到，杜老二连反抗都不反抗就这么轻而易举地放弃了建康城，只可惜让他跑了，否则我会亲手杀了他，让他到阎王爷那里去报到！"

王贵安慰岳飞道："大哥，不过这样也好，这样咱们就可以摆脱杜老二，自成一军了。"又叹了口气，"建康失守了，皇上也逃到了海上，大

哥，说句心里话，就凭我们现在的实力，还能再抗金吗？现在我们已经没有粮草了，再说我们现在能走到哪里去？朝廷现在危在旦夕，也没有人理我们，我这越想心里就越没有底。”

岳飞看着身边的将士，大声激励道：“想想那些老百姓，他们就是我们的底！还有宗帅临死前的三呼过河，他的遗愿，也是我们的底！你们忘了吗？”

众将士齐声道：“我们没有忘！”

建炎四年，就在这片山林，岳家军正式成立。

杜充降金，岳飞独木难撑，只好撤出建康。

金兀术带着大军夺下建康，顺势南下。

此时，宋高宗赵构君臣七人闻风而逃，犹如丧家之犬，没命地日夜狂奔，翻山越岭，渡过无数河流，就指望着能甩脱金兀术这个夺命鬼。

但金兀术硬是穷追不舍，可怜高宗皇帝，只好继续没命地奔逃，眼看就要到蛮夷之地，还能往哪里逃啊？眼看着就要被活捉啦！

这逃跑皇帝赵构，想出了一个惊天地泣鬼神的逃跑路线。他命人准备了几十艘大船，上头塞满了金银珠宝、淡水和口粮，干脆把整个朝廷搬到了海上。

这天，赵构从噩梦中醒来，赶紧摸自己的脖子，发现脑袋还在，便长出了一口气。他这才发现，刚才的一切只是梦境。

这时，一个小太监来请赵构上朝，道：“皇上，该上早朝啦！”

赵构站起身去“升朝”，只见自己的爱卿因不习水性，早已在船上吐得七荤八素，哪里还能议什么朝政，个个趴在船舷上，对着万里碧波哇哇大吐。

北方的春季快要降临，五国城却还是冬天的景象。秦桧奉着赵构的旨意来到金国，见了金太宗，行过跪拜大礼，并送上厚礼，道：“皇上，在下此次所带礼品，均是奇珍异宝，请您过目。”金太宗看过，颇为满意。

秦桧见状，趁机道："皇上，两国交战，互有损伤，如今已是初春季节，继续打下去，恐怕金兵也会难以适应，不如暂停交战，这样对双方都有好处。"

金太宗冷笑了一声，道："好处？今日我大军已攻下建康城，你们宋朝的江山早就是我们的囊中物了。"

秦桧不敢违拂，笑道："是，皇上所言不虚，但请恕我直言。国家要强盛，除了军队，还要讲究'经营'二字。长年征战，不利于建设，金国如今已是兵强马壮，威震天下，到了该建国立业的时候了，请皇上考虑。"

秦桧递上议和的信件，金太宗让人呈上来，看过之后对秦桧道："你先退下吧，我考虑之后，再作定夺。"

看着秦桧退下去的身影，斡离不道："这次赵构让步挺大，是议和的时候了。"

金太宗看着他，摇了摇头，道："斡离不，你呀你，你怎么就看不懂大势呢？若是兀术这次将小皇帝也抓了来，那么我敢说，南人五十年无人敢反！如若不然，让小皇帝喘过气来，他还是会来咬我们一口的。"

斡离不听金太宗的口气，似乎对自己有些生气，忙道："皇上言之有理。"

金太宗向他吩咐道："不过，这个秦桧倒是可用之才。你招待他酒饭吧，若是兀术南下不顺，他还有用处。"斡离不领命下去。

且说在这五国城的地牢里，徽、钦二宗已经被困好几年了。宋徽宗的身体越来越差，整日咳嗽，宋钦宗一边抚着徽宗的背一边道："父王，父王！您要保重龙体啊！"

宋徽宗绝望地摇摇头，用手轻轻掠过墙上自己写下的词句：

玉京曾忆昔繁华，万里帝王家。琼林玉殿，朝喧弦管，暮列笙琶。

花城人去今萧索，春梦绕胡沙。家山何处，忍听羌笛，吹彻梅花。

韦氏看着他日益衰弱的身子，劝慰道：“太上皇，多思伤身，龙体要紧，还是照顾身体吧。”

宋徽宗咳嗽着摇摇头，道：“我这个病，康复已经无望。唉，想我乃堂堂一国之君，却身陷囹圄，不得超生，这，比常人之苦难有过之而无不及。如今，我已老迈，竟然还要客死异乡，真是情何以堪啊。”

韦氏难过地道：“太上皇，千万不可有此想法，听说今日有宋朝使节来访，再谈和议，我会让他带话回去，让他们无论如何先把您迎回去。”

宋徽宗并没听进她的话，看着她，深情地道：“爱妃，昔日在宫中，佳丽云集，花多迷眼，不见真情，到了今日，才知道你是对朕最真心的一个。”

韦氏感动道：“太上皇，臣妾是您的妻子，为您效力，是我的荣耀。”

宋钦宗在旁边看着他们俩，听着他们的话，想想自己的遭遇，不禁流下眼泪。他捂住自己的嘴，不让自己哭出声来。

第三十七章

岳家军屯兵江南

金兵已经开进了建康，烧杀抢掠，无恶不作。

当金兀术骑马进城的时候，哈迷蚩早已安排了两排铁浮屠雄赳赳气昂昂地相对立着，两厢各有数百名当地百姓沉默站着，门口阶下两排宋室文武官员，向他大礼跪拜迎接。哈迷蚩道："小的哈迷蚩率建康府来降文武官员，共四十六名，谨向皇子叩首请安，祝皇子千岁千岁千千岁！"

金兀术神采奕奕地注视着那些投降官员，那些官员吓得浑身哆嗦，腿一软，纷纷跪坐在地，齐声道："祝皇子千岁千岁千千岁！"

金兀术看了看他们，还有老百姓，大声道："两国交战，各为其主，从者不罪，降者不杀，各安其分，勿惊勿扰！"

那些官员又一次跪拜，道："皇子恩典！"

在哈迷蚩的带领下，金兀术来到留守府，看到墙上有一幅长轴悬挂壁上，写着："知彼知己，百战不殆；不知彼而知己，一胜一负；不知彼，不知己，每战必殆！"

金兀术不禁哈哈大笑，道："这几行字杜充是写给他自己看的，还是写给本王看的？"

哈迷蚩笑道："依小的想，这是写给赵构看的。"

金兀术一听，又忍不住笑道："赵构？不知道他在临安还能否安寝。"

哈迷蚩谄媚道："说不定他已经跑了。"

金兀术冷哼一声，道："本王倒要看看他能跑到哪里去！"

自拿下建康后，金兀术踌躇满志，想大展宏图，将大宋王朝一锅端。

这天，他在自己营帐中，面对着巨大的沙盘，思考着下一步该如何行动。这时，他的军师从外头走进来，禀报道："四皇子，赵构已经南下逃到了明州，我们大军都还没到临安呢，他就先逃了。"

金兀术叹了口气，道："没想到堂堂一国皇帝，竟然会这么胆小，看这个架势，他恐怕是打算一直躲下去。哼！躲？他逃我就追，我就不信他能躲到天上去！"

哈迷蚩担忧道："皇子，此刻他已经到了明州，如果我们继续追，会不会把战线拉得太长？一方面军饷补给不容易跟上，另一方面，回程可能会有困难，容易遭到宋人反扑。"

金兀术想了想，不以为然道："不必多虑，我已经想好了对付他的办法，哼，这一次，我一定要取他的脑袋！"

他将留守府作为自己的大本营，这天，他正在留守府和宇文虚中、哈迷蚩商议要事，有金兵禀报抓到一个宋人，这个宋人口口声声说要见四皇子。

金兀术叫人将此人押上来，一看，不是别人，正是杜充杜大元帅。

那杜充见到金兀术连忙拱手作揖，道："末将参见四皇子！末将已按四皇子之命，弃守建康，赤胆忠心，望皇子明鉴。"

金兀术抬头看了他一眼，意味深长地笑道："这么说，你是诚心要归顺我大金了？"

杜充忙道："末将虽为汉人，可有句话叫良禽择木而栖，宋国如今民生凋敝，百业困顿，亡国之日不远矣，而大金国蒸蒸日上，势如破竹，不久的将来，中原一定是女真人的天下。"

金兀术听闻大笑，道："你倒是挺会见风使舵！"

杜充也尴尬地笑了笑，道："末将只是顺势而为。末将定当效忠大金，唯四皇子马首是瞻！"说着长揖低头，期待着金兀术的答复。

那宇文虚中面对这个叛将，心中极是愤恨，恨不得自己能将其除而快之，便凑到金兀术耳边，提醒他道："四皇子三思，这个杜充，他既然可以出卖宋国，日后自然也可以出卖金国，绝不可靠，此人不可留！"

哈迷蚩见宇文虚中对金兀术耳语，已经明白了几分，忙对金兀术劝道：

“他知晓不少宋军内情，对我们日后的排兵布阵极为有用，此人当留！”

金兀术见他们二人各执己见，微微一笑，对杜充道：“好，既然你说要效忠我们大金，那凡事可都得按照大金的规矩来。来人！”应声便有一个金兵拿着一把剪刀上来。

杜充不知道金兀术要做什么，有些害怕。

金兀术向金兵使了个眼色，金兵便手持剪刀，走向杜充，咔嚓一声将他的头发剪断。

杜充闭上眼，心中伤痛，须发皆受之于父母，岂能轻易剪除？

等他睁开眼睛，早有一个金兵手持铜镜，让他自己看。

他看到自己脑袋秃光，只剩下一撮编发，夏金乌、哈迷蚩在一旁哈哈大笑。

杜充前去金营投靠金兀术，军队则交由王燮率领，如果金兀术重用他，他便打算将自己的军队收编过去。

但因为金军战线四处蔓延，许多军队的粮草得不到及时补充，已公然成了流寇盗贼，王燮更是带着军队四处打砸抢掠。

这天，一个老头儿和一个哑巴刚被王燮他们抢过，岳飞的军队也在街头出现，老头儿怒不可遏，上前骂道：“你们这些败兵流寇，打不过金虏，就知道抢老百姓！”

岳飞一听，自己率领的军队从没骚扰过老百姓，这老头儿突然跳出来谩骂，必定事出有因，追问老头儿，老头怒而不答。

王贵插嘴道：“还不是那王燮？他纵军劫掠，百姓们都吓跑了，你看看。”说着指着周围的街道。

岳飞看去，整条街残败不堪，岳飞大怒，道：“面对金寇，不战而逃，见了百姓反成了虎狼，这等恶贼，我要为民除之！弟兄们！”

于是他吩咐王贵带着军队前去县衙休整，自己找王燮算账。

那王燮和部下刚将抢来的东西下锅，听到手下士兵喊了一声岳飞来了，知道他肯定是来找自己麻烦的，便拿起弓箭就射，被岳飞轻轻松松躲过。

他那部下见王燮没射中岳飞，惧怕岳飞的威力，顿时阵脚大乱。

王燮见大家惶恐，只好带着他们向前奔逃，岳飞追了一程没追上，气得咬牙而返。

岳飞回到自己的营地，看见士兵一个个面黄肌瘦，无精打采，心里甚是难过。只听一个士兵道：“饿了三天了，再这么下去怎么活啊！”

另一个士兵道：“比俺老家发大水的时候都饿，要人命了！”

第三个士兵劝道：“你们别说话了，省点力气吧，还不知道什么时候才能有饭吃呢。”

第四个士兵骂道：“妈的，皇上都跑了，咱们在这儿受这个苦干吗？”

岳飞走进废弃衙门的大堂，看到王贵他们垂头丧气，问道：“不能想想办法吗？”王贵有些抱怨地说道：“能想的办法都想了，十室九空，百姓都携家带口往南跑了。”

傅庆突然大怒，提着刀枪往外走，骂道：“他娘的！俺出去找吃的去！俺就不信，大活人能被尿憋死！”

岳飞立马喝令他站住，傅庆看了看他，不满道：“堂堂大老爷们儿怎么这样？王燮队伍的人都是想要什么伸手就拿什么，就咱们连吃的都不能找人要，人家吃香的喝辣的，就咱们喝西北风！你不让俺们抢，俺不抢，俺找口吃的还不行吗？”

岳飞听了，十分恼怒，别人不理解自己还可以，傅庆少说也跟了自己好几年了，怎么还如此糊涂？便一把拉过傅庆，指着大堂上的一块戒石碑给傅庆看，大声喝问：“你看上面写的是什么？”

傅庆委屈道：“你知道我不识字。”

岳飞念道：“公生明，廉生威。尔俸尔禄，民脂民膏。下民易虐，上天难欺。”

傅庆仍旧赌气道：“不明白！”

岳飞瞪了他一眼，道：“贪官污吏、穷兵黩武是五代以来的通病，所以太祖颁诏，在各府州县衙立了此戒石。咱们吃的俸禄，都是民脂民膏啊！如果像王燮那么做，跟金虏何异？还谈什么保境安民？”

傅庆听了，道理他也懂，但道理不能解决问题啊，焦急地道："好！咱们不抢不夺。皇上都撒丫子跑了，谁管咱们啊？现在给养用完，粮食告罄，大哥啊，我看您怎么对付！"

岳飞正色凛然道："反正冻死不能拆屋，饿死不能掳掠！"大家看着岳飞，知道他的秉性，是绝不可能扭转的，只好饿着肚子干熬。

自从金人拿下汴京、攻陷建康，天下大乱之后，素素一直放心不下岳飞，不知道他现在怎么样，便拜托梁兴四处打探消息。

这天，她在树林边等着梁兴从建康回来，远远看见梁兴，便问道："小梁哥，怎么样？有岳大哥的消息吗？"

梁兴看了素素一眼，心里不无嫉妒，自己从建康出来，她也不关心一下自己有没有遭遇过什么危险，倒一心只关心岳飞，便叹了一口气，道："建康失守后，杜充投金了，岳飞军队现在上找不到朝廷，下找不到统帅，现在是没粮没米，恐怕挨不了几天了。"

素素追问道："你见到岳大哥了？"

"没有，太乱了，王燮纵兵劫掠，差点被他抓到。"

"那忠义社能筹集粮草给岳大哥吗？"

梁兴摇了摇头，黯然道："金军一路打过来，各地堂口都已遭到破坏，若要恢复联络，没有半年是不行的。"

素素焦急道："那怎么办？"

梁兴道："我也替岳飞担心啊！其他大将，要么投金，要么抢百姓，要么落草为寇，岳飞难啊！"

素素犹豫了半天，道："不行，我去想办法！"说着上马便走。

梁兴问她去哪儿，素素头也不回地答道"等我好消息吧"，梁兴摇摇头，对她去哪儿已经猜出个八九分，不觉苦笑。

素素告辞了梁兴，说是要想办法帮助岳飞渡过难关，只见她一路飞奔，直往宜兴大富商张大年宅邸而去。

只见这张府门前挂着几盏红灯笼，喜气洋洋，门两边两座石狮子，气势雄伟。

素素走上前，拍门，管家应声开门，连忙把素素向院子里引，还一边向全家老小喊道：“你们瞧瞧，谁回来了？”

大家看到素素，无不欢呼雀跃。那张大年听到动静，也走了出来。

素素见到他，顿了好久，别扭地叫了一声：“爹——”

张大年见到素素，难抑心中激动，表面却装着不动声色，低沉地道：“总算知道回来了。”

素素见他不冷不热，看了看院子，佯装轻松道：“过年了，回家看看。”

张大年的一个小妾道：“哎哟，回来就好！回来就好！”素素却冷冷地瞪了她一眼。

张大年假装冷漠，在妻妾们的伺候下更衣。一个俏丽的丫鬟娟儿端着一壶茶进来，凑到素素跟前，兴奋地道：“小姐，可把你盼回来了，你这回回来，不走了吧？”

素素瞥了一眼张大年，道：“先住上一阵子。”

张大年听到，也不看素素，道：“这么多年，你都把家当客栈，想来就来，想走就走……”

另一个小妾忙劝道：“行了行了，才刚回来，你就说她。”

素素并不领情，白了那小妾一眼，那小妾尴尬地红了红脸，不再说话。

张大年换好衣服，与掌柜一同急急忙忙出去。

素素有些失落，看来，这么多年他这个父亲一点儿都没变。

更深露重，张大年独坐书房，小心地擦拭着一幅仕女图，图中女子眉清目秀，张大年心中百味杂陈，觉得自己对不起这画中人，也对不起画中人的骨肉——他自己的女儿素素，想着便伤心起来，一夜无眠。

第二天早上，张大年吩咐厨房特意做了一桌子丰盛的饭菜。等大家围着一圈坐下来时，素素却有些不高兴，她实在见不得父亲的那些妻妾。

张大年见她板着脸，半天不动，大声道：“难得回家一趟，吃饭吧！”

一个小妾为了打破尴尬，无话找话道：“素素，你该有五年没回家了

吧？”另一个小妾也心直口快道：“别看你爹总是绷着一张脸，昨天你回来，他心里可是乐开了花。”

张大年瞪了这个小妾一眼，喝道：“吃你的饭，这么多话！”那小妾便不再说话。

素素也知道父亲不过是抹不开面子而已，而自己何尝又不是？更何况自己这次回来还是别有用心的，于是夹了一块鱼放到父亲面前的碗里，道：“爹，你最爱吃的糖醋鱼。”

张大年见她给自己夹鱼，心里很受用，笑道：“亏你还记得。”

素素一想起旧事，心里的冰块便融化了，笑道：“那当然，我还记得你上次吃鱼，喉咙差点儿卡到刺，弄了半天才出来。”

张大年大笑起来，已经忘了心中的芥蒂。

素素见他高兴，吃了一口菜问道：“对了爹，咱们家那个粮仓还在不在？”

张大年诧异道：“你问这个干吗？”

“在不在吗？”

“当然在啊。”

素素装作漫不经心地道：“我听说岳家军从建康退守之后，一直居无定所，我想……”

张大年一听便明白了七八分，但想到好不容易和女儿和好，她想要什么他都会答应，更何况只是家中屯粮，于是问道：“你想邀他们入驻宜兴？”

素素掩饰不住地高兴，道：“果然什么事都瞒不过爹。我在想，县城西南的张渚镇一大片营区都空置着，不如邀岳家军在此屯兵，一来将士们可以休养生息；二来我们宜兴也好享个太平，您觉得呢？”

张大年思忖道：“岳家军……”

他旁边那个小妾插口道：“就是那个战功赫赫的岳飞，我听说过。”

另一个小妾也附和道：“对，威名远播，还受过皇上的嘉赏呢！”

张大年看着素素，脸上掠过一丝狐疑，问道：“你怎么知道他们居无定所？”

素素怕他识破自己参加过忠义社，还是岳家军的联络人，结结巴巴地掩饰道："我……我回来的路上听说的，说是他们现在就在广德军，风餐露宿，朝不保夕，朝廷的粮饷断了好一阵子了，也不知道什么时候会拨。爹，我知道您一向是抗金义士，如今岳家军有难，您不会袖手旁观的，哦？"

张大年看着素素，沉吟半天，并不吭声。

而岳飞这边，他心想，如果自己再退，别说和金人打仗，饿都快被饿死了，还不如以进为退，便和王贵等人商量道："如今朝廷不断南迁，金兀术一定不会善罢甘休。眼下我们和朝廷也断了音信，唯一能做的，就是不管朝廷在哪儿，皇上在哪儿，我们孤军作战，且行且击。"

张宪想了想，反对道："依我们现在的军力，若是进兵建康，固然可以和金兀术拼一死战，可是切断了他大军的归路，若是金人窜至沿江各处州县，荼毒势必更甚，所以，我们不如就近屯兵，见势而为。"

岳飞一听，马上明白张宪分析得有道理，问道："但是在哪儿屯兵呢？"

张宪也不知道怎么回答。屯兵，说白了就是先解决吃的问题。

就在这时，王燮带兵来到大堂，牛皋一见就来气，骂道："他娃儿的，你还敢送上门来！"说着就要上前扭住王燮。

王燮赶紧大声对岳飞道："岳将军，在下是来向您赔罪的！"

原来这王燮逃过岳飞的追杀之后，带领数千部下南撤，部下人心涣散，不少兵士乘他不备，偷偷从岔路逃走，做了逃兵。王燮见如此下去，自己的军队迟早会损失殆尽，脑筋一转，便想拉着岳飞投敌，好找个后路。

岳飞听闻他的话，走到王燮面前几步，站住看着他。

王燮道："岳兄，是小弟不对，还望岳兄您大人不记小人过，饶了我这一回吧！"

岳飞听了，不动声色，突然抽出宝剑，一剑刺向王燮的肩膀。那王燮却躲也不躲，道："岳兄，您不就是为了报那一箭之仇吗？您等我把话说完再杀我也不迟啊。"

岳飞道："放屁！你以为我只是为了报那一箭之仇那么简单吗？就算我饶了你，老百姓也不会饶你。"

王燮道：“为了弟兄们，您就让我把话说完嘛。”岳飞不说话，王燮继续道，“眼下只有四条路，说出来不怕岳兄生气。其一，朝廷拨粮；其二，靠抢为生；其三，落草为寇；其四，北投金人。如今之大局，皇上没工夫惦记咱们了，这第一条，就没指望了，在下是迫不得已，才行了这第二条。然而，咱也是穷苦出身，做这些也是于心不忍啊！北投金人呢，又于国不忠，算来算去，只剩下落草为寇这一条路了，肺腑之言，我和弟兄们是真心来投靠您的，还望岳兄不要动气，为在下，也为在座的各位兄弟指条明路，岳兄，我求您了。”

岳飞冷笑道：“好，你说你是真心投靠，来人，把那支箭拿来。”一名士兵闻令，将一支箭拿上来，呈给王燮。

王燮一看，这正是前几日自己射杀岳飞的那支箭。只听岳飞道：“你把这支箭折成十段我就饶了你。”

王燮拿起箭，折了两下折不动，不知道岳飞会怎么处理自己，两股战战不敢仰视。

岳飞看了看他，道：“这次我就饶了你，日后若是再犯，这地上的箭有几段我就把你砍成几段。”

王燮忙道：“多谢岳兄不杀之恩，在下记下这份人情了，在下一定二次为人，不负岳兄！”

杨再兴见他收留了王燮，不满道：“大哥，我杨矛子以前就落草为寇，对，落草为寇可以逍遥自在，有吃有喝，可那干的都是伤天害理之事，自从我跟了大哥才知道什么是德，什么是义，今天谁要是落草为寇就要先过了我杨矛子这关！”

傅庆道：“我跟着大哥，怎么样都行，反正不会饿死吧。”

张宪看看众人，慷慨激昂道：“兄弟们，张所大人因抗金而死，我张宪无德无能，即使不能像他老人家那样死节，也万万做不到屈膝投敌！我跟着大哥抗金，死而无憾！”

王燮却道：“弟兄们，大活人总不能白白饿死啊，你们说是不是？”

岳飞见王燮刚逃过一劫，便又旧态萌生，看着他，神色威严地道：

“倒戈投降？落草为寇？谁再散播这些说法，军法伺候，定斩不饶！”

他看了看跟着自己出生入死的弟兄，缓缓道：“弟兄们，你们跟着我背井离乡，一路流血拼命，我岳飞有你们这样的兄弟感激不尽。如果你们想回家种田看老娘，我不拦着你们，我定用好酒送你们一程，但是你们要落草为寇、残害百姓，我就杀了你们。如果你们谁想留下来，我岳飞就跟他同甘共苦共渡这个难关，然后一起上阵杀敌，一起恢复中原，再一起衣锦还乡。今天我岳飞不能跟你们保证什么，唯一能保证的就是，如果非要饿死的话，我岳飞一定第一个饿死在你们前头！”说着，端起一碗水酒，“弟兄们，我送你们一程！”

有一些士兵被他这一席话说得好不动容，热血沸腾，举起拳头喊道：“不取中原誓不还乡！”其他人也都跟着喊起来。

岳飞听着看着，心中感慨万千，不禁低下头，暗揾英雄泪。

此时，宜兴富商张大年拨开人群，叫了一声：“岳将军。”

岳飞擦了擦眼，抬头看眼前此人，心中纳闷：此人是何人？自己可曾认识？

第三十八章

补粮草书留宜兴

张大年见岳飞不解，拱手道：“岳将军，久仰久仰，老夫宜兴张大年，听闻将军为吃住发难，特来请将军大驾莅临。”又转身向众兵士道，“老夫在太湖张渚镇已搭好了营房，容得下一万五千人，也储有十年粮草！”士兵听了无不欢呼雀跃。

岳飞激动道：“太好了！张员外，您真是岳某的及时雨啊！”

张大年笑道：“老夫不能上阵打仗，亦可为国出力。岳将军不要客气，带弟兄们赶快过去吧。”说完便提出告辞，说先回张渚作好准备。

事不宜迟，岳飞命令所有士兵整装出发，连夜开拔。

经过一夜行军，他们终于来到了张渚。张大年早就率领家丁，列好仪仗，猛敲锣鼓，在张渚设好茶水站，迎接他们。

见他们到来，张大年连连作揖道：“岳将军，辛苦了！辛苦了！”

岳飞拱手道：“惭愧！惭愧！败阵之师，不足言劳！”

张大年安慰道：“古来勾践卧薪能复国，但求岳飞尝胆夺建康啊！”

岳飞忙抱拳道：“金玉之言岂敢稍忘，不是贵处收留，丧家之犬，何去何从！”

张大年道：“原来宜兴一地，水陆都有贼患，如今岳家军进驻，贼帮闻风而去，这是地方上的造化，我们欢迎还来不及呢！军营已经准备好了，将士们就放心在这儿屯兵休整吧！”

岳飞再次拜谢道：“我代表诸位将士谢过员外，多谢乡亲们！”突然从人群后面出来一个穿着漂亮的小姐，向岳飞笑道：“你怎么光谢他们，不谢我啊？”

岳飞一看，眼前此人像是素素，但他从来没见过素素穿着红装，因此犹豫道："你是？张员外的女儿？"

素素挽着张大年的胳膊，见岳飞差点儿认不出自己，笑道："他是我爹爹，是我让他请你们来的。"

岳飞忙拱手道："多谢素素姑娘！"

那些老百姓见到岳家军训练有素，军纪严明，无不交口称赞。

虽然这些士兵已经有好些日子没吃过饱饭，但也互相谦让。

素素看到大家都已经开始排队领取食物，便插到队伍前给岳飞拿来一碗粥。岳飞感激地接过，津津有味地喝起来。

这时，只见一个少妇，身姿婀娜，翩翩走来，向岳飞他们道："哟，岳将军，久闻大名！民女特地带了我们丹桂轩名菜桂花猪手，给将士们接风洗尘。"说着，让自己身后的小二放下担子，打开竹篓，只见有一大锅的红烧猪手。

牛皋闻着香味便忍不住伸手拿了一个，却一不小心抓住了少妇的手。

这少妇桂娘笑盈盈地看着他，道："还热着呢，大伙快吃吧。"

牛皋红着脸接过一只猪手，道："俺老牛好久没有闻到肉香了。"

桂娘娇羞地笑道："丹桂轩就在街上第一家，门口有棵桂花树，闻着香就找到了，大家改天来吃饭，我请客！"

杨再兴早已吃得口水长流，道："真香！"

素素见大家吃得高兴，笑道："岳家军的弟兄们，你们不知道，我们宜兴有三宝。"

牛皋边吃边道："哪三宝？"

素素笑道："闻桂香，喝桂酒，看桂娘。"

桂娘娇羞地瞪了素素一眼，道："死丫头，别乱讲！"说着，瞥了一眼脸红的牛皋，发现牛皋也在看自己，两人连忙低头躲避。

众多乡邻听说岳家军来到此地，纷纷赶来献上粮食及当地特产太湖三白。

王燮部下见状一哄而上，从乡邻手上抢过东西，全然不顾军纪法纪，引起一片混乱。

岳飞看到，十分恼怒，大声喝道：“住手！统统住手！”

王燮部下这才停止哄抢，看向岳飞。只听岳飞道：“乡民们，你们的心意岳某心领了，感激不尽。如今战乱之年，你们能有一些口粮也不容易，我们岳家军承蒙张员外厚爱，已经有了充足的粮草，这些东西你们就拿回去吧，谢谢大家了！”

那些乡邻听了，纷纷赞叹道：“如今世风日下，官便是贼，贼便是官，可是像岳家军这般军纪严明的军队真是罕见，罕见啊！”

岳飞看了看王燮及其部下，再看看这诸多热切的老百姓，宣布道：“众位将士听着，从今天开始，有谁敢动这里百姓的一草一木，违反军纪者，斩！”

那些老百姓听了，纷纷拥戴。王燮无地自容，吃好喝好后便躲起来休息。

牛皋自从白天见到了桂娘，发觉自己中了魔，竟然一直想着她，躺在床上合不上眼。

王贵吃饱喝好，伸了个懒腰，舒坦地叫道：“哎呀，终于能睡个好觉了！”突然发现牛皋在出神，心里觉得好笑，他这么一个粗人，竟然还会有心事？便踢了牛皋一脚，道：“喂，在想什么呢？”

牛皋心不在焉地道：“没什么。”

王贵不依不饶：“没什么，想得这么认真？”

牛皋这才吞吞吐吐道：“你觉得……那个女人怎么样？”

王贵白天只管吃了，根本不曾留意，问道：“哪个女人？”

牛皋不好意思道：“就、就是今天来送酒的那个。”

王贵一听，笑道：“哦，你说她啊，哇，你该不是看上她了吧？”

牛皋立马打断他：“别胡说！她那个风骚劲儿，我可吃不消！”

王贵笑道：“她可是宜兴一枝花哦！”

牛皋嘴硬道：“一枝花？野花吧！这种女人，别看她风情万种，实际上最难缠，讨老婆可千万不能选这种。”

王贵看他口是心非，打着哈欠问道：“那你要哪种？”

牛皋想了想，自己也不清楚到底想要那种女人，于是想起什么就说什么："嗯……温柔贤淑，乖巧懂事，心思细腻，善解人意，能纳鞋底，会绣珠花……我的要求是不是高了点？反正，我觉得温柔最重要，要柔情似水，柔得最好能把我融化了……"他还在乱说一气，王贵的鼾声已经震山响。

他瞪了一眼王贵，蒙头睡觉，却思绪连绵，无法入睡。

过了几天，张大年宴请岳家军众将士在自己府上吃饭，将士们大块吃肉大碗喝酒，有说有笑，好不痛快。

张大年看着，豪情万丈："岳将军，这几年我们这儿贼乱较多，今后有你们这样一支军队在此驻扎，你也看到了，百姓们都很高兴呢！而且啊，我们这儿是有名的鱼米之乡，好山好水好风光，最适宜屯兵养人了。我在城郊有个粮仓，够你们全军吃上好几年。"

岳飞起身作揖道："张老爷深情厚谊，岳某不知何以为报！"

张大年忙请岳飞坐下，道："不用客气，如今国难深重，我也是尽自己一点绵薄之力。不知岳将军打算如何安顿老夫人与宝眷？"

岳飞道："想在附近租一茅舍，方便照应即可。"

张大年的一个小妾道："哎呀，不行不行，茅舍哪能住人啊！"

张大年也道："附近茅舍容易安置，只是，一则环境过于简陋，二则安全难以防护，不如有请老夫人移驾寒舍后院，暂住一段时间，该处窗明几净，翠竹粉莲，取名'桃溪园'，谅老夫人一入桃溪，自然心安气爽，周身舒泰。"

见岳飞还要推辞，张大年解释道："南北的气候很不一样，初近水边，湿气缠身，老夫人得多加保重才是！桃溪园虚席以待，岳将军也就别推辞了，什么时候想搬进去，就什么时候搬进去。"

张大年的另一个小妾也在旁边劝道："老爷一番美意，岳将军就不要推辞啦！"

岳飞对他们盛情难却，便道："老人家这辈子还没住过这等窗明几净、翠竹粉莲之处，张老爷盛情相待，岳飞没齿难忘！岳某以茶代酒，敬员外一杯！"说着，起身向张大年作揖，两人一饮而尽。

他再次将杯子满上，转身向将士们大声道：“岳某敬各位一杯，感谢大家的不离不弃，同心同德！‘是豪杰必有真情，大丈夫岂无酒量’，干了！”

众将士叫道“干了”，一饮而尽，豪气万丈。

张大年见岳飞兴致高涨，道：“岳将军，听闻你不但武艺高超，而且文采斐然，老夫神往已久，不知是否有此殊荣，留下将军墨宝。”

岳飞也不客气，望着屏风，经历了建康失守等一系列波折，此时此刻，思潮起伏，于是提笔在屏风上作词留念：

近中原板荡，金贼长驱，如入无人之境；将帅无能，不及长城之壮。余发愤河朔，起自相台，总发从军，小大历二百余战，虽未及远涉夷荒，讨荡巢穴，亦且快国雠之万一。今又提一垒孤军，振起宜兴，建康之城，一举而复。贼拥入江，仓皇宵遁，所恨不能匹马不回耳！

今且休兵养卒，以待。如或朝廷见念，赐予器甲，使之完备；颁降功赏，使人蒙恩，即当深入虏庭，缚贼主喋血马前，尽屠夷种，迎二圣复还京师，取故地再上版籍。他时过此，勒功金石，不胜快哉！此心一发，天地知之，知我者知之。

建炎四年六月望日，河朔岳飞书。

就这样过了好多天，兵将无不身心俱畅。

这天，只见亭台楼阁，小桥流水，园中春来发柳枝，素素与岳飞一起散步。

岳飞赞叹道：“我之前在昼锦堂见过画中的江南美景，当时，我还以为是画师夸大了，这次来到宜兴才发现，江南远比画中更秀美。”

素素高兴地道：“岳大哥你喜欢这儿，就安心住下来好了，江南美景，天天都可尽收眼底。”

岳飞走着，发现有一些树他并不认识，便问道：“这是什么树？”

素素看着那棵树，动情道："海棠树。"

"这些树该有好多年了吧？"

岳飞没注意素素有些低落，只听她道："我娘生我时种下的，这些树现在长这么大了，她却走了。"

岳飞听了，知道自己戳中了她的伤心往事，心里有些难过。

素素轻抚着大树，落寞道："我娘生了我之后，我爹见是个女儿，很不开心，又娶了二娘、三娘、四娘，我爹开心了，我娘却被冷落，她每天都郁郁寡欢，没有多久，就积郁成疾，离开了我。从那时起，我便不理爹爹，开始像个男孩子一样，从小习武，十多岁就离家出走了。"

"那你还恨你爹吗？我看张员外对你还是充满了怜爱之意。"

素素叹了口气，道："那又怎样？我娘也不会再活过来了。"说着，不禁轻声啜泣，"记得种这些树的时候，树底下还埋了几坛女儿红，说是等我出嫁的时候拿出来喝，但她却再也喝不到这坛酒了……"

岳飞安慰她道："你娘要是看到你现在的样子，她会很开心的。你是女中豪杰，很多男人都及不上你。"

素素痴痴地望着岳飞，略微平复下来。

岳飞回避开她的眼睛，道："对了，我有样东西送给你。"说着，取出一把短剑，递给素素，"从建康失守以来，岳家军无依无着，要不是你们父女不弃收留，现在恐怕还不知身在何方。为了表达对你的感谢，我请傅庆兄弟特地赶制了这把短剑，送给你。你常在外面行走，希望它能护你周全，保你平安。"

素素接过，从剑鞘中拔出剑来，看到这是一把雕刻精美的短剑，破涕为笑，道："谢谢！我也准备了一个礼物，你过来。"说着，拉着岳飞向后院走去。

她推开一间房门，只见里面布置一新，整洁敞亮，桌上还插着一枝花，点着一炉香。

素素问道："怎么样，香吧？"

岳飞笑了笑，不说话。

素素道：“房间我已经打扫干净了，你就安心在这儿住下吧！”

岳飞拜谢道：“有劳了。”

素素摆摆手道：“我们家药坊还有不少医师，可以替受伤的将士疗伤。”

“你想得太周到了，我都不知道说什么好了。”

“不知道说什么，就什么都别说。”

“还是要谢谢你。”

素素见他如此客气，心里有点发酸，道：“我可不要你谢我，我要你永远欠着我的情，这样，你才会永远记着我！”

岳飞低头一笑，无言以对。

至此，岳家军安心休养。岳飞将军队重新编制，王贵、牛皋等人也各司其职，士兵们有个伤痛什么的，也是张大年的医师替他们医治。

这天，岳飞正在房中写字，张宪从外面走了进来。

岳飞抬头见他面色凝重，手中攥着一样东西，欲言又止，觉得有些奇怪，问道：“怎么了？”

张宪看着他却不吭声。岳飞急道：“说啊，是不是军中出事了？”

张宪这才吞吞吐吐道：“大哥，有人在建康城郊看到一群难民，听说他们一路从北面逃到南方，路上遇到金人抢东西，好多人被杀了，其中……其中有一对母女，那女娃也刚好是十来岁……”

岳飞听了，心里一惊，不敢相信地道：“你怎么知道是她们？”

张宪不知如何开口，纠结了半天，才将手中的玉佩递给岳飞。

岳飞接过玉佩一看，身躯一震，巨大的悲痛几乎将他击倒。

张宪连忙上前扶住他，叫道：“大哥！”

岳飞摆摆手，示意他离开。

张宪有些担心，但知道他需要一个人静一静，看了他一眼，便转身离开了。

不管有多大的苦果自己咽下，岳飞隐瞒着这个消息，没有告诉岳母他们。

万余人口的吃饭问题，是个大事，前些天准备的粮食很快又吃完了，岳飞便派牛皋、王贵、傅庆三人去张大年的粮仓里运粮食。

这三人带着二十个岳家军很快将粮草押送回来，在半路上，突然出现一男一女，并骑双马，拦住他们的去路。

只见男的脸上戴着一个青面獠牙的面具，女的美艳不可方物，但不知为什么，这女的双眼空洞无神，像两粒纽扣。

牛皋叫道："那个谁？把路让一让，没看到岳家军运粮吗？"

只见那男的轻轻安抚了一下女的，一挥手中枪，催马上前道："人可以过去，粮留下！"

王贵、牛皋、傅庆三人一听，互相看着，哈哈大笑，并不把他放在眼里。

只听傅庆笑道："臭小子，你敢劫岳家军的粮车啊？"

牛皋附和笑道："哎哟，我好怕呀，你们说怎么办？"

王贵看着牛皋，笑着说着反话："给他呗，他一个人，咱们这么多人，怎么打得赢啊？"

那男的冷哼一声，并不让开。

牛皋见其不识好歹，便正色道："无知小儿，信口雌黄，你牛爷爷念你年少无知，还不快快滚开？否则休怪俺手下无情了！"

那男的冷笑一声，对着那女人说道："你想看我一个个打呢，还是把他们三个一起打趴下？"

那女的还没吭声，牛皋听闻此言，顿时勃然大怒，狂吼一声，便冲了上去，哪知不出三两下，便被那男的打败下来。

王贵、傅庆对视一眼，知道遇见高人了，也不管是不是以多欺少，加入上去，但是没战几个回合，三个人合斗还是被那人打败。

那人向他们喊道："不要再伤及无辜，让你的人让开！"说着便一声呼哨，山坡后出现三个大汉、一队流兵以及难民，兴高采烈地前来拿粮。

王贵自知战下去，只会增加自己弟兄的伤亡，向他们道："有本事留下名号！"

只见方才那战三雄的男人勒马回头，缓缓摘下面具。

王贵等人一看，大吃一惊，面具后露出一张文秀的仿佛是读书人的

脸，只听那人道：“我叫高宠！”

三人失了粮草，闷闷不乐地回来，更让他们觉得窝囊的是，他们三人联手，竟然也被那白面书生高宠打败。

杨再兴看他们一个个唉声叹气，连饭也不吃，笑道：“怎么？哥儿几个胃口也被人家打坏了？”

牛皋气咻咻地嚷道：“咱们兄弟几时受过这等窝囊气，三个人联手，愣是没打过那小子，想起来我就气啊！”说着狠狠地砸了一下桌子。

岳飞默默地看着三人，道：“这高宠何许人也？”

王贵道：“不知道，从来没听说过有这号人。”

杨再兴安慰他们道：“弟兄们，明天我去会会他，给你们几个出气。”

岳飞却摆摆手道：“不，明儿我亲自去会会他！”

第二天，岳飞率领着杨再兴、王贵等人要去会这高宠。来到山坡上，一眼便看见那高宠的营地，像一个难民营。只见大院内，难民们排着队，为首的高宠在向这些难民发放着粥，而前一天打劫的那女的端着一笼刚蒸好的馒头，笑盈盈地发给难民们。

岳飞一下就明白了，道：“看来这个高宠也是一个古道热肠的侠义好汉，咱们与他们可算是大水冲了龙王庙，一家人不认识一家人罢了。”说着便决定不再寻这高宠的仇。

牛皋、王贵、傅庆见状，也只好作罢，大家悄悄离开，不再提报仇一事。

众人一切照旧，该吃吃，该喝喝，加紧训练，随时准备讨伐金兵。

这天，不知杨再兴从哪儿弄来一套铁浮屠盔甲给大家看。众人眼前一亮，仔细端详着这套铠甲。张宪知道只要把这铁浮屠研究透，那对付金兵就有把握了，吃惊问道：“你哪儿弄来的？”

杨再兴得意道：“我自有本事。”

岳飞笑道：“自然是老本行。”

杨再兴满不在乎道：“这不重要。我已经仔细研究过这套铠甲，内层是牛皮做的，外层满挂铁甲，甲片相连如同鱼鳞，故而箭不能穿。马匹的护身甲由五个部分组成，在马的两侧各有一片甲，一直盖到马头，一片甲放在马的臀部，和两侧的甲片系结起来，这片甲片上留一个洞，以便马尾从洞里伸出来，另一片甲在马的胸部。”

牛皋仔细看了看这盔甲，道：“这玩意儿比牛皮还厚，要破可没那么简单。”

傅庆不以为然道：“天下没有密不透风的墙，也没有牢不可破的铠甲，我就不信它没有破绽。”

岳飞点头道：“说得对，百密终有一疏。”

牛皋问道：“哦？哪儿是疏？”

岳飞指着盔甲叫他们看清楚：“马脚。这套铠甲，从骑兵到马匹，保护得严丝合缝，只有马脚裸露在外，这可以成为我们的突破口。”

大家一听，果然如此，心里无不高兴，看来下次再碰见金兀术的铁浮屠，不会再轻易吃亏了。

第三十九章

初相逢英雄相惜

这天，岳飞正在给白龙驹喂草，军营传来一阵喧哗，岳飞正纳闷怎么回事，只见一个士兵跑过来禀报道：“报——大帅，外边有一个叫高宠的闯营！”

岳飞放下手中青草，沉吟道：“是他，竟然抢到营里来了。”说着连忙走过去看个究竟。

在大营门口，只见高宠带着自己的妻子杨氏正往里面闯，士兵们连忙阻拦。高宠一边保护着妻子，一边同岳家军作战，如入无人之境。

牛皋、王贵、杨再兴等人赶来，因为先前遭受过屈辱，王贵依然愤愤不平，对杨再兴说道：“那天就是他抢了咱们的粮食！”

杨再兴老早就想会一会高宠，只是岳飞不准，见此机会，岂能放过，不以为然道：“我当是个什么三头六臂的主儿，原来是个小白脸。”

牛皋更是记着前仇，向高宠叫道：“小白脸，今儿怎么没有戴你的鬼脸儿？来这儿送死！”牛皋、杨再兴听了，哈哈大笑。

高宠一边和那些士兵打斗，一边笑道：“我打赢的没笑呢，你们打输的还笑。”

杨再兴叫道：“嘿！姓高的，前日我兄弟马失前蹄，不找你算账，你倒自己送上门来，来！会会我的杨家枪！”

高宠故意一愣，笑嘻嘻道：“杨家枪？杨家枪法脱胎自我高家枪，我是你祖师爷，来吧，快来拜见你祖师爷！”

杨再兴气得大怒，便要持枪上前与之对决。

此时，突然传来岳飞威严的声音，喝道：“住手！”

杨再兴虽然不服，也只好作罢，冷哼一声。

岳飞一边走近一边仔细地打量了一下高宠手中的枪，道："鎏金虎头枪，原来阁下是高家枪的传人。据我所知，自太祖皇帝立国之后，高家后人偃武修文，高家枪就此失传，不知阁下为何再操旧业，并且前来闯营？"

高宠开门见山道："我是来借粮的！"

岳飞自前几天暗中打探过这高宠之后，便对其惺惺相惜，遂道："粮我可以借给你，但这终非长久之计。你吃完了，又当如何？如今天下大乱，高将军，我有一个办法，不如你们加入我岳家军，以后我们兄弟同心，还可以联手抗金，匡扶大宋，怎么样？"

高宠看着王贵、牛皋等人，语带嘲讽，笑道："岳家军猛将如云，多我一个不多，少我一个不少。"

岳飞不理会其嘲讽之意，依然诚恳道："你一个人武艺高强是匹夫之勇，你可想过，你那些弟兄怎么办？你能忍心让你心爱的人吃苦吗？"

高宠却毫不客气，直视岳飞，问道："这粮，你到底是借还是不借？"岳飞也直视高宠，半晌不说话。

王贵等人看着岳飞，觉得高宠欺人太甚，巴不得岳飞厉呼一声，却只听岳飞道："来人哪，拉两车粮草，给高将军送去。"

高宠听过一愣，王贵等人更是一愣，牛皋正要说话，只见岳飞一摆手，示意牛皋不必再多说。

高宠看了看岳飞，提枪抱拳道："那我高宠先多谢了！"说着带着自己的妻子押着粮草离开了。

牛皋、杨再兴等人看着高宠离开的身影，愤愤不平道："大哥，干吗把粮给他？"

岳飞叹了一口气，道："他们都是从建康出来的，大难当头，我们不能弃之不顾，我们自己少吃一点就是了。"牛皋他们听后都纳闷不解，郁郁不乐。

高宠带着杨氏，押着粮草回到自己营地，那些难民早就盼着他们回去了，欢呼着把他们围拢起来。听着难民们欢快地跑来跑去帮忙搬粮，杨氏微微笑了起来，道：“听着都觉得好开心啊，真想看看他们的样子。可惜，我是永远都看不到了。”高宠牵着她的手，又心疼又心怜，安慰道：“你放心，我就是找遍天下名医，也一定要把你的眼睛治好。”

杨氏笑道：“我知道你是为我好，可是，每天这么拖累你，我于心不忍。”

高宠将杨氏的脸碰到自己面前，道：“你的眼睛一天不好，我陪你一天；一辈子不好，我陪你一辈子！这不是拖累，是我的福气！”

杨氏眼里泛着泪花，感动道：“我常常想起我们以前快活的日子，那时候金人还没有打过来，不过，这些年幸好有你在我身边，有你在，我的眼睛就算一辈子都治不好，我也满足了。”

高宠为杨氏擦泪道：“不说丧气话！仗早晚有打完的那天，等仗打完了，我们就回家。”

杨氏笑了笑，问道：“这么多的难民，你打算如何安置？”

高宠叹了口气，道：“最难的就是粮食。今天向岳飞借，明天不知道找谁借，借了还得还……”

杨氏笑着反问道：“你怎么还？”

高宠被妻子问住，陷入沉思。杨氏忙安慰他，要他不要着急，慢慢再想办法。

很快，岳飞借给他们的粮食吃完了。

这天，高宠打听到一队金兵押着几车粮草和一群俘虏要从这里经过，于是他和妻子带领一队人马，半路设伏，打算劫取粮草。

烈日炎炎下，那些金兵押着粮草和俘虏而来，高宠突然骑马冲出来。那金将下令道：“护好粮！”

即刻就有十来名金兵将高宠包围起来，但这些金兵哪里是錾金虎头枪的对手，只见高宠左挑右刺，已有数名金兵死于枪下。金兵大骇，而那些俘虏更加害怕，四下奔散。

那些金兵见状，连忙砍杀俘虏。高宠一边与金兵战斗，一边护着俘虏。眼见着一名金将气急败坏，举起刀向俘虏中的一名小女孩砍去，那小女孩连忙大叫：“娘！救我！救我！”

旁边的女人焦急哭道：“放开她！放开她！”

高宠闻声转头，一个不留神，被一名金兵砍了一刀。

高宠头也不回，一枪刺死金兵，同时枪尖一扫将那名金将击毙。

那些金兵见到自己的头领死去，纷纷仓皇逃散。

俘虏们看到戴着青面獠牙面具的高宠以及长得歪斜的高氏兄弟，对他们既感激，又有些害怕，纷纷跪在地上磕头，道：“谢谢，谢谢恩人！”

那女人冲过来抱过小女孩，安慰道：“乖，没事了，没事了！”又对高宠磕头道，“多谢恩人！”

高宠道：“不谢，应该的。”

那小女孩转头一看高宠，青面獠牙的，又给吓哭了。

高宠看着小女孩，坚硬的心被打开，他想到了自己的女儿，便拿下面具，露出一张斯文白净的脸，安慰道：“别哭别哭。”

那小女孩看到高宠的真实面孔，觉得不但不害怕，反而很亲切，渐渐收住了啼哭。

高宠看着她柔声道：“瞧你，又不是三岁奶娃子，还哭，害不害臊？”那小女孩破涕为笑，煞是可爱。

高宠问女孩：“你们这是要去哪儿啊？”

小女孩道：“我找我爹。”

“你爹是干什么的？”

小女孩骄傲地道：“跟你一样，拿长枪，打金人的！”

高宠笑道：“哦？”

“我爹可了不起了，带领了几万人呢！”

“你爹叫什么？”

“岳飞。”

高宠大吃一惊，连忙再问：“谁？”

那小女孩自豪道：“岳家军统帅岳飞！”

高宠看着眼前这衣衫褴褛的母女，原来她们就是岳飞的妻女李孝娥和安娘，再次向李孝娥问道："你是岳飞的家眷？"

李孝娥吃惊道："是啊，你认识岳飞？"

高宠愣愣地点点头，看着她们俩，心生感触，岳飞竟然会让自己的妻女沦落至此，突然对岳飞刮目相看，向她们道："好，我带你们去找他！"

听到马上就要见到岳飞，李孝娥与安娘欣喜万分。

这天，岳飞算了一下自己军队开销过的粮草，正在向张大年通报数目，只见王贵急匆匆跑来，上气不接下气地喊道："大哥，回来了！回来了！"

岳飞问道："谁回来了？"

王贵激动道："大嫂和安娘！"

岳飞听了猛然一怔，竟然半晌不动。

王贵高兴说道："她们没死！她们回来了，就在军营！"

张大年看着岳飞失魂落魄、手足无措的样子，推了他一下，道："还愣着干吗？快去啊！"

岳飞带着难以抑制的激动向营地一路跑去。

那高宠带着妻子护送李孝娥和安娘来到岳飞营中，并且随身押送了几车粮草要送还岳飞，看到岳飞军营井然有序，士兵训练有素，对岳飞更是增添了一些好感。

此时，只见岳飞慌慌张张跑了进来，大声问道："她们人呢？"

张宪迎上前去，道："她们着急见你，我派人送回去了。"

岳飞叹了一口气，自己也想着赶快见到她们，一时一刻都不想耽搁，没想到这样反而错过了。

张宪向岳飞道："高宠在那儿，是他救了嫂子和安娘。"

岳飞走向高宠，突然抱拳单膝下跪："救命大恩，岳某在此叩谢了。"

高宠大吃一惊，赶紧扶起岳飞，道："岳将军，你这是干什么？"嘴上依然打着哈哈，"我是来还你情的，不是邀功请赏的，从此以后，我们各不相欠！"说着就要带着自己的兄弟走，岳飞急忙挽留："等等！高将军，我们这儿地方不小，有粮有草，若将军不弃，可带着你的人马，入住宜兴，日后我们携手抗金，不亦快哉？”说着真心诚意地看着高宠。

高宠却道：“我高宠知道你岳鹏举是天大的英雄，让我跟你带兵打仗我做不到。”

岳飞失望道：“那是为何？”

高宠见他心诚，略为迟疑，道：“我娘子眼睛看不见，我不能离开她，上阵打仗，怕是不成。”

岳飞看了看杨氏，发现她眼睛虽然看不见，但依然神采奕奕，便向高宠道：“高将军，如果我有办法医好你夫人的眼疾，你可否考虑加入？”

高宠点点头：“你要是能把我娘子的眼睛医好，我高宠上刀山下火海也跟定你岳飞了！”

岳飞激动地抓住高宠的手，叫人去把素素姑娘请过来。

素素给杨氏看眼睛的时候，高宠知道岳飞思妻心切，叫他赶紧去和妻女会合。

岳飞便与高宠匆匆告辞，直往家中奔去。回到家中，只见孝娥和安娘衣衫褴褛，围在桌前，狼吞虎咽地吃着东西。

他跑过去，一把将她们揽在怀里。李孝娥低头看了看自己有些狼狈的样子，有喜悦，也有尴尬。三人什么话也不必说，眼泛泪花，紧紧依偎在一起。

吃过饭后，有了力气，李孝娥这才换洗一新。岳飞叫她坐下来安安静静休息，自己拿起梳子，替她梳着长发，一缕一缕，说道：“这里像个家了吧？”

李孝娥道：“有你，有娘，有孩子们的地方，就是家。”

岳飞动情道：“这一路辛苦你了。”

李孝娥抬头看着岳飞，道：“这几个月，我们从巩县到宜兴，这一路来，到处淹着黄河大水，到处是金兵。在路上，我想了很多，我本来对未来的生活有很多打算，很多念想，但现在，只要能将一株海棠插于花瓶之中，我便已心满意足。”

岳飞把她的头按在胸前，心疼道：“兵燹之灾，宋民之苦，我们岳家所遇，只是大千一叶。我作为一方统帅，没能抗金，是我的过错。孝娥，我怎么补偿你才对得起你这些日子受的苦啊？”

李孝娥道：“我不求你对我有什么补偿，原来我不理解你舍家为国，现在我理解了。我不求你天天伴在我身边，只求你能早日驱除金寇，还我乐土。”

岳飞心中感动，紧紧抱着她，道：“看着宜兴人在岳家军的保护下，开始安居乐业，心里羡慕不已，等金寇退了，我们就过这种田园的生活。”

岳飞帮她梳完头，将玉佩挂在李孝娥脖子上。

李孝娥摸着玉佩，岳飞从后边抱着她，道：“那天看到玉佩，我吓死了，还以为你……你以后千万不要再丢了它，让它保佑我们一家人，永远都要平平安安的！”说着便去吻李孝娥。李孝娥闭着眼睛，幸福地流出眼泪。

这天，岳飞在校场教岳云射箭，只见岳云定睛瞄准，一箭射出，命中红心。

岳飞搭上一支箭，眯眼瞄靶，突然发觉眼睛疼痛，用力去看时，发现无法集中，眼前一片模糊。他揉揉眼睛，勉强射出一箭，只见箭擦靶而过，掉在地上。

岳云惊讶，看着父亲叫道：“爹，你怎么脱靶了？”

素素听闻，连忙让他躺下，要亲自检查一下岳飞的眼睛。

李孝娥焦急地陪伴在侧，担忧地问道：“素素姑娘，到底是怎么回事啊？”

素素道：“恐是长年在沙场战斗，沙尘和汗水入眼所致。”

李孝娥忙问道：“那这病到底要不要紧？有啥法子可以治吗？”

素素笑了笑，似乎有些不耐烦，道：“得看怎么调理了。我让药师抓些药来，不过，毕竟不是什么灵丹妙药，眼疾还需要多多静养。”

岳飞安慰她道：“放心吧，不会有什么大问题的。”

素素开过药，又给岳飞扎了一下针，岳飞好受了一点才离去。

李孝娥很快把药熬好，端给岳飞，叮嘱道：“有点苦。”

岳飞道："你煎的药，再苦我也喝。"

李孝娥笑道："我煎的有什么用？药方子可是素素姑娘开的。我看得出来，她对你情分不浅。"

岳飞连忙道："瞧你说到哪里去了，我一直把她当妹妹看。"

"可她不这么想。"

岳飞看了李孝娥一眼，不知她是真是假，笑道："她没想什么，我也没想什么，我倒是觉得，是你想多了。这药不苦，倒是有点酸。"说着便一口喝下。李孝娥抿嘴，微微笑着。

那牛皋自从见了桂娘之后，心里一直惦念不忘，王贵把这一切看在眼里。

这天，岳飞、王贵他们硬是拖着牛皋来到丹桂轩喝酒，那桂娘见到牛皋，急忙迎了上去招呼道："几位将军，什么风把你们给吹来了？快快快，请上座！"又对一个小二道，"小四，赶紧招呼着。"

小二将一行人引至楼上雅座。等一席人坐定，桂娘道："几位将军想吃点什么？我桂娘请！"

杨再兴看着牛皋，故意笑道："你这儿有什么好酒好菜，拿上来便是！"

牛皋连忙道："对，对，我请。"

桂娘笑了笑，道："好嘞！东坡肉、川芎煲鱼头、无锡排骨、肥牛米线、太湖白虾……再拿一坛竹叶青酒。"

小二提醒她道，那是她的私人珍藏。桂娘不在乎："今天贵客到，当然得拿出来大家一起高兴高兴啊！"小二听到飞快去拿。

原来这天是牛皋的生日，在王贵的煽动下，大家便来桂娘这里给他过生日。

桂娘听闻，更加殷切招呼："吃吃看，我们家的招牌菜，桂花猪手。"

王贵故意大惊小怪道："哇，牛哥天天都想着桂花猪手，连做梦都想着。"

桂娘听了，欣喜道："真的吗？那牛哥，你快尝尝看。"牛皋抵不住桂娘的殷勤，吃了一口，点头道："好吃，真好吃！"

桂娘便频频往牛皋身边靠，劝道："好吃就多吃点，你这么健壮个身

材，不吃个十碗八碗的，不行啊！”

张宪见状，号召道：“来，我们一起敬牛哥一杯，祝你年年有今日，岁岁有今朝！”

大家一起碰杯，一饮而尽。傅庆忍不住叫道：“好酒，好酒！”

桂娘得意道：“那当然！我桂娘酿的酒，岂有不好之理？”问道，“将军们，你们平日喝酒，都玩什么？”

张宪心明如镜，笑道：“我们入乡随俗，宜兴这儿兴什么，我们就玩什么。”

桂娘道：“那就划三国拳，谁输了谁喝。”

张宪立马将牛皋推了过去，道：“这个，还得我们牛哥来，他会划。”牛皋无奈，便与桂娘划起来，没想到自己输了，不服，又和桂娘划，还输，三五回合之后，牛皋渐渐与桂娘玩开了。

张宪见状，忙向王贵他们使了个眼色，于是几个人悄悄走了。

第二天，牛皋从醉意中醒来，发现自己躺在桂娘的房中，吓了一跳，掀开被子，发现自己上身赤裸，更是当头一棒。

桂娘娇羞地看着他道：“你醒了？”

牛皋结结巴巴道：“我……昨晚……昨晚发生了什么事？”

桂娘暧昧地道：“你说呢？”牛皋听了，悔恨不已，恨不得抽自己嘴巴子，叫道：“完了，完了，完了……”

桂娘笑道：“什么完不完的，我们才刚刚开始呢。”

第四十章

再解难二救孝娥

牛皋仓皇跑回营里，在门口与王贵撞个正着。

王贵装着糊涂，问道："你慌慌张张干什么啊？"牛皋说了一个"我"，便说不下去。王贵心里直笑，却装作一本正经。

牛皋知道这也是王贵、张宪他们老早合计好的，叫道："完了完了，怎么办？我这回是马失前蹄，不对不对，牛失前蹄啊！我老牛这次被你们几个害惨了……"正说着，只听桂娘叫着"牛哥"的声音由远及近，到了营里。

牛皋吓得脸色大变，叫道："完了完了，找上门来了！王贵，你要是兄弟的话，你……你把她打发走！"

王贵有些为难，但是牛皋不等他答应便已经跑了。

王贵正要把他喊回来，只见桂娘提着一个竹篓走了进来，王贵只好硬着头皮，道："桂娘……你怎么来了？"

桂娘道："我来找牛哥。"

王贵忙道："他说他不在……"桂娘听闻，扑哧一声笑了出来。

王贵也意识到自己说错话了，一脸尴尬。

桂娘猜出内情，便道："好吧，不在就不在，你替我把这个交给他。"说着将竹篓递给王贵。

王贵问道："这是什么？"

桂娘大方道："我的情。"说着便转身离去。

那牛皋见桂娘走了，才闪了出来。王贵笑着将手中的竹篓递给他，道："喏，她给你的。"

牛皋接过竹篓，一打开，发现里面是一份桂娘特意烹饪的桂花猪手，红油赤酱，煞是诱人。

王贵更加笑道："好好享用，佳人之情。"惹得牛皋连连翻眼瞪他。

那梁兴自从与素素分开后，便一直牵挂着素素，也知道素素肯定是跑回家求自己的爹来帮助岳飞，因此也回到宜兴来。果不其然，得知岳家军正驻扎在张渚。这天，他直奔岳飞营地而来。岳飞看到梁兴，久别重逢，上前高兴地道："梁小哥，你怎么来了？"

梁兴笑道："你忘了？我也是宜兴人啊！"

岳飞记了起来，拍着额头道："哦，对对，你和素素还是一起长大的。"

梁兴听了，心里一酸，却强装大方道："我一回来，就听乡民说你驻军宜兴，马上赶来看看。"

此时，岳飞捂了捂眼睛，梁兴见状，问道："大哥，你怎么了？"

岳飞摆摆手道："没什么，只是眼睛有点疼罢了。"

梁兴关切道："要保重身体啊，你可是岳家军的顶梁柱。我给你带了点宜兴特产，聊表心意。"说着将手中的东西递过去。

但岳飞看着梁兴，并不接过，梁兴笑道："岳大哥，我知道你们的纪律，这不是什么贵重东西，小点心罢了。"岳飞一听，这才接过梁兴送的点心，道："好，我会把这些分给弟兄们都尝尝的，我替大伙儿谢谢你。"

那张大年早就听出梁兴的声音，走过来叫道："梁兴！"

梁兴一见张大年，连忙行礼道："张伯父，好久不见！"

张大年笑道："你还说呢，多久没回宜兴了？你爹娘想你可真是想坏了！来得正好，你跟我来，我有话问你。"

张大年把梁兴带到避人处，面有不悦，问道："你跟我说实话，素素这些年到底在哪儿？"

梁兴虽然有些心虚，却强装镇静道："飞燕绣庄啊。"

张大年立马大喝一声："你还想骗我？！"

梁兴不说话。张大年和颜悦色道："你跟我说实话。"

梁兴摇了摇头，道："张伯伯，您就别为难我了……"

张大年焦急道：“我是素素的爹，我有权知道她这些年到底在哪儿，跟什么人在一起，做了些什么。她一个女孩子家，性格又这么倔强，我实在不放心啊！”

梁兴还是摇头，什么都不说，但张大年心里已经猜了七八分，便不再逼他。

那素素自从回到了家，为了取悦爹爹，只好学起了女红，但是趁爹爹不在的时候，她便和自己从小要好的丫鬟娟儿无话不谈，无事不说。

那娟儿早就知道她加入了忠义社，还当了岳家军的联络员。这天，爹爹不在，她又教着娟儿学习打拳。那娟儿见她出拳如雷如风，看得目瞪口呆。素素见她痴呆的样子，得意扬扬问道：“怎么样？”

娟儿惊醒过来，在一旁鼓掌，叫道：“小姐好棒！”

素素打着拳，甜蜜回忆道：“当然了！跟岳将军偷学的。”

娟儿看出来小姐的心思，高兴道：“哈，岳将军？看来岳将军对小姐很好！”

素素忙竖起食指道：“嘘——不许乱讲！”

此时，张大年在外面咳嗽了一下，娟儿急忙把女红递给素素，素素假装在绣枕头。张大年走了进来，道：“行了，别装了！”对娟儿吩咐道，“你出去！”

娟儿低头瞥了一眼素素，走了出去。

张大年压住自己的怒气，向素素道：“你还想瞒我到什么时候？”

素素低着头，看着女红，道：“爹，您都知道了……我不告诉您，是不想让您担心。”

张大年恼怒道：“我讨厌什么，你偏要做什么，好好一个女孩家，让你去绣庄学学女红你不去，参加什么忠义社、岳家军，你这不是存心气我吗？”

素素反问道：“爹，忠义社抗金报国，我做这些事难道不应该吗？”

张大年大声道：“忠义社抗金报国，你一个女孩子家瞎掺和什么？”

素素不服道：“这怎么是瞎掺和呢？”

张大年冷笑一声，道：“多你一个，就把金人打回去了？少你一个，大宋就失去江山了？”

素素激动道：“爹，女儿就是想像您一样，为国家尽一份自己的力量。您看您开粮仓让岳家军在宜兴屯兵，您不顾危险为他们提供兵器，我为什么就不能跟您一样？”

张大年不为所动，坚决道：“我再跟你说一遍，为国效力那是男儿的事，你就应该安安分分待在家里相夫教子。”

素素倔强道：“那是您的想法，我也有我的想法，为什么什么事情都要按照您的想法来？”

张大年大怒，暴喝一声：“因为你是我女儿，就应该听我的！”

素素哭着道：“你蛮不讲理！”说着便红着眼眶跑了出去。

张大年望着素素跑去的背影，重重地叹了口气，又疼又怜，又怒又怨。

素素气愤地跑出来，坐在花园中独自生着闷气。

岳母看到她在抽泣，便走过来坐到她身旁，关切地问道：“怎么了？发生什么事了？”

素素见是岳母，急忙拭泪，强颜欢笑道：“没……没什么。”

岳母笑道：“看你眼睛肿得跟桃子似的，还说没事。”

素素低头不语，沉默片刻后，道：“我爹反对我加入忠义社和岳家军。”

岳母问道：“为什么？”

素素委屈道：“他觉得我是女儿家，就该安分守己待在家里，最好什么都别干，老老实实待着最好，一直待到死。”

岳母安慰道：“你看你，说的肯定是气话，你爹才不会这么说呢。”

素素低下头，抠着指甲喃喃道：“反正差不多就是这个意思。”

岳母看着她，推心置腹道：“我没有女儿，只有两个儿子，如果你是我的女儿我会怎么办？”

素素抬起头看着岳母，困惑道：“嗯，您会怎么做？”

岳母叹了口气，道：“我还真不知道，但我知道一件事，就是不管我选择支持还是反对，都是因为心疼你。如果我坚决反对，是因为怕你出事，担心你有危险；如果我支持，是希望你按照自己的意愿生活。这个问

题，相信任何一个做父母的，都会是两难的抉择。”

素素不假思索道：“可是我爹一点都不觉得两难，他当机立断就反对。”

岳母笑了笑，循循善诱道：“你怎么知道他就没有犹豫过呢？也许，在他看来，他的这个选择对你来说是最好的。为人父母的，都希望自己的孩子平安快乐，尤其是平安，比什么都重要。我也常常宁可岳飞不立任何战功，也要活着回来。你爹也一样，他宁可你恨他一辈子，也希望你能够平平安安。”

素素听了，心里的疙瘩消了一大半，向岳母道：“大娘，您真好，谢谢您，我有点想我娘了。”

岳母握着素素的手，笑道：“那你就把我当成你娘好了。”

素素高兴道：“真的？”

岳母点点头道：“岳飞知道肯定很高兴，有你这么个可爱的妹妹，回去跟你爹好好谈谈，相信他还是会理解你的。”素素“嗯”了一声，点头答应，但心里还是有些失落。

那张大年虽然生气自己的女儿加入了岳家军，但是他却一心一意支持岳家军抗金，不但给粮给草，还亲自押送武器，以备不时之需。

这天，他照例护送着一支医药运送队，进出金兵关卡，实则是一批武器。

那些金兵只是随便检查了一下，并没检查出来异样。他松了一口气，继续往前走，但一抬头，只见前边路上出现了几匹马，带头的正是杜充。

只见杜充虎视眈眈地看着他，喝问道：“站住！这是什么？”

张大年忙道：“就是些平常的药材。”

杜充冷笑了笑，拍马上前，突然用兵器挑开药材，发现药材下藏着的全是兵器，便挥了挥手，叫人将张大年带走。

那杜充押着张大年忙向金兀术去请功，金兀术见是他，不耐烦道：“什么事？”

杜充忙禀报道：“末将抓到张大年了，他假借运送药材之名，运送大量兵器。”

金兀术点点头，赞赏道：“很好。”

杜充谄媚道："那是否将他杀了，以除岳飞后援？"

金兀术一摆手，道："别着急，好容易捉到这个张大年，怎么能轻易就杀呢？他还有更好的用途。"

杜充不解，问道："四皇子的意思是？"

金兀术笑了笑："引蛇出洞！"

月光皎洁，屋内烛火通明，素素等了一天了，也不见爹爹，心里惴惴不安，只希望爹爹千万不要出什么事。

此时，只见掌柜慌慌张张跑了进来，气喘吁吁道："不好了，不好了，老爷被金人抓走了！"

素素急忙上前问道："什么？掌柜的？爹爹他……怎么回事？"

掌柜道："老爷在运药材和兵器回来的路上，被金人发现，抓走了！"

张大年的一个小妾听到，惊慌失措地叫道："哎呀，糟了！我听说金人心狠手辣，抓过去的人就没有活着出来的！"

众人连忙看着她，她自知说错话了，赶紧噤口。

素素一听，心里焦急万分，二话不说，夺门而出。娟儿忙叫着她，哪里还能看到她的影子？她早已施展轻功向金人方向去了。

连日来，大家辛苦操练，岳飞叫大家轻松一下，众人正说着闲话，只见娟儿急忙跑了进来，叫道："岳将军——"

众人抬头见是娟儿，不禁一阵惊诧。只听娟儿哭道："老爷被金人抓走了，小姐一个人跑去救他，她单枪匹马的，怎么对付得了金兵？诸位将军，求你们快想想办法！"

岳飞忙问道："什么时候的事情？"

娟儿焦急道："就是刚才。"

张宪问道："确定是被金兵抓走的？"

娟儿擦着泪点头道："老爷偷偷运送的兵器在路上被金兵发现了。金人不会放过老爷的，现在小姐已经赶去建康了……"

牛皋听了，跺脚骂道：“掳个老百姓，他娘的金兀术算什么英雄好汉！”

张宪想了想，道：“金兀术驻兵在建康，留守府里有个囚牢，张员外多半被囚在那儿。”

娟儿乞求道：“岳将军，求求你派兵去救救老爷吧……”

岳飞连忙拱手道：“受人点滴之恩，当涌泉相报，何况张员外对岳家军有救命之恩，我们一定会救他的。此行我们不能兴师动众，而要以奇兵制胜。”说着吩咐牛皋、傅庆、杨再兴三人跟自己去救人。

那王贵一听，怎么没有自己？便向岳飞道：“大哥，为什么不让我去？我王贵不是贪生怕死之人，我也要去！”

岳飞看着王贵道：“王贵，三军不可一日无帅，你为人忠厚沉稳，将大营交给你，我放心，你明白吗？”

王贵感动道：“明白！”

岳飞道：“我离开后，你全权负责军中之事，小心行事，不要妄动兵戈。如果有事，你可以找高宠，但要小心王燮。万一我们回不来，岳家军的兄弟们，就交给你了。”

王贵连忙道：“大哥……放心吧！”

岳飞上马，率众离开。

在军营角落里，王燮和部下看着岳飞率领杨再兴他们离开，心里一阵阴笑。原来杜充早已密信通知他们将要使用引蛇出洞的计谋，王燮部下见计划奏效，向王燮谄媚道：“将军，既然杀不了岳飞，不如趁他不在，把他家小绑了！”

王燮摇摇头道：“岳飞虽然不在，但王贵还在，他不是省油的灯，何况还有那个瘟神高宠，得等一个好时机才行！”

此时，岳母正在自家挽着一串佛珠，盘坐念经，祈祷素素还有她父亲一定要平安归来。李孝娥也担心着岳飞，正手把手教岳云他们画画儿，这时一个士兵带着乔装打扮的哈迷蚩走了进来。

哈迷蚩见大家看着他，一脸不解，便自我介绍道：“我……是个盐商，从建康回来的路上，听说岳将军中了金人的埋伏……”

李孝娥一听，马上不安起来，忙问道：“那现在怎么样？”

装扮成汉人的哈迷蚩道：“岳将军他们人少势弱，被金人围困，我们路过那里，也差点遭了殃，还好留了一条小命回来，赶紧来通知夫人。”

李孝娥一听，完全乱了阵脚，直接去找了王贵。

王贵听闻岳飞有难，哪里还坐得住，率领岳家精骑队千余人像一条大沙龙旋风驰出营门。

那装扮成汉人的哈迷蚩望着王贵的人马扬起的滚滚沙尘，得意地笑了。

王夔看着王贵他们离开，向哈迷蚩巴结道：“好一个调虎离山之计！”

哈迷蚩着看王夔，笑道：“不调虎离山，将军如何独占虎穴？”二人相视一笑。

哈迷蚩向王夔告辞道：“这里交给将军了，哈某先回建康了！”说着上了马车，带着金兵离去。

王贵率领精兵一路狂奔，走到郊外树林，突然有金兵冲出，王贵大叫道：“糟了，中了金人的诡计！兄弟们，跟我一起杀出去！”说着，身先士卒，和金兵恶战在一起。

王夔在帐内着急地走来走去，他要等着万无一失再打算动手，听手下进来报告道“高宠夫妇去上坟了”，他不禁眼前一亮，带着自己的副将、士兵闯入张大年的宅邸。

那些护院奋命抵抗，但岂是王夔他们的对手？只能边打边退。

张大年的管家迎了出来，道：“王将军，你想干什么？这里是张老爷的私产，可不是贵军的演武场！”

王夔冷笑一声，道：“这座园子远近知名，之前因为公忙，没空进来散散心，今天初临贵宝地，算是开了眼界！现在你既开了口，说我想霸占这园子，我就认了这本账，霸了你这园子去！”说着冲身后一挥手，他那些手下就向前冲去。

管家急忙拦住去路，喝道：“你、你想干什么？”话音未落，王夔便拔出腰刀杀死了他。

岳母带着家人走了出来，刚好看到这一幕，忙把岳霖和安娘拉在自己身后，道："王将军这是为何？"

王燮冷冷道："此人挡我道了，我说过，挡我道者死，包括岳飞。"

岳母"呸"了一口，道："当日你走投无路，是岳飞收留了你的军队，你怎么可以知恩不图报，反倒咬一口？"

王燮大笑道："怪只能怪岳飞没脑子，杀他算什么，下一个杀的就是你！"

李孝娥质问道："王燮，岳家军没招你没惹你，你公然杀人行凶，这到底是为了什么？"

王燮冷哼一声，道："为了什么？绑了你们才能拿下岳飞的人头啊！不然拿什么献给大金四皇子？"

岳母上前骂道："王将军，如今国难当头，你不但不思报国，反而做这等苟且之事，你不觉得羞耻吗？"

王燮不屑道："羞耻能当饭吃吗？"

岳母冷笑道："你去投奔金国，就能吃上饭吗？"

王燮自觉羞辱，对手下道："上！"他的手下蜂拥而上，眼看情况危急。

建康留守府内，杨再兴、牛皋、傅庆等人也正和金兀术激战正酣。岳飞趁金兀术一个自顾不暇，带着张大年、素素从屋顶逃走。

金兀术回头一看，已经没了岳飞他们的影子，一跺脚，愤恨道："跑得了初一，跑不了十五，追！"

而在宜兴张大年宅邸，眼看着王燮得逞，此时，门口大吼一声……蹿进来一个戴着面具的人和几个歪斜的汉子，这些人正是高氏兄弟。

王燮大吃一惊，挥手率领手下和他们混战在一起。

那王燮手下岂是高氏兄弟的对手？没几个回合，他的那些手下已经被高氏兄弟砍得七零八乱。

王燮一看不妙，便想溜走，躲在暗处的岳霖见状，拔出弹弓，射中了王燮的腿。高宠一个箭步追过去，将王燮一枪毙命。

王夔的手下见王夔已死，纷纷举手投降。戴着面具的高宠走向岳飞家眷，拿下面具。李孝娥忙道："多谢高将军救命之恩！"

高氏兄弟道："大娘，嫂子，你们受惊了。"随后，将岳母她们转移到安全的地方。

不多时，岳飞他们带着素素和张大年回来，看到满院狼藉和伤兵，一片混乱，却不见岳母、李孝娥她们，岳飞顿感不祥，心情一阵沉重。

王贵也带着兵匆匆从外面赶来，看到此情形，顿时无言。

杨再兴连忙过去向他问道："王贵，怎么了？你说话呀。"

傅庆焦急道："说话呀。"

岳飞冲到王贵面前，红着眼睛问道："怎么回事？"

王贵这才吞吞吐吐答道："嫂子告诉我一个商旅说你们在回来的路上被金兵围攻，我发兵去救，没想到在路上遭了金人的埋伏……"

第四十一章

挑滑车高宠捐躯

听过王贵的陈述，张宪知道事态严重，连忙问道："那死伤了多少将士？"王贵黯然答道："战死者一百二十三名，伤者三百七十二名，不知下落者七十五名。"

岳飞一听，心头大怒，一脚踹向王贵，喝道："我临走之前，有没有交代过，没有军令，不得出兵？"王贵沉默不语。

岳飞继续道："我不在营中，你便是统帅，你竟然轻信一个商旅的话，让我死伤了这么多兄弟，如此鲁莽，你怎么做统帅的？！"

王贵抱拳请罪道："末将一时不察，衍生祸端，自知鲁莽，愿领军法！"

岳飞看着王贵，心中不忍，问道："依军法制裁，该如何处置你？"

王贵慷慨道："论罪当斩！"

岳飞点点头，终于狠下心来，道："好，给我去校场，斩首示众！"

牛皋他们听了，大吃一惊，看出岳飞真是铁了心，纷纷请求道："王贵初次挑梁，确有行动鲁莽之处，念在他行军虽无号令，而出师实有原因，请将军酌情宽恕，免他斩首之罪。"

傅庆也道："王贵曾经立下不少汗马功劳，望将军从轻发落。"

岳飞道："军中惯例功过不能相抵，何况我岳家军尚有军法之外的家法——凡不知其情而初犯者，量刑从轻；凡明知其情而故犯者，量刑从严。岳家军崛起之快、载誉之盛，就是因为本军宁定罪从轻而执法从严，却不会定罪从严而执法从轻。"他看了看众将，道，"来人！推下去！"

王贵知道自己让所有人都很为难，悲壮地笑了笑，道："兄弟们，你们的情谊，我王贵心领了，诸位保重，来世再做兄弟！"说完，自己向刑台走去，将头放在断头台上。

岳飞不忍心看，挥了挥手。行刑的士兵举起刀来，却不忍落下去，众将士流下男儿泪。

正在此时，李孝娥从门外跑进来，大喊：“刀下留人！”

大家看到李孝娥，大吃一惊。李孝娥冲上前，道：“将军，是我听说将军在外有难，担心将军有血光之灾，一再要求王贵去找将军的！王贵冤枉啊！”

岳飞道：“胡闹！立军之初，我便讲过，岳家军大小事务，内眷不得干涉！”看着李孝娥，摇了摇头，“你的账我一会儿再跟你算！”

王贵看着李孝娥道：“嫂子，不要为难大哥。”

李孝娥跪下请求道：“将军，这件事由头至尾，其错在我，其冤在他！求你放了王贵，砍了妾身吧！”

岳飞看着李孝娥下跪，于心不忍，但作为统帅，自己又不能心慈手软，一时百感交集。

这时，小慧扶着岳母进来，岳母边走边颤巍巍地道：“身为内眷，本不该管军中事，可我在一旁听了半天，有几句话我不得不说。孝娥，你先起来。”

李孝娥站起来，在一旁垂泪。

岳母看了一眼岳飞，道：“军纪固然重要，没有铁的军纪，军队就是一盘散沙，老百姓都说岳家军纪律严明，岳将军带兵如子，大家就是一家人，所以百姓都叫你们岳家军，娘听了很高兴，我有这么多孩子。如果今天王贵深陷埋伏，你会不会发兵？难道你会牢守军纪，见死不救？今天你若是砍了王贵，那就是无情无义，砍了你兄弟们的心啊！”

岳母见岳飞依然无动于衷，悲叹道：“为娘也无脸见你爹啊。他爹，对不住了，是我教子无方啊！”

岳飞见娘伤心，无奈道：“如果我饶了他，又怎么对得起死伤的这些兄弟啊！”

那些受伤的士兵纷纷为王贵求情：“我们不怪王统领，饶了他吧！”

牛皋道："大哥，大哥！不能杀王贵啊！王贵是自家兄弟啊！"

岳飞看着那些浑身是伤、惨不忍睹的士兵，都眼含热泪，为王贵求情，自己的热泪也滚出眼眶，道："好，既然这样，我就饶他不死，但是活罪难免，给我重打一百军棍。"说完，自己走了出去。

倔强的王贵，看到这些受伤的兄弟毫无怨言地为自己求情，也流下了眼泪。他自己动手褪掉身上的铠甲，趴下来，恳求两位兄弟行刑。

那两名士兵实在推诿不过，才对他行起刑来。

一开始，王贵还一声不吭，到后来终于惨叫起来。

那边高龙、高虎、高豹在帐外听着，不禁皱起了眉头，议论道："一百杖！这屁股准得开花！"

高龙赞叹道："没想到，这岳飞行起军法来，真是一点情面都不留啊！"

高宠看到在那边独自徘徊的岳飞，便走了过去，问道："王贵犯了什么罪？"

岳飞道："擅自领兵，酿成大祸，罪当问斩。"

高宠再次问道："这件事要是落在我身上，你怎么做？"

岳飞看着高宠，坚定地道："定斩不赦！你现在还来得及不加入我岳家军。"

高宠看着岳飞点点头，道："君子一言，驷马难追，我前面说过，只要你能治好我夫人的眼睛，我不但加入你们岳家军，连这条命都可以给你。"

第二天，岳飞正在帐营中翻阅公文，只见娟儿从外面走了进来，手里拿着一封信函向他道："岳将军，我家小姐给你的信。"

岳飞奇怪，素素有什么事，还需要别人带信过来？于是打开来看，只见上面写着：今晚湖心亭见，素素。

岳飞看到这字条，心中明白了七八分，但有些为难。

娟儿看到岳飞的神情，心中明镜似的，却故意问道："将军，我家小姐信中写的什么呀？"

岳飞连忙撒谎道没什么，娟儿便笑着离开了。

这天晚上，岳飞思前想后，还是如期赴约而来。

只见圆月当空，映得湖面波光粼粼。素素正在弹琴，岳飞循着她的琴声，慢慢走过去，叫道："弹得好！"

素素羞赧地笑了笑，道："今天我请岳大哥来，就是想让岳大哥听首曲子。"说着，低眉信手弹唱道，"有所思，乃在大海南。何用问遗君，双珠玳瑁簪，用玉绍缭之。闻君有他心，拉杂摧烧之。摧烧之，当风扬其灰。从今以往，勿复相思，相思与君绝……"

岳飞听闻，发现素素果然对自己一往情深，可是自己已经有孝娥了，而且戎马倥偬，也无暇顾及这些，于是沉吟了片刻，道："你又何必把青春寄托在我这样一个朝不保夕的人身上……"

素素道："我不在乎！"

"可我在乎！我岳家军能够住在这儿，有吃的住的地方，多亏了你和张员外的仗义相助，况且我全家都借住在此，我岳飞心里感激不尽。可你知道吗？外面还有多少老百姓无家可归，皇上被铁浮屠逼得上山下海疲于奔命，现在国不成国，家不成家，我哪还有心思顾及儿女私情……"

"你的意思我明白，现在你大业未成，不会纳妾？"

"是的。"

"我可以等……"

"唉……我岳飞戎马一生，注定了马革裹尸的下场，生死早已置之度外。我已经拖累了一个无辜的李孝娥，决不会再拖累你。素素姑娘，希望你早日觅得如意郎君。告辞！"说罢，便决绝地拂袖而去。

素素眼眶里满是泪水，哀怨地望着岳飞离去的背影。

翌日一早，晨光洒进空荡荡的房间，娟儿进来服侍小姐起床，可是怎么都找不见素素。她看到桌上有张字条，拿起一看，上面写着：娟儿，照顾好我爹，请他勿念。

娟儿立马明白发生了什么事，便跑到岳飞面前，质问他为什么不答应小姐，现在小姐又离家出走了。

岳飞任由娟儿发脾气，心里也担心素素的安危，但一想梁兴也挺喜欢素素，那么她就不会有什么危险，忠义社虽然被金兵冲散了不少，但毕竟还是遍布天下的一个组织，这样想着，心里稍稍宽慰。

素素给杨氏连续针灸了两个月后，杨氏的眼睛终于痊愈，能看到东西了。高宠看到自己的妻子双目复明，别提有多高兴了，想到自己答应过岳飞，那就要兑现，于是带着自己的兄弟四人一起加入了岳家军。

岳飞和高宠惺惺相惜，让王贵他们准备了一些好酒好菜欢迎他们。

将士们无不热烈欢迎高氏四兄弟，牛皋也不计前嫌，叫道："高兄弟，咱们不打不相识，俺老牛佩服你的武艺，有了你们兄弟，那些金贼迟早完蛋！来来来，今天痛快，大家敞开了喝！"

高宠端起碗道："不醉不归！"

岳飞也号召道："对，不醉不归！"

所有人便举起碗狂碰乱喝，酒热耳酣之际，突然一名士兵匆匆跑进来，禀报道："报！金军分三路大军南下，从牛头山经过，直奔国都临安而去！"

岳飞把酒碗一放，道："奶奶的，金人早不来晚不来，偏偏在咱们喝得高兴的时候来。牛头山乃建康到临安的必经之路，即刻整军出发，阻击金兀术！高兄弟，打胜回来，咱们再痛饮！"他看了看王贵，对张宪道，"张宪留守大营，其他人即刻整军出发！"

王贵听了，有点失落，看来大哥到现在还没有原谅自己。

那高宠听了岳飞的话，又喝了一碗酒，对岳飞道："岳兄莫愁，且看为弟出发，也给你来个温酒斩金兀术。"说着便带着高氏兄弟及自己的士兵出发。岳飞看到他如此豪迈，自己也跟去督战。

两军同时开拔，终于在牛头山迎上。

牛头山地形复杂多变，不适合行动不便的铁浮屠作战。宋军众将皆以为此战轻易可胜，未料金兀术突出奇策，带了几对行动轻便的铁滑车来。

这铁滑车全身俱以精铁铸就，以战马带动，恃之作战，锐不可当。

岳飞几人赶到时，宋军已有百数人丧命在铁滑车下。

情势紧急，高宠赶到，大喝一声，提枪拍马冲上，直如天神下凡，威风凛凛。金兀术见一个白面小生拦住自己的去路，令箭一挥，便有几个铁滑车向高宠杀来。

高宠笑了笑，伸出碗口粗的錾金虎头枪用力一挑，只见那铁滑车应声散架，如此三番，他连破了四五辆铁滑车。

岳飞见状，不禁叫好，普天之下，恐怕再也没有比高宠更勇猛的将士了。

只见他一声怒喝，提枪便向金兀术杀去。

金兀术十分吃惊，慌忙迎战，竟然挡不住三个回合，一着急，命令一个队的铁滑车向高宠杀去。

那高宠何等威武，立稳了马，捏着枪杆一刺一挑一摔，那些铁滑车像麻袋一样被他甩了出去。

但是他自己威猛无比，却忘了胯下的坐骑已是体力不支，一连挑了十几辆铁滑车后，他的马突然吐血而倒，他自己也整个从马上摔落地下。

此时，一个铁滑车趁机向他掩杀过来，高龙、高虎、高豹看他危险，赶紧上前拦截，无奈铁滑车威力太大，将三兄弟尽数杀死。

杨氏即使在战场上也要陪着自己的相公，这时，她站在山坡上，眼看着两百余斤重的铁滑车从自己的相公身上碾压而过，她急忙闭上眼睛，失声叫了出来，没想到自己眼睛刚好，看到的却是相公的死。

岳飞看到高宠失足，被铁滑车碾压，心中十分悲痛，率兵杀了过去，要为高宠报仇。

金兀术见岳飞已经急红了眼，知道此时正面相碰无疑会更加吃亏，连忙下令撤退。

岳家军追杀了一阵，回来再看高宠，只见他怒目圆睁，人却已经死去。众将士无不伤心悲痛，将高宠的尸体放在盾牌上抬走。

众人心情沉重地站在高宠坟墓面前，神色哀伤。

风萧萧，路茫茫，杨氏独自一人骑马走在山路上。

虽然岳飞一再请求她留在军中，说大家会替高宠照顾她，但她毅然决然拒绝了，她说要带着高宠回家。

于是，她手捧高宠的面具，深情地看着它。朔风野大，尘土飞扬，她向家乡而去。

第四十二章

六连捷韩岳联手

虽然高宠战死了，但他却鼓舞了将士们的士气。

岳飞率领岳家军在牛头山成功击退金兀术后，一鼓作气，于建炎四年三月，夺取常州；三月中旬，败金兵于镇江东；二十五日丙申，败金人于建康东南三十里的清水亭。岳家军六战六捷，至此后岳家军大小一百余战，未尝有败绩。

因为连日作战，大家既兴奋又辛苦，这天，岳飞请张宪、牛皋、王贵他们到自己家做客，让李孝娥亲自下厨犒劳他们。

此时，小慧端上一道鲥鱼，岳飞一看，知道自己家并无这种山珍海味，马上查问："这鲥鱼是从哪儿来的？"

小慧答道："是张员外送来给大哥补身体的。"

岳飞将筷子放到一边，生气道："我年纪轻轻的，有什么要补的？"

王贵在旁边劝道："人家张员外一番心意，何苦呢？"说着自己夹起来便吃。

傅庆听了，接口道："俺听说啊，韩世忠买了田产，皇上知道了很高兴，说他为子孙计，谋后福，没什么野心，就表彰他的忠心，赐名韩世忠的新田庄为旌忠庄。"

岳飞听着逆耳，但仍不吭声。傅庆接着道："还有啊，杨沂中在西湖边大造私宅，擅自引西湖水环绕杨宅周围，受到官员控告，皇上亲自为他辩解，说如果从杨沂中的功劳上考虑，就是把整个西湖都送给他也不为多。"

岳飞突然在桌子上一拍，道："傅庆！你从哪儿听到这些乱七八糟的？！你要是觉得留在岳家军委屈了，尽可以去吃香的喝辣的，我不留你！"

傅庆方才说得忘乎所以，被吓了一跳，忙道："大哥，我没别的意思。"

岳飞看着傅庆，气愤道："邦无道，富且贵焉，耻也！"

傅庆不敢再说话了，大家一时陷入尴尬的沉默中。

此时，李孝娥和安娘端着汤进来，李孝娥立马发觉气氛不对，笑道："怎么又吵？喝汤了，喝汤了！"说着便给大家盛汤。

岳飞一抬头，看到跟在李孝娥身后的安娘穿着一件簇新的锦缎衣服，因为刚才傅庆的话气还没消，于是向安娘喝问道："你哪来的新绸衣，回去换了！"

李孝娥见他拿小孩子撒气，有点气恼，道："安娘从来没有穿过这些衣服，她难得穿一次。"

岳飞冷冷道："你不也说了吗？她从小到大都没有穿过，不也长这么大了吗？她这身衣服需要多少卧蚕吐丝才能织成？你让她穿这么奢华的衣服，若别人争相仿效，只会让别人在背后对岳家军指指点点。"

李孝娥见他不可理喻，放下手中的汤匙，道："岳家军，岳家军，你心里只有岳家军，你想过孩子们吗？"说完，拉着安娘走了。

岳飞一怔，自从认识李孝娥以来，还从未见她过发脾气，没想到她这一发脾气，居然也非同小可。

小慧见岳飞依然糊涂，便道："这不怪安娘，这衣服是张员外送的，今天是安娘的生日，小姐看安娘喜欢，就答应她穿了。这孩子受了那么多苦，好容易在宜兴安顿下来了，小姐想让安娘开开心心的，也算是对安娘这一路受的苦的一点补偿。"

王贵听了，惊讶道："原来今天是安娘生日啊！怪不得嫂子刚才发那么大的脾气。"说着向岳飞示意道，"大哥，赶紧道歉啊！"

众人起哄让岳飞去安慰李孝娥，但他碍于面子，刚站起来又坐了回去，道："小孩子家的，一会儿就好了。"说着端起碗就要喝汤。众人强行把他拉起来推出去，道："汤一时半会儿凉不了，过一会儿，有人心要凉啦……"

岳飞来到后院房间，看到孝娥坐在床沿生着闷气，走了进去，但李孝

娥看见他，将头扭向一边。岳飞谄笑道：“好啦，孝娥，别生我的气了，我知道我刚才语气是重了点，可我也是一时心急啊……你体谅我一下，现在这个战乱的年头，皇后、王妃、贵嫔都在北方尚且艰苦穷困，我们怎么能在这儿铺张浪费呢？”

李孝娥本来就是一个知书达理的人，自己生气也生不了多大一会儿，这会儿看着岳飞服软讨好，无可奈何地叹了一口气，道：“你知道今天是什么日子吗？张员外为什么没事送新衣给安娘？”

岳飞不敢提自己忘了，是小慧提醒自己才知道的，忙道：“我知道，八月初八，安娘的生日！”

李孝娥嗔道：“你知道还这么对她？！”

“我错了，我给你和安娘赔不是还不行吗？安娘想要什么，我给她买去！”

李孝娥冷哼一声，道：“安娘想要什么，你知道吗？”

岳飞摇摇头。李孝娥笑道：“瞧瞧你这个爹当的！安娘说了，她什么都不要，只要你陪她开开心心地玩一天！”

岳飞听了，心里很不是个滋味，一脸愧疚道：“好！难得我们一家团聚，今天剩下的时间我什么都不干，就陪你们好好玩一天！”说着走到大厅对牛皋他们说，让他们自己照顾自己，交代后便带着李孝娥他们出外游玩了。

夕阳西下，岳云汗涔涔地提着一条大胖鱼在前面一蹦一跳地走着，岳飞背着安娘，和李孝娥在后面走着。李孝娥还沉浸在方才野炊的情形里，高兴道：“这么多年来，今天是我最开心的一天。”

岳飞笑道：“你怎么也跟孩子似的，这么容易就满足了。”

李孝娥看着娇艳的夕阳，赞叹道：“是啊，我的要求不高，就算跟着你吃地瓜啃树叶，只要能天天在一起，我就心满意足了。”

岳飞听了，沉吟片刻道：“等天下太平了，我就回来，我耕田，你织布，我们过最简单最平凡的日子。”

“还得多久啊？”

“快了，快了，三四年安内，三四年攘外，到时候咱们三十岁出头，儿女绕膝前，采菊东篱下，悠然见南山，你说那样好不好啊？”说着和李孝娥沉浸在对未来美好日子的无限憧憬中。

此后，岳飞所部又连连迎敌，六战六捷。

捷报不几日便传到了韩世忠耳中，让他大为振奋，决定和岳飞联起手来。

这天，他派人将岳飞请到自己营帐中，对岳飞道：“岳家军在新城以骑兵三百、步兵两千大破金兀术，真是大快人心，韩某人佩服！如此看来，金兀术的搜山检海计划很快就会鸣金收兵，带着他的军队滚回他的老窝去。”

岳飞道：“韩将军过奖！金人践踏我们的家园，戕害我们的亲人，岂容他们想来就来，想走就走？！”

韩世忠见岳飞的话正中自己下怀，问道：“岳老弟，你想怎么干？”

岳飞道：“如今皇上被困海上，我们应该联络各方力量，尽快将金人赶出大宋国土。岳家军由陆上攻击金军，若金军北返，必然横渡长江，希望将军能率水师镇守，以逸待劳，让金人有来无回。”

韩世忠笑道：“大宋重文轻武，重陆轻水，金人船坚炮利，是我军的三倍，但就算这样，我韩世忠就算只有一船一兵，也跟金人拼了！”

岳飞握着韩世忠的手激动道：“水陆合围，并肩歼敌，就算他们有一千艘船，一万艘船，咱们也要他们一去不还！”

两人分手以后，韩世忠自顾准备自己的水战，岳飞再次一鼓作气率领岳家军向金兵占领的领地杀去。

这天，他带领的岳家军和韩常带领的金兵在一座山坡上对峙，宋金双方打得难舍难分。突然，傅庆出现在周围山坡上，放出一支冲天烟火，依照战前岳飞布置好的计划，数百名弓箭手由隐匿处出现，向韩常部队射出利箭，韩常部队纷纷中箭落马。

岳飞率领先遣队冲入阵中，横冲直闯勇不可当，向韩常杀去。那韩常逃避不及，只好与岳飞单挑，但论武艺，他哪里是岳飞的对手，于是很快

落败，被岳飞绑了。

韩常虽然被绑，但依然不服。

王贵用脚踢了踢他，道：“韩常，你成了岳家军的阶下囚，可有什么话说？”

韩常叫道：“要杀便杀，有什么好啰唆的！”

牛皋气得直嚷：“死到临头了还嘴硬！”说着就要拿刀砍了韩常。

岳飞急忙上前阻止牛皋，从牛皋手里拿过刀。众人以为岳飞要亲自杀掉韩常，却见岳飞将捆绑韩常的绳子割断了。

韩常不解地看着岳飞，问道：“你想干什么？”

岳飞冷冷道：“放你回去！”

韩常不相信地道：“放我回去？”

王贵和张宪在一旁听到，大吃一惊，叫道：“大哥！我们拼死拼活把他捉了，你怎么把他放了？”

岳飞摆摆手示意他们不要说话，对韩常道：“你给我带一句话回去。”

韩常嘿嘿冷笑了一声，道：“请讲！”

岳飞道：“告诉你们金国皇帝，让他送还二圣，早休兵戈，不然早晚有一天，我率兵直捣黄龙府，让你们也尝尝何为兵燹之灾，何为民生之苦！”

韩常听完，脸上青一阵红一阵的，叫道：“岳飞，你觉得我要是带了这些话回去，还有命吗？你还不如杀了我！”

岳飞冷笑道：“我不杀你！”

韩常道：“那我自行了断！”

岳飞冷哼了一下，拔出王贵眼前的刀，扔给韩常。

韩常一怔，无言以对。岳飞看了看他，冷笑一声道：“你本是汉人，若是在金人那里没了前程，岳家军的大门随时为你打开。”说着解开了韩常身上的绳索。

王贵、牛皋几人对岳飞此举难以理解，但又不敢多问，只能暗中表达不满。

这天，王贵在军营的铁工部拼命打铁，以宣泄心中不满。张宪走了进来，看到王贵在打铁，便笑道：“王贵，你今儿怎么了？傅庆的活儿这几天都归你了？”

王贵气恼道：“你说大哥什么意思，好不容易把韩常抓来了，他倒好，一句话，把人放了！”

张宪叹了口气，道：“大哥有他的用意吧！”

王贵不满道：“什么用意？我王贵为了保他的家人差点丢了性命，他是如何对我的？军令处置！可是那韩常，他杀了我们多少兄弟，我们几个是拼了命把他捉回来的，可他却一句话——放人！”

张宪见他重拾旧事，正色道：“王贵，你可知道，作为将领，没有战死沙场是一种耻辱，韩常即使活着回去了，金兀术也不会再重用他了，反而会猜忌他，这样比杀了他更高明。”

王贵不服道：“你怎么知道大哥的想法？你就编吧。”

张宪气恼道：“爱信不信，王贵我告诉你，他今天回去之后，不仅会失宠，而且还会把岳将军的仁义带到金国！”

王贵将信将疑地看着张宪，不再说话。

而韩常回去以后的境遇也果然如张宪所料，一反往日的脾性，居然整日宣扬岳家军实力不容小觑，这让金兀术对他的不满和猜忌越积越多。

裂痕，终于在金军将领中开始蔓延。

第四十三章

黄天荡兀术受困

金兀术在陆上被岳家军所阻，大军不仅难以寸进，甚至连建康都已被岳飞攻克，他愤怒异常，却又无可奈何，考虑了几日，决定绕开岳家军，直接出兵海上抓住赵构，到时再挟天子以令诸侯，勒令岳飞投降并且羞辱他一番。

于是，他率领几百只大船向海上进军，但是在水上行军数日，却没见宋人的水师有一船一炮前来阻拦，金兀术好生纳闷，不知道宋人特别是韩世忠会耍什么花招。

这日一路行船，到了长江里的一大片水域，这片水域水势复杂，周围沼泽密布，若遇伏击，后果不堪设想。他忧心忡忡地看了看周围形势，将军师哈迷蚩叫过来，问道："这里是什么地方？"

哈迷蚩看了看周围，又看了看地图，道："黄天荡。"

金兀术喃喃念叨了两遍这个名字，道："注意戒备，小心宋人伏击。"

哈迷蚩却不以为然，轻蔑地笑道："四皇子您多虑了，韩世忠知道咱们船上装了连环炮，而他的媳妇儿梁红玉年轻貌美，岂能以身试炮？"但金兀术不理会他的玩笑，郑重道："你在舰队紧随尾部，严防突袭。"

哈迷蚩领命下去，严格照办。

虽然金兀术舍不得自己的爱妃在水上颠簸，无奈翎妃任性固执，只好任由她跟着自己随军在船。

但他不知道，自己的爱妃已经有了身孕，只有她的贴身侍女知道，翎妃吩咐自己的侍女先要保密，等回头再给皇子一个惊喜。

这天，翎妃于百无聊赖之中，打算先给自己未出生的孩子做点小衣服。她的侍女挑选了一束红色的线，准备用在小帽子上，她却一把将红线扔掉，道："男孩子用这个颜色会少了英武之气。"

侍女见翎妃那认真的模样，抿嘴笑道："娘娘，您还没生呢，怎么知道一定是个男子呢？说不定是个漂亮的女娃娃呢！"

翎妃满怀希望道："不，一定是个男孩子！"说着兴奋地站起来，道，"我已经看到了，和他的父亲一样，在草原上骑马，在草原上射箭，他一定会成为一个英雄的。"可就在她满怀憧憬、滔滔不绝描述的时候，突然胸口一阵恶心，她立即捂住嘴，蹲了下来。

此时，金兀术正好从外面走进来，看见翎妃身体不适，连忙上前扶住她，心疼道："翎儿，你看你，我说过这水上可不好受，这不，晕船了吧。"侍女在旁边听到，咯咯笑道："皇子，你错了！"

金兀术纳闷不解，问道："错了，怎么错了？"

翎妃稍微好了点，站起来道："人家不是晕船！"

侍女见金兀术依然蒙在鼓里，实在忍不住了，瞄了一眼翎妃，道："恭喜四皇子，娘娘是有喜了！"

金兀术听后，又惊又喜，抱起翎妃就在船舱内一阵旋转，激动道："翎儿，好翎儿，我就要做父亲了！我就要做父亲了！翎儿，这是多久的事了？"

翎妃掐指算了算，调皮道："已经三个多月了吧。"

"那你怎么不早些告诉我？我好让人准备你爱吃的食物和果品啊！"

翎妃笑道："现在告诉你也不迟呀，我就是不想要你担心我嘛。现在你打了这么一场漂亮的胜仗，带了这么多战利品回家乡去，家乡的老人、孩子们一定会用最美的赞歌来欢迎我儿子的父亲。"

金兀术听了，爱怜不禁，将翎妃抱在了胸前。侍女见状，乖巧地走了出去，并替他们拉上了帘子。

翎妃依偎在金兀术怀中，摸着自己的肚子，道："他一定和父亲一样勇敢，会用自己身体里的血和汗为他的族人争取幸福！"

金兀术捧着翎儿的下颌，动情道："你怎么知道一定是个儿子？"

翎妃看着金兀术，坚定地道："因为他要和你一样，上阵杀敌！"

金兀术听了，亲吻了一下她的脸颊，温柔道："我一定会让你和我们的儿子过上丰衣足食的安稳日子，不再担惊受怕。"

就在此时，舱外突然响起了军号。金兀术奔出船舱，只见远处江面上，一艘艨艟巨舰后面跟着大大小小诸多的船舰朝着自己的方向驶来，江雾迷漫，不知其数……

那哈迷蚩仔细一看，一个若隐若现的"韩"字旗在海风里高高飘扬，顿时傻了眼，喃喃道："这岳飞会妖术，难道这韩世忠也学会了妖术？"旁边的水师长看着对面的船只道："你看楼船上的火炮，火力不比咱们小啊！"

金兀术看了看水师长，有点恼怒，道："看到前面有船就慌成这样子，要是看到后面也有船，胆也要吓破了是吧。"话音未落，只听一个金兵前来报告："禀报四皇子，船后十里出现敌情！"

金兀术一怔，急忙跑到船尾并登至瞭望台上观察，只见后方十里开外也密布有大量大宋船阵。

水师长看到如此情形，慌张道："咱们被围了！咱们被围了！"

金兀术大怒，一脚将其踹倒在甲板上。

韩世忠哪里还容许他有思考良策的时机？只听对方船只一声长号响起，突然一阵鼓声有节有拍地响起，金兀术愤恨骂道："这韩世忠跟咱们耍了个心眼儿！来的时候毫无动静，现在回去，他就来堵我！哼，韩世忠，你也别欺我金人不习水性，今天我和你拼了！"

哈迷蚩担心道："四皇子，这一趟可说是南宋水师倾巢而出，咱们一个不留神，很可能栽在韩世忠手里。"夏金乌也在一旁插嘴道："岸上必然有岳家军的炮队在等着我们，水陆交攻，那就麻烦了！"

金兀术却笑了笑，道："咱们该庆幸这一趟没有白来，我们金人在马上打仗打得多了，水上还是头一次，让大家拿出马上的勇气来，把他们杀个片甲不留！"话音未落，只见对面一个炮弹就打了过来，金兀术挥刀号令，"快给我还击……"

只见整个江面上，浓烟滚滚，火光频现。

战事胶着，宋军大帅韩世忠连日亲自督战，此时攻势告一段落，精神稍一松懈，终于支持不住，趴在帅案上睡着了。

梁红玉拿着一些点心走了进来，看到他这样，放慢脚步，将点心放在桌上，脱下自己身上的红色披风盖在韩世忠的身上。韩世忠一下惊醒过来，道："哦，是你啊。"

梁红玉看着丈夫一脸疲倦的神色，心疼道："将军已数日没有卧床休息了。"

韩世忠笑道："有红玉这般贤妻，我韩世忠就算战死沙场，又有何憾！"

梁红玉忙打断道："不许说这些不吉利的话，肚子饿了吧，吃点东西吧。"

韩世忠摇了摇头，道："唉，我不想吃。这连日作战，金人虽然不习水战，但真要全数拿下，并不容易。"

梁红玉嫣然一笑，道："那红玉饿了，将军能不能陪奴家吃一点呢？"说着将糕点打开，放在韩世忠面前，顿时一股香气四溢开来。

韩世忠笑道："好，我陪你吃！"拿起糕点看了看，道，"这糕点的样子挺特别的，两头大，中间小！"说着掰开就要吃，却发现里面有一张字条，便问道，"这糕点从何而来？"

梁红玉答道："今日奴家在岸边，一名老百姓送来的，说是一定要给将军尝尝当地的特色小食。"

韩世忠将糕点里面的字条拿出来，递给梁红玉。

梁红玉接过念道："敌营像定榫，头大细腰身，当中一斩断，两头勿成形。"沉思了一下笑道，"将军，我想，这是老百姓想告诉我们，金人的舰队两头甚强，而中间势弱，如若我军齐腰斩断，让他们首尾不能相顾，金人必定阵脚大乱，然后我们乘机追杀，可乱中取胜。"

韩世忠听过，不觉拍手叫好："看来，这天下的百姓就是我韩世忠的福星啊！"

梁红玉见他高兴，也很欣慰，道："恭喜将军！"说着将方才掰开的

糕点塞进韩世忠嘴里。

韩世忠浑然不觉，皱着眉头胡乱嚼着。忽然，他一拍帅案，决然道：“就这么办！活捉金兀术，就在明日！”

翌日清晨，鼓声隆隆，韩世忠指挥令旗，向全体士兵下令道：“邀虏归师，尽死一战！”全体士兵举剑怒号：“尽死一战！”而其中一路战舰，早已在梁红玉的鼓声中，向金兵的船队冲杀过去。

金兀术慌忙应战，不料自己的舰队被其拦腰截断。金兀术看到自己的水师重创，叫人将夏金乌和水师长叫来，怒喝道：“韩世忠领着一群娘儿们敲着鼓打着锣，就把大金的勇士们给击垮了，你们……你们这群没用的废物！这事要是传到盛京，皇上和粘罕会如何想我……”他越说越气，将腰间的剑拔出，扔在地上，道，“你们是选择自刎谢罪，还是扔到海里去喂鱼？”

夏金乌吓得浑身颤抖，一言不发。哈迷蚩连忙劝道：“四皇子，鏖战在即，若是处分将士，恐于军情不利，不如叫夏金乌带着这群崽子将功赎罪。”

金兀术不说话，只是手按剑柄，在舱里来回踱步，其他人都屏气敛息，空气似乎都要凝固起来。

金兀术思考了一阵，对夏金乌道：“且容你下一战为前锋！”

夏金乌连忙磕头道：“谢四皇子，小将定誓死效命！”

哈迷蚩见金兀术不再追究夏金乌，立即转移话题道：“如今南人使船，便如大金国人使马，而黄天荡位置优越，背山面江，形势凶险，为镇守江防之地，如何能破之才是关键！”

金兀术点着头沉吟道：“正如军师所言，如今我们被困于此，如何破敌才是关键，但不知军师可有破敌妙计？”

夏金乌忙献计道：“我们可否打上岸去？”

哈迷蚩皱着眉摇摇头道：“不，如果我们轻易上岸，又恐岳飞在几处要害伏击我军，到时就进退两难了。”

金兀术听过，也一筹莫展，喃喃道：“这可如何是好？”

这时，翎妃的侍女匆匆忙忙进来，气喘吁吁道：“娘娘……娘娘见红了……”

金兀术脸色大变，不等侍女说完，急忙冲出去，来到爱妃的舱内，看到随船郎中正在病榻前给翎妃把脉。

那郎中看到四皇子，忙起身道：“禀四皇子，贵妃因饱尝舟车劳顿之苦，担惊受怕，调理不善，我估计应该不是第一次见红了，恐怕……”

金兀术忍住怒火，道：“恐怕怎样？”

郎中吞吞吐吐道：“恐怕大小均难保。”

金兀术咆哮道：“本王是让你医治爱妃的，你说这些有何用，有何用？！”

郎中吓得浑身哆嗦，道：“小的无能，我只是一名上山采药的，四皇子还是将贵妃送到岸上，找一名大夫，安心保胎，这才是万全之计！”

金兀术转过身，冲着跟上来的哈迷蚩他们叫道：“你们就给我找来这么一个江湖郎中？！”

哈迷蚩忙低头谢罪道：“四皇子少安毋躁，这附近沿岸的百姓都逃光了，根本找不到大夫！”

金兀术挥了挥手，不耐烦道：“本王不管，你们都给我出去找，找到为止！”

哈迷蚩听过，赶紧带郎中离开。

金兀术伏在床榻前，看着心爱的翎妃面色苍白，心如刀绞，紧紧握住她的手道：“翎儿，是本王让你受苦了。”

翎妃摇头道：“皇子，是翎儿无能，恐怕保不住你的骨肉。”

金兀术眼泛泪花，道：“本王只要翎儿在身边，其他的都不重要。”说着像一个受伤的孩子一样，将头埋在翎妃的怀中。

翎妃抚摸着他的头，坚强道：“四皇子心中有一个天下，而翎儿只是一个普通女子……”

金兀术抬着泪眼看着她，道：“翎儿，你一定要坚持下去，我一定会带你离开这个地方！”

翎儿凄然地笑了笑，道：“金人的女子从来没有一个贪生怕死的！”听了翎妃的话，金兀术更加心痛起来。

所幸翎妃终于扛了过去，沉稳地睡着了。金兀术连忙返回议事大舱，将手下大将聚集起来，商议军机要事，一再询问他们可有破敌妙计。众人面面相觑，都拿不出什么妙计，各自沉默不语。

韩常看了看大家，鼓起勇气道：“唯有四皇子亲自与韩世忠谈判！”

夏金乌叫道：“他韩世忠是个什么东西，要四皇子亲自出马？”

哈迷蚩也劝阻道：“四皇子应以大局为重，不可亲入虎穴。”

金兀术想了想，点点头，道：“本王去会会他！”

众人大吃一惊，但知道四皇子执拗，一旦作出决定，谁也改变不了。

那金兀术派出使者划着小船，向宋军船队而去。

而在韩世忠主舰大舱内，韩世忠正在于前来联络的岳家军部将傅庆、杨再兴畅谈——岳飞在听到韩世忠击溃了金兀术的舰队以后，便想着如何才能将他全歼，他跟众部将筹谋多时，才想到一个万全之策，但是这计策首先要跟韩家军联合才能奏效，于是便派遣傅庆和杨再兴来跟韩世忠联络。

几个人正在说话，就听一名亲兵进来报告：“禀韩将军，金兀术派人前来送信，请韩将军于江面一聚。”

韩世忠笑道：“哦？”

梁红玉忙担心道：“莫如叫偏将代你前往。”

韩世忠摆了摆手，道：“我正想会会他。备船！”

初春江面上，寒气依旧袭人，韩世忠带着两名家将乘坐一艘小船，向江心驶去。

金兀术身穿红袍，腰系玉带，同样也带着两名骑兵乘坐一艘小船向江心驶来。两只船相距几十步便停了下来。

金兀术看到韩世忠，道：“久闻韩将军的英名，今日幸得相见！”

韩世忠笑道：“我亦久闻四皇子精于行阵，然而，自你从粘罕手中接过统兵大旗之后，不知道又屠害了多少中原军民，你说我们大宋子民谁人敢不知道你四皇子的威名啊。”

金兀术皮笑肉不笑，道：“见笑。凡事以和为贵，你若愿放本王过江，必重谢韩将军！”

韩世忠冷冷道："你若是欲免两国军民刀兵之厄，今日便是一个机会，但须得依我的话行事，我力保四皇子在此安居，待两国和议之后，我亲自送你回归。"

金兀术佯装没听见，道："我愿将此回所得财宝全数奉送，唯求韩将军网开一面，放我归北。自今大金与大宋以大江为界，放还赵氏二帝，永不相侵，为兄弟之国！"

韩世忠笑道："四皇子愿称兄弟之国，可见诚意！"突然面色一变，道，"但自燕山以南，皆是大宋地界，你岂能占据不还？"

金兀术恼羞成怒，道："燕云十六州从未归入过你大宋，如何便是你们的了？本王好心来谈判，你安敢欺辱于我！敢与我单挑独战否？"说着，猛然拔剑，身后两名士兵也突然搭箭指向韩世忠。

不料韩世忠早有防备，那两名家将护在韩世忠身前，双箭齐发，射向金兀术。

金兀术侧头躲避，箭从他耳边划过，留下一道血痕，他身后那两名骑兵却中箭倒地。

趁着金兀术躲闪之际，韩世忠的小船已经划出江心数十米远，远离了金兀术弓箭的射程。

金兀术摸摸耳垂，血迹入眼，恨得咬牙切齿，发誓要将韩世忠碎尸万段。

第四十四章

阴结敌秦桧解围

大宋皇帝赵构一面让岳飞和韩世忠阻击金人南下，一面又派遣秦桧去跟金人谈判，好为自己留条后路。

秦桧在盛京逗留数日，金国皇帝对和谈兴致缺缺，那斡离不却对他礼遇有加，视为座上宾。

这天，斡离不邀请秦桧出去走走，有事商谈。

走到密林间的时候，斡离不向秦桧道：“秦大人，你此番来大金也有些日子了，不怕你们皇帝对你起疑心吗？”

秦桧道：“皇上现在是泥菩萨过河自身难保，恐怕一时半会儿也顾不了那么多。”

斡离不听后，突然笑了起来。秦桧见他笑得莫名其妙，道：“二皇子笑什么？”

斡离不冷笑着道：“你们皇上逃到了海上，你就借着和议的名义躲到我们大金来，若是风头过去了，你就回去继续当你的参知政事，若是小朝廷就此覆灭，你就留在这儿，在我们大金捞个一官半职。”说着看了看秦桧，一脸轻蔑，“秦大人，你的算盘打得可真好！”

秦桧面露尴尬之色，笑着问道：“二皇子是什么意思？”

斡离不冷冷道：“当初我把你从五国城救出来，不是让你留在我们大金做谋臣的。你必须回去，而且必须独揽大权。”

秦桧叹了口气道：“我何尝不想官至宰相，集军政大权于一身，挟天子以令诸侯？可是，这不是一朝一夕就能办到的。”

斡离不冷哼了一声，道：“我可以给你时间，但是，我不会等太久。”

秦桧忙道："在下明白。"

斡离不看着秦桧，满意地点了点头，道："对了，四皇子被困黄天荡的事，你听说了吧？"

秦桧低头哈腰道："听说了。黄天荡是个死胡同，韩世忠又擅水战，四皇子要想脱身，恐怕得有个万全之策。"

"秦大人有何计策？"

秦桧沉思片刻，道："靖康年间，大金国从我朝带走不少礼器、法物，其中，应该还有天下州府县图。"斡离不点点头，但不解天下州府县图和解救金兀术有什么关系。

秦桧见他纳闷，得意一笑，道："可否借给在下，我回去研究研究，说不定四皇子就有脱身之术了。"斡离不点头答应。

秦桧犹豫了一下，接着道："四皇子的事情就包在在下身上了，不过，在下对二皇子也有一事相求。"

斡离不看向秦桧，思忖他竟敢对自己提要求，有点恼怒，但想了想，便隐忍不发。

秦桧见他心中狐疑，忙道："我想带一个人走。"

斡离不道："谁？"

秦桧道："韦太后。皇上与韦太后感情颇深，我此行若是能将她带回，皇上不但不会对我起疑心，还会对我刮目相看，从此我便能平步青云，左右群僚，这于二皇子不也是美事一桩？"

斡离不点了点头，道："这件事，我不能答应你，但是我可以当作不知道。"秦桧连忙拱手道谢，却不知隔墙有耳，密林中有一名金兵早已将他们所有的对话听在耳里。

秦桧向斡离不告辞后，直奔宋俘营而去，远远便听到韦后吹箫的声音，箫声幽咽，韦后一定是想念自己的家乡和她的皇儿了。

袁和带着他进去拜见韦后，他发现韦后的侍女青丸已经有点呆呆傻傻，心里不禁一阵悲凉。

秦桧见到韦后，磕头跪拜道："启奏太后，罪臣秦桧前来请安！"

韦氏听到他的声音，放下乌箫，转过头来，道："秦大人，你千里迢迢赶来出使，应是有功才对，何罪之有啊？"

秦桧拱手长揖道："娘娘您在五国城受苦了，臣子没能鞍前马后服侍娘娘，这就是臣子之罪。"

韦氏笑道："秦大人真是能说会道，起来吧。"

秦桧起身道："这些日子，皇上在宫内没有一日不思念您，看着您的画像，整日愁眉不展。"

韦氏道："我也很想念他。不能回归宋土，我就无法安寝。"

秦桧向四处看了看，发现没有金兵，道："所以微臣今天来虽说是专程向太后辞行，同时也想问问太后是否有意与我等千里同行。"

韦氏听了，以为秦桧跟金人谈判成功，金太宗答应放徽、钦二宗还有自己回归南宋，便惊喜道："同行？我是日夜都盼着能有这个机会。"

秦桧答道："太后若有此意，下官一定妥为安排。"

韦氏一听便明白了，秦桧原来是想着把自己偷偷带走，顿感失望，道："但是，两位皇上都留在这里，老身能走得了吗？何况……太上皇病得那么重，我怕我还没走到山海关，他就进了鬼门关！"

秦桧劝道："太后，相信太上皇也会希望您以大局为重。"

韦氏默不作声。秦桧见韦后犹豫，道："太后，没关系，您慢慢考虑。秦桧明日傍晚起程，您若是不打算一起走的话，就写一封书信给康王，微臣带回宋朝。"说着便向韦后告辞。

韦后看着他离去的背影，心里一时难以平静，既想回到朝思暮想的南方，又不忍心抛下徽宗……

第二天，秦桧带领随从走出五国城准备出发，这时，一个金兵飞速跑上城楼，对守卫的士兵耳语了片刻。城头上的守兵向下看了秦桧一眼，叫道："秦大人，我们接到命令，今日所有的过往人员，行李都要仔细检查。"

秦桧坦然笑道："哦，没有问题，尽管查好了。"

几个守兵把秦桧的行李全都拿出来翻查，又进入他的马车查看，但什么都没发现。

同时，又有几名金兵来到韦后帐前，想要冲进去，却被袁和拦了下来。

袁和道："我家娘娘不方便会客，有什么事情让我转告吧……"那金兵不由分说一脚踹倒袁和，冲进去搜查，没找见韦后。

原来，昨天偷听斡离不和秦桧说话的士兵已经将他们的谈话告诉了粘罕，粘罕一听，本就对斡离不不满，现在他又打算私放韦后，于是吩咐手下一定不能让韦后逃走，否则谁放走便拿谁是问。

那几名金兵在韦后帐中没搜到人，眼睛一转，向牢中冲去。

宋徽宗正在墙上画画，金兵一把将徽宗提了出来，押往五国城的城门上。

已经乔装好的韦氏拿着秦桧替她准备的全套"路引"，正待检查，准备出城，这时只听见城门上的守兵向四下喊道："偷跑的宋俘听着，现在我们给你一个机会，如果你自己站出来，我们就既往不咎；如果一个时辰之内还没有人站出来，我们就把你们的太上皇斩首示众！"

宋徽宗听了，在凛凛寒风中，吓得瑟瑟发抖。韦后突然出现在守兵的视线内，叫道："各位找的可是哀家？"

秦桧在城门下看到韦后已经暴露行迹，跺脚叹了口气，只好沮丧地离开五国城，一路南下，很快就返回到临安城。

王氏见他回来，知道他有惊无险，便放下了一颗心，又看见家丁把一箱箱金银珠宝搬了进来，两眼放光地叫道："看来二皇子对你不薄啊！"

秦桧笑了笑，道："这钱可不是白拿的。"

王氏忙问道："怎么了？"

秦桧叹了口气道："二皇子让我想办法，务必要把四皇子从黄天荡救出来。"

王氏问道："你可有办法？"

秦桧摇了摇头，沉默不语，走到书桌前，把天下州府县图摊开，仔细研究，想找出一条可以救金兀术的出路。

王氏一边把玩着刚得到的金银玉器，一边絮絮叨叨道："听说建康失守之后，杜充投了金人，你在那儿有没有见过他？"

秦桧心不在焉地应道："见了。"

王氏问道：“他怎么样？有没有受重用？”

秦桧专心研究图纸，摇摇头，没吭声。王氏便自顾叹道：“唉，就算是有心投诚，毕竟也是汉人，汉人在那儿，都会被猜忌三分，要想受重用，我看是难！还不如咱们这样，两边不得罪，两头捞好处，随机应变，见机行事，官人，你说是吧？”

秦桧未搭理王氏，继续看着图纸，突然，他停了下来，只见图纸右下角写着“制图工：扁乙”字样，一拍脑袋，救皇子的办法，有了。

秦桧派人很快将这个名叫扁乙的河工抓了起来，原来这扁乙已经是个五十多岁的半大老头子。秦桧看着他不大相信道：“这图纸是你画的？”

那扁乙看了看秦桧手中的州府县图，道：“是的。”

秦桧笑了笑，道：“这么说，黄天荡的地形你最熟了，你一定有脱困之计，可以帮助金国四皇子冲杀出来。”

扁乙早有耳闻，这秦桧是金国奸细，没想到他找到自己果然是为了金国的皇子，于是朝地上唾了一口，道：“我不会替金人办事的。”

秦桧淡淡一笑，拿出两个金元宝摆在他面前，道：“你家儿子病得那么重，你总不想白发人送黑发人吧？”

扁乙一惊，知道他们不仅抓了自己，还抓了自己的儿子，便叫道：“我儿子在哪儿？你把他怎么了？”

秦桧冷冷一笑，道：“他在我这儿，我想请最好的御医替他治病。”

扁乙哀求道：“你！秦大人，你到底想怎样？”

秦桧再次笑了笑，道：“你自己选吧。”

扁乙犹豫片刻，怒视着秦桧，默默地把钱收下了。秦桧嘴角露出一抹得意的笑容。

宋高宗整天在海上漂荡，一日难挨一日，整日里不是叹气就是打骂。这天，赵鼎突然带着岳飞麾下的张宪驱船前来参见。

原来，岳飞已经收复建康等地，他们派张宪到海上来接宋高宗回陆地，返皇宫。

赵构听到这个消息，惨白的脸上忽然有了光，叫道："此话当真？"

张宪跪拜道："小将乃是奉了岳将军之命，特地前来保护皇上启驾上岸！"

赵构拍手叫道："赵鼎，快点传朕的命令，扬帆！朕要启驾回岸了！"

赵鼎即刻领旨，命令所有船只跟随高宗回岸返航，一路风驰电掣，不几日就踏进了自己的行宫。

他贪婪地看着行宫的雕梁画栋，激动地道："还是回来地好！回来地好！又上山又下海的，谁能顶得住……"

赵鼎在一旁安慰道："皇上不能这么说，这都是皇上洪福齐天，保佑韩世忠一战成功，在黄天荡困住了金国四皇子。"

姚公公道："这就对了！这就对了！右相说的与秦台长说的一模一样，此时此刻宜攻不宜守，攻则胜，守则一无所得！"

赵构一听，直纳闷道："秦台长？哪个秦台长啊？"

姚公公答道："御史台台长秦长脚啊！"

赵构迟疑道："秦桧？"

姚公公忙道："正是！正是！"

赵构抬头问道："他回来了？"

姚公公一边伺候着宋高宗用茶，一边道："他听说皇上这两天就会回来，白天晚上跪在后门，候旨见驾。"

赵构看了看手边韦后的画像，道："找他来！找他来！朕要见见他。"

赵鼎已对秦桧多有不满，这次秦桧更是耍了个狡猾，在皇上逃窜至海上的时候，他却北使金国，忙劝阻道："皇上歇驾要紧，此人见不见都无所谓！"

姚公公急忙插嘴道："秦桧表示有密折奏闻，嗯，八成是发生什么大事了。"

原来，秦桧听说岳飞派人要将宋高宗迎回临安，早就买通了姚公公，只要皇上一回到皇宫，便多替自己传布消息。

赵构听到，更是迫不及待："快传！快传！"向赵鼎等官员道，"这些日子你们也都累了，回避吧，回避吧！"其余大臣听闻，马上退了下

去，赵鼎却拱手长揖道：“容臣伺候陛下。”

宋高宗无奈，只好让他留下。

姚公公很快便将秦桧引了进来。

秦桧看到赵构，走上前，扑通一声双膝跪地，号啕大哭道：“臣秦桧参见陛下！您总算回来了！这真是祖上积德啊！”一边说着一边叩头如捣蒜，“陛下一路奔波，臣不能在身边照顾，臣罪该万死！”

赵鼎在旁边简直看傻了眼，这个秦桧真是会演！

只听赵构道：“你去了那么久，朕还以为你已经遭难了呢。”

秦桧奉承道：“托皇上洪福，虽然一路凶险，但还能活着回来见皇上，实属万幸！”

赵构看着秦桧，不阴不阳地笑道：“朕在海上受苦的时候，不见你人影，现在形势初定，你倒回来了，你真会选时机！”

秦桧磕头道：“臣听说皇上这两天就会回来，白天晚上跪在后门，候旨见驾，有要事禀报。”

赵鼎连忙阻止道：“中丞大人，皇上远程回宫，饥疲不堪，有什么事明儿朝上奏闻吧！”

秦桧忙道：“皇上，此事万分紧急，拖延不得啊！”

赵构看了看秦桧，没作声。赵鼎趁机质问秦桧：“秦大人，之前几位宋臣与大人一同去了五国城，何以回乡之人都不见上朝奏事，只有你来了？”

秦桧想了想，狡辩道：“这个……他们几位……言行不检，为金人所恶，有的下了牢，有的丢了脑袋。”

赵鼎冷笑道：“他等为金人所恶，也就是说大人是为金人所重喽？”

秦桧哼了一声，笑道：“这么说下官倒也承当不起，三寸之舌，周旋得宜而已。”

赵鼎紧追不舍，不依不饶道：“大人指的是随机应变、望风转舵吗？”

秦桧道：“乱世之中保身立命各有所能！”

赵鼎不禁大笑一声，道：“大人之能非比寻常，竟然保身立命，穿过层层战线，毫发无损地回临安！”

秦桧被说得一时窘迫，看着赵构，阿谀奉承道："这个……赵大人，下官能回来，都是仰仗皇上洪福齐天。"

赵构在一旁看到差不多了，便发话道："好了，好了，不要吵了，秦卿此去北金，虽说无功而返，但也无过，既然他能与金人周旋得宜，那日后与金人交涉，仰仗之处亦多。秦桧，你有什么要事奏闻，说吧。"

秦桧忙禀报道："禀陛下，臣从北边回来，途中听说曹成的余留部队要进临安抢皇宫，所以臣不敢稍息，日夜在此等候皇上。"

赵构一听，吓了一跳，道："什么？！这些乱臣贼子，趁火打劫，岂有此理！"

赵鼎岂知这正是秦桧的调虎离山之计？向赵构进谏道："陛下，此事是该早作打算啊！"

秦桧道："为今之计来得最快的便是岳家军了，请陛下即刻调遣岳飞来此一战。"

赵鼎在一旁道："可岳家军此时正在黄天荡围困金兀术，不能调离啊！"

秦桧道："黄天荡与临安孰重孰轻，况且黄天荡的战况已定，金兀术必定跑不了，而眼前曹成余部都快冲进临安了，赵大人可别糊涂啊！"

赵构早就被吓得一塌糊涂，听秦桧如此说，忙道："说得对，找岳飞来，快去找岳飞来保护临安！"

秦桧马上领旨，加紧去办。

秦桧从皇宫出来，一身轻松，金兀术的一大障碍清除了，只等下一步如何帮他摆脱韩世忠就是了。这时，一名家将匆匆走到他面前，禀报道："大人，扁乙那老头儿已经送去黄天荡了。"秦桧叫了声好，心里一块石头落地，知道自己营救金兀术这件事已经成了。

那韩世忠自从金兀术邀请自己会谈之后，感觉胜券在握，不再将金兀术放在眼里。这天傍晚，他又邀请傅庆、杨再兴二人上船庆祝，并亲自犒劳自己的将士。

只见韩世忠举着酒杯向众人大声笑道："干杯！哦，众位兄弟等等，

我今天有个提议，别光咱们兄弟自己喝，也得请金兀术喝一杯啊，但咱们请他喝的不是酒，而是这长江里的黄泥汤！”

梁红玉在旁边笑道：“瞧你得意的！”看着众将士笑着道，“我敲了四十几天鼓，膀子都敲麻了！他喝了几十天酒，舌头也喝麻了！”众人听过，引起一阵哄笑。

韩世忠也笑道：“我们在这儿好好喝酒，等到那金兀术耐不住了，我们就将其生擒，然后泡酒送给岳飞兄弟，也让他好好喝喝，看他还下不下这个禁酒令。”

杨再兴道：“其实大哥只是怕我们喝酒误事。”

傅庆一边喝酒一边道：“对！他私下对我说，一旦直捣金国黄龙，他要跟大伙喝个三天三夜，人事不知！”

韩世忠豪迈道：“这一天不远了！”

傅庆嚷道：“韩将军，要不一会儿我傅庆和杨矛子摸到对面去把金兀术捆了，放进酒缸里泡着，等大哥回来，不但把他醉倒，就连他的大白亦一样四脚朝天啊！嘿嘿……”众人又是一阵哄笑，好像金兀术已是瓮中之鳖。

但韩世忠他们全然不知，金兀术已经抓到了一根救命稻草。

众人整日在大舰上谈笑饮酒，梁红玉却觉得有什么不对劲，但总说不上来，便担心道：“依奴家愚见，这金兀术在里面困了这么多天，不会有什么变故吧？”

韩世忠不以为然道：“妇人之见，孙猴子进了五指山，还能跳出如来佛的手掌心？”

傅庆在旁边道：“嫂夫人多虑了。”

杨再兴也劝着大家喝酒，傅庆想要起身向梁红玉敬酒，却一个脚跟没站稳，摔倒在地，引起众人一阵大笑。

梁红玉笑道：“哎哟，这傅兄弟真是喝多了，别误了正事，我命人扶你回去休息。”

傅庆道：“有韩将军和众兄弟在此，误不了事，我是越喝越精神。来，韩将军，韩夫人，我敬你们一杯！”

杨再兴也劝梁红玉放心，道："嫂夫人放心，一会儿有我陪他回营。"梁红玉看着二人，无奈地摇了摇头。

金兀术自从被韩世忠围困在江面上之后，加上自己的爱妃因水上颠簸身体不适，焦躁不安，这晚又拿部下出气，这时，一名士兵进来禀报，有一位宋人前来求见，说是可以一解黄天荡之围。金兀术立即命令将这宋人带进来。

宋人被带进来，正是老河工扁乙。金兀术看着眼前的小老头儿，恨恨道："你说你能解我金兀术的黄天荡之困？"

扁乙闪着狡黠的小眼睛道："对，小人扁乙正是秦大人请来助皇子的。"

金兀术问道："秦大人？哪个秦大人？"

扁乙道："秦桧大人，是他请小的来救你的命。"

哈迷蚩听了一怔，没想到这秦桧竟然敢公然背叛自己的朝廷，问道："你有什么良策可让我们脱困？"

扁乙笑道："江水高涨，盘踞不走，而岳家军在四周围堵，如果没有一条妙计，四皇子此次很难全身而退，实际上只需要购买我扁乙的铁镐铁铲便可脱困。"

金兀术一听，压抑住怒火，笑道："铁镐铁铲，你当我们是种地的，买这些玩意儿作何用？"

扁乙冷笑道："一时间你若筹不到三千支铁镐铁铲，谅你插翅也走不了！"

哈迷蚩见他说得郑重，道："如果你能帮皇子脱困，这银子你尽管说。"扁乙得意地笑了笑，说没问题。

扁乙打开长江水势图向金兀术他们讲解道："喏！此一处是黄天荡，此一处是贵军船队，贵军靠北岸，北岸是韩世忠的主力，你已经试航，过不去；靠南岸呢？更过不去！岳飞的四个军分段把守，弓强炮远的，想上岸，难如上青天！"

金兀术聚精会神地聆听着。扁乙看了看他，谄媚道："但四皇子有帝王之命，不该涨水的时候猛个涨了，若是你能派出三千名会水的潜到镇江西面的芦场地，把老鹳口凿成二十五里大渠，接通长江口，你的船便能往外溜，明儿一早，整个黄天荡便不见你大金一船一帆，一人一马！”

哈迷蚩点点头，但怕扁乙使诈，道：“但有一样我想不明白，你扁乙先生是南宋著名河工，何以甘心为大金献策突围？难道真是为了卖那三千支铁镐与铁铲吗？”

扁乙笑了笑，道：“老夫知道贵方会有这等顾虑，我扁乙在河口陪同金将士兵一同发放铁镐铁铲，若有不实之情，任凭贵方随地格杀，船队尽速退回黄天荡便是！”

金兀术听完，立马派兵士三千由夏金乌带领，跟着扁乙去镇江芦苇荡凿槽。

他们正在凿槽的时候，发现有两只船驶了过来。只见宋军的傅庆和杨再兴站在船头，那傅庆显然已经喝高了，手舞足蹈。夏金乌看到他们，目露凶光，已有杀意，悄悄地向手下招了招手。

夜色中，傅庆忽然觉得降龙湾有些异常，他示意杨再兴仔细看看。杨再兴定睛一看，发现果然有情况。只听傅庆轻声向他道：“有埋伏，你先走，去韩将军那儿请兵。”

杨再兴问道：“你呢？”

傅庆豪迈道：“我去会会他们！”杨再兴点头，掉头离开。

傅庆站在船上，静静等待，突然发觉有人在水底凿船，便拿起长矛左右乱扎乱刺。那些偷袭的金兵纷纷中枪，口吐鲜血但依然不放弃凿船，傅庆举起长矛一面刺一面骂。

水底突然伸出三尺铁钩，将傅庆身旁的一个水手钩落水中，直接刀杀，另两名士兵见状投水逃生，却被金兵砍个正着，死不瞑目。

傅庆杀得兴起，一会儿蹲刺，一会儿卧刺，一会儿左右连环刺，水底不断浮上血尸，但是金兵也越聚越多。

突然，水中冒出一对左右双钩狠狠钩住了傅庆的双腿，傅庆一个站立不稳，一支长矛由背后刺入，由胸前刺出，可怜傅庆一条好汉，终于仆江而死。

那杨再兴一路急划，终于靠到韩世忠大舰上，冲进船舱，叫道：“我们在回去的路上遇到了敌人的埋伏，请将军立即派兵支援！”

韩世忠大吃一惊，瞠目结舌。

而金兀术早已命令自己水师的大小船只向老鹳口驶去。

在船舱内，他正抱着翎妃安慰道：“翎儿，本王说过会带你离开，就一定会带你离开，等我们回到了大金，我们还会有孩子，到时候孩子们会围着我们转，你可以教女孩儿唱歌跳舞，我就教男孩儿骑马射箭……”

翎妃听了，眼中不禁泪珠滚落，她刚失去了肚中自己和金兀术的孩子……

金兀术全然不知，只顾下令拼命逃窜，虽然急急如丧家之犬，但不多时，大军就悄悄撤出了黄天荡。

他一刻也不敢停留，连夜过江往北逃去了。

而原本在江边准备伏击的岳家军，却被秦桧撺掇赵构下令返回临安剿匪去了。可怜韩世忠苦心多日的战果，在顷刻间就化为乌有。

此役中，傅庆奉岳飞之命，在江边留守，却突然遭遇逃窜的金军，寡不敌众之下终于壮烈殉国，岳飞痛失膀臂。

而那扁乙，在帮金军逃脱以后，满心以为可以跟家人团聚，没想到刚回秦府就被灭了口。如此滔天罪恶，从此便死无对证，再无人知道了。

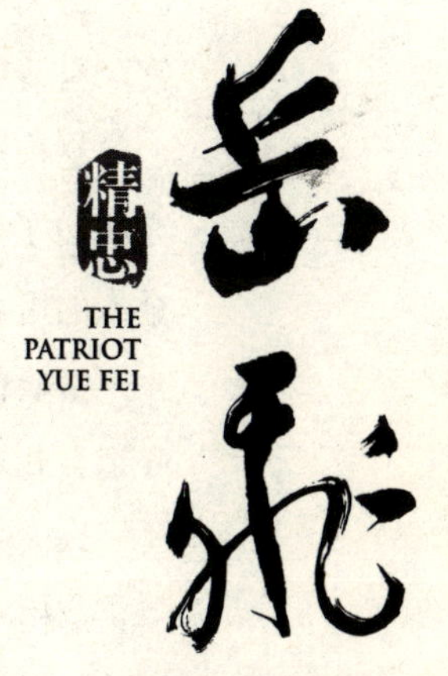

第四十五章

蒙厚赏群臣对机

自从金兀术逃脱黄天荡，一路退回北方，这赵构才睡了个安稳觉。这天，他宣旨请岳飞和韩世忠觐见，等岳飞赶到皇宫大内时，发现韩世忠已经先来了一步。

岳飞见到赵构，叩首道：“末将岳飞见过圣上！”

赵构忙道：“免礼！韩将军和岳将军黄天荡这一仗真是打得风光！”

秦桧在旁附和道：“正是！一个带头，一个收尾，老干新枝，相依相靠，如此才能把金兀术困在大江之中四十八天，他们这等的老少配，才是朝廷之幸，皇上之福啊！”

韩世忠叹了口气，羞愧道：“黄天荡一役，徒具声势，未收实效。”

岳飞也谢罪道：“北金船队借江水之涨，暗中逃脱，末将等此番进宫，自请惩处！”

赵构挥了挥手，开朗道：“金人经此一役，三魂丢了两魄，他们心里亦明白了搜山检海是行不通的，大宋猛将如云，势不可侵！秦卿！你清楚金人的用心，你看他还会再回头吗？”

秦桧低着头，吞吞吐吐道：“皇上，依微臣愚见，黄天荡之役并没有吓退金兀术，相反，若他再来，必定更为石破天惊。”

众人听了都知道秦桧分析得不错，便各自保持沉默。

赵构一听，气馁道：“国难家仇，无可奈何，也只有尽人力而听天命了。”

这时，只听见御花园那边出来一阵阵马嘶声，岳飞听到颇为惊诧。赵构见他们好奇，便道：“朕生来爱马，所好之马，既非泥马，亦非天马，而是疾走如电的战马，所以园子里备有上品马匹，韩将军与岳将军如若有意，不妨去选一匹充为坐骑。”说着便带他们来到御花园。

御花园中拴着三匹高大马匹，果然是马中极品。

赵构让韩世忠和岳飞各挑一匹，岳飞拒绝道：“谢皇上厚赐，目前末将胯下一马，南征北战辗转多年，情同手足，几次危难之中，此马舍身相扑，可谓是一匹不世出之奇驹！末将每在坐骑之上取敌性命，此马当居首功，末将属下称之为大耳白龙驹，臣臣凡有抑郁之情便与它说三道四闲话家常。”

赵构听过，觉得有趣，大笑道：“有趣！有趣！什么时候牵它入宫，让朕试一试。”话音未落，只见那三马齐鸣，似乎在抗议什么。

岳飞笑道：“看来尊驾之前还容不得此一白龙驹。”

韩世忠也附和道：“木秀于林风必摧之，才高于众众必毁之，想不到人是如此，畜生也是如此。”

秦桧却向赵构谄媚道：“岳统制饲马有方，这说明了一个现象，朝廷用人，贵精不贵多，匹马健行千里，一夫足以当关，只要皇上选将得宜，自可高枕无忧，金人何足道哉？”

赵构听过，龙颜大悦，吩咐道：“好！好！秦大人，御园设宴，今儿先治酒再治国！”

很快便准备好了御品盛宴，宋高宗也宣旨让一些文武重臣共享此宴。

只见宫女舞娘婆娑弄姿，赵构兴高采烈，频频举杯。岳飞面对满桌佳肴心生感触，真是战士军前半死生，美人帐下犹歌舞，心中伤痛，频频举杯却不饮。

秦桧看到，向他劝道：“岳统制，放量喝！能喝多少便喝多少，在这儿饮酒，就无须被皇上统制了。”

赵构喝得已有些醉眼迷蒙，也眯缝着眼看着岳飞道：“喝！喝！不受统制！不受统制！”

岳飞起身拱手道：“回皇上，臣不能喝酒。”

赵构惊讶道：“哦？爱卿，朕一向听说你好酒，如此陈年好酒，你为何不喝？”

岳飞道：“臣曾喝酒误事，从那以后，便立志戒酒。”

赵构道：“戒酒是好事，光复大业，朕还要仰仗你呢，从今天开始，朕陪你一同戒酒，等到驱除金寇，光复中原之后，咱们再一起开怀畅饮！”说着吩咐姚公公将酒撤了下去。

岳飞看到此情形，激动道：“承蒙皇上看重，他日臣一定直捣金人老巢，与皇上痛饮黄龙府！”

赵构笑了笑，关切道：“朕还听说爱卿犯了眼疾，可有此事？”

岳飞道：“末将好流汗，双目久经汗浸痈肿成炎，这几日正在敷药治眼。”

秦桧听过，却流里流气道：“依臣看，岳统制是壮年之躯火气攻心，若一夜而三女，眼肿必消，火气必除，你照秦某这个秘方试试，试试！”

赵构听过，觉得有趣，便向岳飞道：“营中无三女，不如就地选三女，伺奉你这壮年之躯吧！”秦桧带头鼓掌，岳飞却脸红脖子粗，不敢抬头。

秦桧谄媚道：“如此一来，便请皇上做大媒了！”

赵构拍手道：“做大媒好！不过，朕听说岳飞酒后能诗，文气冲天，比五尺长箭还要冲得快，冲得高，今儿朕在做媒之前，先要岳飞作诗，诗作得好，媒亦做得好！”众人一阵哄闹。

岳飞连忙拱手长揖道：“启奏皇上，末将初识翰墨，不登大雅，涂鸦之作，谨呈御览，三女之媒，决不可行！皇上龙恩，长跪求赦！”说着便要跪拜行礼。

赵构连忙阻拦他道：“好，饶了你！饶了你！日后有合意的，朕一定要讨这杯喜酒！”随后向旁边的太监道，“笔墨伺候！”

太监很快将文房四宝呈了上来。岳飞拿起笔，思考了一会儿，临纸一挥而就。

秦桧见他写好，取过诗篇在手，拉腔吟唱道：“敕报游西内，春光霭上林。花围千朵锦，柳捻万株金。燕绕龙旗舞，莺随凤辇吟。君王多雨露，化育一人心。”

赵鼎听过，赞叹道：“岳统制不愧文武双全啊！如要挑剔的话，不妨把‘化育一人心’改为‘化育众人心’。”

赵构拍手叫好，道：“改得好！君王雨露，化育众人，岂不是皇恩满天下，仁德布四方？”

岳飞听过，却不吭声。韩世忠见状，替他说话道：“改得虽好，但不是岳老弟的原意，下官想问问这化育一人心，指的是哪个人？哪颗心？”

赵鼎听后，开玩笑道：“有意思！有意思！大统制不会是想你一个人雨露独沾，集皇室化育于一身吧？”

赵构见岳飞仍不作声，便转向秦桧问道：“秦卿，你怎么解？”

秦桧思考了一会儿，缓缓道：“在座诸位都是皇上的股肱之臣，只有兄弟我一人随二圣在冰天雪地水深火热之中苦撑多年，如今有幸还朝，简从君侧，但诸位看来看去仍把在下看成了雨露不沾化外之人，与诸位是两回事。”众人看着秦桧，心中佩服他脸皮可真厚，连岳飞写的诗他都拿来为自己开解。

只听他继续说道：“今日岳飞写的这首诗，与其说是‘燕绕龙旗舞，莺随凤辇吟，君王多雨露，化育一人心’，不如说是‘秦绕龙旗舞，桧随凤辇吟，君王多雨露，化育秦桧心’！”说着哈哈大笑，“秦桧有幸得到皇上赏识，若有忠心正念，生为宋人，死为宋鬼，则社稷平安龙脉昌盛；秦桧若变成了二心邪念，生为宋人，却死为金鬼，则行见兵荒马乱国破家亡！岳兄弟这首诗有先见之明与观察之微，是在点醒我秦桧呀！昔有董狐笔，今有岳飞诗，千古论化育，谁识愁滋味？岳统制，我说得对是不对？”

大家听到他如此牵强地解读岳飞的诗，无不笑出声来，只有岳飞苦笑着，笑不出来，觉得自己受到了莫大的侮辱。

金兀术吃了一场败仗回国后，宋金暂时相安无事。

但是岳家军却并未松懈，自绍兴元年至绍兴四年，岳家军东西奔波，南北转战，人不暇歇，马不停蹄，与遍布南宋之“土寇”“流寇”周旋，岳家军以菩萨心肠霹雳手段，使得南方大致平定，而此时的秦桧也因出使金国所立大功而升任宰职。

这天，岳飞带领浩浩荡荡的岳家军押着一众匪寇，来到了自己的军营大门前，负责守营的王贵带领众人出营门迎接。就在岳飞快要来到营门

时，只见一个小将突然飞身而起，偷袭岳飞。岳飞面不改色，不退不动，只伸出手，一招就把对方拿下，扭着来人的手腕，把他制住了。

只听那小将一声惨叫："哎哟，爹！是我！我是云儿。"

岳飞一看是岳云，笑道："小子，个儿长了，心眼儿长了，就是功夫没长。"

原来岳云好久没见爹爹，于是告辞岳母、李孝娥，来到军营看望爹爹，正好碰见爹爹出营归来，于是便想试探爹爹一番。

众人看到岳云，于是簇拥着他们父子一起进入大营。

岳飞等众人在帐内坐定后，问道："这段日子来，我不在军中，军中一切可好？"

王贵答道："太平得很，倒是来了不少投军的百姓。"

岳飞一听，便十分高兴地向王贵道："那就好。这次剿匪，抓回数千俘虏，你就先行押解，等待皇上的命令，再作处置。"王贵点头称是，又高兴道："今天真是令人心情畅快，咱们兄弟个个都升官了！"众人莫不高兴，随声附和。

岳飞却道："蜂蚁之群，岂足为功？如今内寇已除，指期北向，他日扫清胡虏，复归故国，迎两宫还朝，才是我等把酒庆贺之时。"

张宪在旁边说道："话虽如此，大哥你三十二岁建节，自古少有，咱们兄弟见到了你成就这番功业，也是难得的造化。"

杨再兴点头道："谁说不是呢。"

王贵赞叹道："大哥，当初跟着你在真定军拼命，可没想到有这一天。"

牛皋嚷道："我说句大实话啊，在咱们大宋将领中，有像大哥这么年轻就当节度使的吗？"

岳飞听后，也有些忘乎所以，道："我在皇陵的时候，看着太祖的陵寝就想，当年太祖皇帝是三十多岁当上节度使的，我呢？"说着，得意地看看大家，"今天，三十建节我也做到啦……"众人听后纷纷向他恭贺。

王贵一听大惊，赶紧拉了拉岳飞衣袖，示意他不要说下去了。岳飞看了王贵一眼，也自知失言，便赶紧打住不再多说。

第四十六章

图复仇兀术南下

岳云逐渐长大了，他立志也要像自己的爹爹一样，成为一个人人传颂的飞将军。这天，他和娟儿从郊外往回走着，突然看到一群匪寇俘虏从军营里逃出，于是上前阻拦他们。

匪寇见是一个半大小子，不由分说便与他打起来，没想到自己根本不是眼前这小子的对手，不出几个回合便败下来。

匪寇一着急，便抓过旁边的娟儿为人质，娟儿吓得直叫岳云。

岳云急得一筹莫展，叫道："放开她！放了她怎么都好说！"

匪寇一边退一边威胁道："你别过来，你过来我就杀了他。"

岳云道："你放了她，放了她我就让你走！"

就在此时，杨再兴骑马带兵追了上来，他远远看见一个匪徒押着娟儿，便拉弓上箭，一箭射在那个匪徒的腿上。

几个囚犯一看是杨再兴，立即跪倒求饶，道："杨将军饶命！"

杨再兴喝道："好大的胆子，竟敢逃出营来，还拿娟儿充当人质，真是活得不耐烦了！不管有什么理由，回去再说！"说着命令手下士兵将这几个匪寇押了回去，又转头夸奖岳云，"小云子，你立了一大功！"

岳云昂首挺胸道："这算什么，上战场才叫立功呢！"

杨再兴道："有志气！"说着策马而去。

岳云看了看惊魂未定的娟儿，得意地笑了笑……

娟儿恢复平静之后，才和岳云重新上路，往桃溪园赶，但天公不作美，突然下起雨来。

岳云看到前面有一间废弃的房子，便拉着娟儿到里面躲雨。

岳云发现娟儿半天不说话，只见她看着外头的大雨，神情忧伤，岳云便问她道："在想什么？"

娟儿伤心道："淮河决堤的那一日，天色也是这样，阴沉得很。"

岳云吃惊问道："淮河决堤？你不是宜兴人？"

娟儿点了点头，道："嗯，我的家乡就在淮河边上。我这辈子都忘不了，那天，先是天色突变，大地震动，然后滚滚的淮河水就冲进村里……"她看着外边的雨，好像看着当年那一幕，"我的家人都被水淹死，只有我一个人侥幸活了下来，我一路乞讨，来到宜兴，差点饿死在路边，幸被张员外收留。"

岳云怜爱地看着娟儿，道："明天这个时候，你再到这里来。"

娟儿问道："干什么？"岳云笑了笑，说道反正明天你就知道了。娟儿看着岳云故作神秘的样子，不禁笑了起来，似乎忘记了自己的伤心往事。

杨再兴回去后便押着那些流寇至军营交由王贵处理。那些匪寇一见王贵，便连喊饶命，王贵无动于衷，吩咐手下先杖责八十，再将他们押入死牢。

杨再兴一听，心里不是滋味，自己曾经也当过匪寇，知道他们有时也是走投无路，便向王贵道："且慢！王贵，他们是迫不得已才逃命的，可否网开一面？"

王贵正色道："我是秉公办事，杨将军又为何为他们求情？"杨再兴想再说什么，王贵已经转身离开了。

杨再兴无奈，只好走出来，迎头便看见张宪，赶紧上前问张宪："听说皇上下旨要杀俘虏，可有此事？"

张宪点了点头，纳闷杨再兴怎么这么关心这些匪寇。只听杨再兴道："我也曾经落草为寇，知道他们的难处，既然大哥可以给我一个机会，对他们，为什么不网开一面？"

张宪这才恍然大悟，心里对杨再兴有些钦佩，原来他也要度己度人，便点头道："这事我做不了主，这样吧，我们去找岳大哥谈谈。"

两人立刻飞马赶往岳飞营帐。杨再兴刚一进门，便着急道："大哥，我有一事向大哥请求，现在朝廷可有下令把匪寇全部处死？"

岳飞听过，沉吟道："此事皇上也很重视，还在斟酌。"

杨再兴拱手道："匪寇虽然凶顽，但本是百姓，他们走投无路才落草为寇，大哥能否网开一面，不要治他们的死罪？"

岳飞立马明白了杨再兴的意思，道："你是要我上书为他们求情？"

张宪替杨再兴道："这些匪寇，毕竟不同金人，仍是我们大宋子民，更何况他们已经投降，不如给他们一个机会，为国尽忠。"

岳飞听了，点了点头，道："好，我一定会向朝廷上书呈情。"

杨再兴看到岳飞答应了，激动得扑通一声跪了下来，连连道谢。

翌日清晨，岳飞披挂整齐前去军营，刚一出门，就看到岳云急急忙忙地从远处跑过，便狐疑地喊住，问他做什么。

岳云目光闪烁，支支吾吾说自己要去练功。

岳飞知他又要偷懒，便一路带着他到营地里练功。

其实，岳云是偷偷去跟娟儿见面的，不想被岳飞逮个正着，尽管很焦急，但是也不敢怠慢，只能三心二意地打着拳。

岳飞看到，忍不住骂道："再不好好练，我就打你一百军棍！"

王贵他们在一旁看到，情不自禁地乐了。

岳云好不容易挨到训练结束，便直奔街上，买到头一天娟儿流连好几次的那个簪子，撒腿就往破屋子跑去。等他赶到时，发现约定的地点已经没有了娟儿的身影，不禁一阵失望。他不知道娟儿会对自己怎么想，不讲信用，还是恶作剧？以至于好几天都不敢见娟儿。

这天，牛皋和王贵来到街上办事，到了饭点儿的时候，王贵因为想吃桂花猪手，便拉牛皋去丹桂坊吃饭，牛皋却扭扭捏捏不想前去。

两人来到丹桂坊门口，见门口那棵桂树依然枝繁叶茂，显然桂娘还云英未嫁。原来，桂娘发过誓，若要自己嫁人，除非门前这棵树不开花不结果，枯死。

牛皋鬼鬼祟祟地走进丹桂坊，目不斜视，悄悄地溜到一张桌子旁坐下。店小二上前问道：“两位客官要点儿什么？”

王贵道：“来半斤肉，再来一盘东坡肉。”

牛皋用衣袖遮住自己的脸，道：“再来两斤白饭，饭里头淋上点儿肉汤。”

王贵觉得奇怪，一向能吃能喝的他怎么点得如此简单，看到他躲躲闪闪，才记起他和桂娘的事，一抬头发现桂娘就在牛皋身后，笑了笑却不提醒牛皋。

只听牛皋嘟嘟囔囔道：“你知道那桂娘可不是好惹的，上次……”

桂娘突然道：“有些人那是吃过了猪手就忘了猪手的味道！”

牛皋听到，吓得直接跳起来，红着脸道：“我……我是……”

桂娘一边将菜放下一边道：“我什么我！我看这猪手还是让王将军吃吧。”

王贵笑道：“给我吃，哎，我可真吃了。”说着伸手就要去拿猪手。牛皋突然把他的手打开，道：“你不能吃！”惹得桂娘好不得意。王贵大笑。

此时，只见一个打扮夸张的媒婆走了进来，一把拖住桂娘拉到一边道：“桂娘！桂娘！有喜事啊！桂娘啊，功夫不负有心人，这回可让我找着户好人家了，村东头儿杨家的公子，年纪比你大三岁，家里头就他这一个儿子，要人有人，是要才有才啊。”

桂娘看到牛皋停下手中的筷子，听他们说话，故意提高声音道：“是吗？那他这个岁数了，怎么还没有成亲？”媒婆见桂娘都不嫌害臊，自己也不必小声说话，大声道：“这个嘛，前头的大太太已经走啦，他打算续弦。”

桂娘道：“他有几个太太？”

“一妻一妾。我问了，你要是愿意呢，可以做正房。”

桂娘用眼角扫着牛皋，道：“好好好，我会好好考虑的。”

媒婆急道：“还考虑什么！哎哟，我跟你说，现如今这黄花大闺女都

排队等着上他们家呢，你都已经——挑了这么久了，可不能再耽误了。人家杨公子家里头有良田百亩，自己又是个秀才，这样的条件，打着灯笼都没处找呢……”媒婆正想再说，牛皋突然冲过去大声道：“你怎么说话呢！这种事情要两厢情愿，没见过你这么硬来的！”

媒婆见半路上杀出个程咬金，也不知是什么人，恼怒道：“哎，你是什么人啊？什么时候轮到你说话了！”

桂娘看着牛皋激动的样子，暗暗窃喜，连忙将媒婆送出门，悄悄塞了些银子给她。

王贵见状，对牛皋笑道：“兄弟，我看这下你麻烦大了，别说我没义气啊，兄弟我先走一步。”说着就离开了。

桂娘送走媒婆，回来看着牛皋，故意生气道：“好好的一门亲事，就这样叫你给搅了，你要负责！”

牛皋看着她，紧张得不知怎么说话，道：“姑娘……”

桂娘道：“你叫我什么？”

牛皋抓耳挠腮道：“桂、桂娘。我上次已经说了，我一介武夫，不值得你托付一生。”

桂娘道：“我不在乎，我已经认定你了，你要是再多话，我就嫁那个杨公子去！人家还让我做正房呢！你可愿意？”

牛皋吞吞吐吐道：“不愿意……我当然不愿意了！”

“那你到底怎么说？”

牛皋犹豫了片刻，红着脸道：“怎么说，反正都听你的呗！”

桂娘一听，顿时心花怒放，第二天便拿着斧子要砍丹桂坊的桂花树。

镇上的人都围着看热闹，议论纷纷，一个人问道：“哎哟，这都得好几十年的树了吧，桂娘找到人家了？”

桂娘不理睬他们，心里乐滋滋的。另一个人怪笑道：“不太可能吧，桂娘，你原来不是打算做尼姑的吗？现在怎么把桂花树砍了？”

正在这时，一双大手接过桂娘手中的斧子。众人一看，原来是牛皋，大家马上明白了怎么回事，纷纷上前向他们俩道贺恭喜。

牛皋帮桂娘把桂花树砍完后直接到桃溪园找岳飞，想向岳飞提出申请，但他见了岳飞却涨红了脸，憋了半天说不出话来。

岳飞见他吞吞吐吐的，问道："是不是又犯什么军纪了，前来检讨？"

牛皋摇摇头道："我刚才去丹桂坊了，把门前那颗桂树给砍了。"

岳飞没反应过来，道："嗯，砍了？那赔人家！"

牛皋抓耳挠腮，不知怎么说。

一旁的李孝娥听到，笑了起来，道："牛皋的意思是他要取桂娘，特来向你提出申请。"

岳飞恍然大悟，笑道："这可是大喜事啊！看你吞吞吐吐的！"牛皋脸红耳臊，知道大哥已经同意了，心里别提有多高兴了。

没几日，丹桂坊大红灯笼高高挂，牛皋和桂娘一身红衣，拜过天地，便成了一对新人。邻里乡亲纷纷前来道贺，牛皋和桂娘一起向前来贺喜的宾客朋友敬酒。

岳飞端着酒杯向桂娘道："牛霸是个粗人，往后辛苦弟妹费心了！"

桂娘笑道："大哥放心！"

王贵在一旁打趣道："那天来吃饭的时候我就看出问题了，说实话，你们是不是早就好上了？"

桂娘和牛皋一个说道是啊，一个说道哪有。桂娘坦然承认，牛皋却脸红狡辩，大家见状便起哄。桂娘解释道："我们俩吧，不打不相识，是在酒桌上比试过的。"

店小二在一旁插嘴道："你们不知道吧？我们老板娘的酒量，全县第一啊！"

杨再兴笑道："这个我们可是见识过的，那今天这大喜的日子，嫂子一定赏脸跟我们喝几杯了！"

牛皋忙劝道："你们还是别让她喝了，真要让她喝开了，你们今天全都要倒在这里。"结果他这么一说，大家还非要跟桂娘喝。桂娘一撸袖子，说喝就喝，和大家打起庄来。

金兀术因为黄天荡之失，让金太宗大失所望，震怒之下十几天不理朝政，不见群臣。

这天，金兀术、粘罕、斡离不等金国文武大臣照例来面见金太宗，金太宗依然没有出现。

粘罕不满道：“皇上怎么了？让咱们站这儿老半天！”

斡离不看了他一眼，不阴不阳地笑道：“等一等吧，别人能等，就你粘罕不能等？”

粘罕怒道：“你什么意思？”

金兀术急忙劝道：“好了，好了，你们不要吵了。”此时，文弱的完颜亶和全副武装的御前侍卫首领乌棱思谋从后帐走了过来。完颜亶向大家说道：“皇上身体不适，今日不见诸位了，大家请回吧！”

原来，这完颜亶正是女真前太祖皇上的长孙，他一句话激起千层浪，众人纷纷议论起来。

粘罕看到是完颜亶出来打发他们，十分不满，以叔父辈的口气对他说道：“是皇上不见咱们，还是你不让皇上见咱们？”

完颜亶恭立道：“我绝对不敢假传圣旨，皇上重病在床，无法上朝，请大家体谅。”

粘罕听了，道：“既然皇上重病不能上朝，我去看望皇上，总可以吧？”说着就要闯进去。

那乌棱思谋急忙阻拦道：“皇上有旨，他今天谁都不见，大家请回吧。”众人听到，纷纷离去，只有粘罕依然执拗。

金兀术劝道：“粘罕，既然皇上身体不适，让皇上好好休息吧，咱们走吧，去喝酒。”

粘罕看见是他，连忙活络道：“老四啊，是啊，咱们好久没在一块儿喝酒了，你叫上翎儿，干脆到我那儿喝，我新弄了个女人，你们还没见过，走，看一看是什么样子。”说着搂着金兀术朝自己营帐走去。

翎妃、金兀术跟着粘罕来到他的营帐。粘罕将正在营帐中忙碌的女人叫过来，向他们介绍说，这就是他迎娶的小妾。金兀术一看，这不正是宋徽宗的妃子郑娘娘吗？心中一惊。

这郑娘娘却似乎很满意，看着他们笑意盈盈，热情招待。

他们坐定后，郑娘娘提起酒壶，为三人一一斟酒，说道："这是完颜亶送来的西域贡酒，大家请喝！"

粘罕喝了一口，立即吐在地上，一抹嘴，大叫道："呸！这是什么狗屁玩意儿，一股子鸟屎味儿，给他送回去！"

郑娘娘劝道："这是人家的一番好意，你不爱喝就算了，干吗还送回去呢？"

翎妃看着粘罕，娇嗔道："是啊，哥哥，完颜亶是个孩子，不用和他计较，你和他一般大的时候，还不如他呢！"

粘罕道："放屁！不如他？老四，你告诉她们，年轻的时候，谁是大金第一勇士！"

金兀术笑了笑："那当然是大哥你了！"

粘罕似乎对自己继承金太宗的位子胸有成竹，拍拍金兀术的肩膀道："当然啦，我现在岁数也大了，将来上阵杀敌还是靠你啊！"金兀术微微一笑，将粘罕碗里的酒倒在地上，替他斟满另一个酒瓶中的酒。粘罕端起碗来，喝了下去，道："皇上也不知道怎么了，这么看重完颜亶这小子，他连酒都分不出好坏来。"

金兀术笑道："他还年轻，还分不出酒的好坏。"

粘罕将酒杯重重地放在桌上，道："对！他这么年轻，懂什么治国！我们凭什么听他的？！"

金兀术道："老大，皇上还没下旨呢，你急什么……"

粘罕连连摆手道："不能不急！皇上熬不过这个冬天了，你有没有想过，谁来继位？难道咱们拼死拼活打下这片江山，到最后便宜了这个小子？"

金兀术听在耳里，嘴上却不说。

粘罕继续道："老四，我要是当上了大金国的皇帝，你就是三军统帅，到时候咱们兄弟联手，一统天下！"金兀术连忙举杯打断道："大

哥，喝酒喝酒！”

粘罕见金兀术态度暧昧，脸色一沉，道：“老四，你倒是给我个话啊！是不是黄天荡大败之后，你的雄心壮志给吓没了？”

金兀术见他揭自己的伤疤，压住怒气道：“老大，黄天荡之败，是因为大金将士不习水战，不过，赵构还是被我打得像条丧家犬一样，都逃到海上去了，虽然黄天荡败了，但大金的威风，四海皆知！”

粘罕哼了一声，笑道：“老四，你还是不知道你败在哪里！搜山检海捉赵构，你以为在打猎啊，把战线拉得太长，才会被宋人抄了后路，这点道理都不懂？”

金兀术脸色一沉，看向粘罕。翎妃和郑娘娘见他们二人言语不和，赶紧劝道：“好好地喝着酒，怎么又谈起国事来了？”于是大家尴尬地喝起酒来。

金兀术被粘罕戳中了心事，难咽一口气，从粘罕帐中回来后便召集部将，商议道：“叫你们过来，一起参谋参谋，如何报那黄天荡之仇。此仇不报，我永远抬不起头来！”

夏金乌道：“黄天荡的罪魁祸首是韩世忠，请四皇子让我带兵前往讨伐！”

哈迷蚩知道金兀术受了委屈，劝道：“四皇子，此事还需从长计议，如果鲁莽的话，弄不好反而中了他们的埋伏。”

金兀术道：“不行！等不及了！翎儿每天晚上都会做梦，梦到我们死去的孩子，我恨不得现在就扒了他的皮！”他一想到自己的爱妃在船上受的苦，便更加咬牙切齿，他看向杜充道，“杜充，韩世忠以前是你的部下，你有什么主意？”

杜充清了清嗓子，道：“四皇子，末将这些日一直在注意着南边的动静。此刻韩世忠被派往楚州，虽说手头有重兵，但缺粮少草，军容不整，且大宋将领的分布中，他是最为靠北的一支，势单力薄。”

哈迷蚩知道这杜充自投降到金营，一直不受重用，他可能是在迎合金兀术，便打断道：“恐怕也有不妥吧。如果岳飞赶来救援，咱们孤军深入，要对付韩世忠，也不容易啊！”

杜充知道哈迷蚩不放心自己，笑了笑，道：“不足为虑。”

金兀术道：“怎么讲？”

杜充笑道：“据我所知，岳家军此刻正忙于平复内乱，根本不可能来接应韩世忠。”

夏金乌一听，激动道：“四皇子，此刻不杀过去，更待何时？”

金兀术点了点头，阴险地笑了一下，问道：“梁红玉有跟随他吗？”

哈迷蚩点点头道：“他们夫妇形影不离。”

原来，最让金兀术放不下的便是翎妃肚里孩子的死去，他要韩世忠一命偿一命，韩世忠害死了自己的孩子，他便要韩世忠的孩子失去母亲。

第二天，金兀术决意再次南下，兵发大宋门户楚州城。

而此时，韩世忠也因黄天荡未克全功，心有不甘，主动请命来楚州驻防，准备再战金兀术。

第四十七章

乾坤变狼主驾崩

且说自金兀术带兵南下攻宋，粘罕暗自得意，跟自己抢皇位的人又少了一个，于是每天窥伺金太宗起居。

这一日，他来到大殿，却不见完颜亶和乌棱思谋身影，于是向后帐走去。

一个侍卫连忙叫道："大皇子，皇上今天不见客。"粘罕一把推开侍卫，就要往里闯。

此时，乌棱思谋出现，拦住粘罕去路。粘罕斜眼看着他，道："怎么着？活腻了？"

乌棱思谋道："皇上身体不舒服，请大皇子自重。"

粘罕一脚踹向乌棱思谋，道："自重个屁！就是你们这些猪狗不如的东西围在皇上身边。"乌棱思谋一闪，粘罕便向后帐走去。

只见完颜亶从里边出来，低着头，怯怯地看了一眼粘罕，试图从他身边走过去。粘罕一横身，拦住完颜亶的去路。完颜亶欲从另一边走，又被韩常堵住。完颜亶无奈地看向粘罕，道："大将军，你这是什么意思？"

粘罕道："什么意思，不知道皇上身体不好吗，没事来这儿干什么？"

完颜亶怯生生道："我……我来探望皇上，希望皇上早日恢复健康。"

粘罕吐了一口唾沫，道："呸！你希望皇上早日康复？我看你巴不得皇上早点儿死呢！这样你不就当上皇上了吗？"

完颜亶冷冷道："大将军，不要乱说话，皇上传位给谁还不知道呢。"

粘罕道："你知道就好！"说着便走了进去。

看到金太宗躺在床上，他便走上前，俯身向金太宗道："皇上，我今天特地祭了牛羊给天神，求您的身体早点康复。"

金太宗有气无力地咳嗽道："嗯，你的孝心，我都看到了，很好，很好……这几天我不能亲理军国大事，你这次来……是带来了坏消息啊，还是好消息？"

粘罕道："是坏消息，也是好消息。"

"怎么讲？"

"皇上，这些日子，你身体不好，大金上下，乌烟瘴气！"

"哦，怎么个乌烟瘴气啊？"

"还不是因为储君没定，大家心里都有想法。我担心有人造反。"

金太宗听到他终于将内心的欲望说了出来，凄然一笑，道："有你在，谁敢啊？"

粘罕佯装可怜道："我？我一个人顶什么用！您没发话，谁肯听我的啊？老四带兵去打韩世忠去了，全军没有王令，大军谁都没法调动。皇上，万一哪个部落想怎么样，我该怎么办啊？"

金太宗瞥了一眼粘罕，心里冷冷道：恐怕想怎么样的不是别人，正是你粘罕。但他嘴上却佯装糊涂道："这件事……我还真没想过……我以为有你在……没人敢动手脚……照你说……现在有人想动手脚？"粘罕连忙点头。金太宗长嘘了一口气，道："那你说该怎么办……"

粘罕道："皇上，不如你把兵权先交给我代为掌管，待你病好了，再由你出面来掌控大局。"

金太宗一听，这粘罕终于忍不住要露出自己的狐狸尾巴了，便默不作声。

粘罕急忙问道："皇上，到底怎么样，您给句话呀！"

金太宗语重心长道："粘罕啊，治国，不同打天下，打天下靠戎马征战，治国，在于人心的所向。给你兵权，对你不好……不好……"

粘罕忙道："皇上，现在是打天下的时候，还没到治理天下的时候呢，皇上，只要您把王位传给我，我一定会帮您完成一统天下的心愿。"

金太宗闭上眼睛，挥了挥手，道："我累了，你下去吧。"

粘罕还要纠缠，乌棱思谋上前阻拦住他。粘罕无奈地看了看金太宗，瞪了乌棱思谋一眼，转身就走。

韩常见粘罕怒气冲冲地走了出来，不敢多说话，悄悄地跟在他后面，向粘罕的营帐走去。

金太宗看着粘罕怒气冲冲离去的背影，叹了一口气，道："唉，这些年，我的野心太大了，但是要想称霸天下，就得养肥好马良驹，却不想，我不仅养肥了他的身，还养肥了他的心，对他，是过于放纵了，应该把草给斡离不分一点，给斡离不一点势力，也不至于让粘罕尾大不掉啊……"

乌棱思谋见金太宗忧心，劝慰道："不是还有四皇子吗？"

金太宗摇了摇头，道："可是兀术娶了粘罕的干妹妹。"

乌棱思谋想了想，进谏道："四皇子金兀术虽然娶了粘罕的妹妹，但他一直对皇上忠心耿耿，他想要的东西，跟粘罕不一样。金兀术想要打天下，而粘罕，想要天下。"

金太宗听后，点头道："乌棱思谋，你是个帅才，跟在我身边当侍卫，委屈你了。"

乌棱思谋拱手作揖道："臣不委屈，能为皇上当牛做马，是臣的福分。"

金太宗顿了顿，正色道："不用你当牛做马，你替我跑个腿儿吧。"

乌棱思谋毕恭领命道："请皇上吩咐。"

金太宗清楚粘罕是什么样的人，不得不搬出这个撒手锏了，他一边摇头一边痛苦地道："去找兀术回来，越快越好！"

乌棱思谋已经无须金太宗再多交代，便走出后帐，骑马出营向楚州直奔而去。

金兀术带兵南下，直扑楚州。他这次南下，为国开疆是假，公报私仇是真，既为自己胎死腹中的孩子，也为了出一口恶气，却不料途中得到消息，韩世忠又被赵构派往别处剿寇去了，不禁有些失望，但转念一想，一条奇计忽然涌上心头。

这天，梁红玉正在教韩世忠的掌上明珠韩彦芳弹琴，一名士兵进来禀道："夫人，前方有军情传回，说是韩将军在泗中被围，危在旦夕。"

梁红玉听过一惊，站起来对士兵下令道："传信给韩将军，我会带人去解围。”

士兵领命而去，梁红玉立即率领轻骑出城营救韩世忠，这些全是她平日训练出来的武婢。梁红玉救夫心切，并不知自己中了金兀术的引蛇出洞之计。她率领武婢经过一处树林时，忽然，四面八方有几十支箭向她们射去，她身旁的几名武婢纷纷中箭落马。她抬头看去，只见一大群金兵从树林里掩杀过来。

梁红玉命令武婢下马摆出剑阵迎敌，向她们道：“我们中计了，之前的军情怕是金人故意传来，骗我出城的。”

虽然她摆的剑阵厉害，无奈金兵人数众多，以一敌百，很快，她们的剑阵就被打散了，许多武婢也纷纷受伤，中招死去，只剩下几个武婢和她奋力作战，很快，她们也全身挂彩。金兀术上前亲自与梁红玉对战。

梁红玉尽管已经浑身重伤，还是坚持战至最后一刻，终因体力不支，被金兀术刺倒在地。

夏金乌伸手探了探梁红玉的鼻息，道：“四皇子，她已经断气了。”

金兀术看着梁红玉的尸体，默然不语。夏金乌站起身，拔剑要斩梁红玉的头，金兀术及时托住他的手臂，阻止了他。

夏金乌纳闷道：“我们不是要把她的头带回去吗？”

金兀术摇了摇头，道：“原本我是这么打算的，但她身负重伤，还能战至最后一刻，是个难得的女中豪杰，虽然败在了我的手下，但这样的勇气，就算是男人也未必能及。我若是砍下了她的头，恐怕要被天下人唾弃，不如就留她一个全尸吧。现在，韩世忠知道后，肯定会来救，咱们准备伏击。”

这时，一匹快马疾驰而来，金兀术以为是韩世忠，张弓搭箭准备射击，却见马上来人不是韩世忠，而是乌棱思谋，他心中暗觉不祥，难道金太宗已经……驾崩了？

乌棱思谋飞驰而来，因为连夜奔驰，劳累不堪，一下子栽倒在地。夏金乌赶紧上前将他搀扶起来。乌棱思谋一边从地上爬起，一边对金兀术道：“皇上……密诏……请四皇子速回……”

金兀术忙问道：“出什么事了？”

乌棱思谋道：“粘罕要反！”

金兀术一听，此事十万火急，不容迟缓，至于那韩世忠，且待随后有机会再决一了断吧，于是带领自己的人马返回北方，狂奔而去。

而在此时，得到消息的韩世忠终于快马赶到了野猪林，却发现武婢们尸横遍野，而自己的夫人梁红玉也鲜血浸染，静静地躺在那里。他哭喊着飞奔过去，把梁红玉抱在怀里，一声声嘶喊，但梁红玉却没有一丝一毫的反应。

梁再平看着姐姐的尸体，无声地哭着，捏紧了拳头，发誓一定要替姐姐报仇。

韩世忠也不知道自己哭了多久，身后的将士们也跟着垂泪。他吩咐他们准备点火，并做一个竹筏，道：“我们要送夫人一程。”

那些士兵很快做好了竹筏，并做了一个花棺，将梁红玉放进了花棺里，抬到河边。竹筏上已经放满了柴火，他们轻轻地将花棺放到竹筏上。韩世忠俯下身，对着梁红玉不舍地看了最后一眼，道：“你一直说，若是不幸为国牺牲，就把你留给大宋的河山，葬在这山河之间，我现在照你的意思，替你准备好了。娘子，一路走好。”说着，把竹筏推入河中。

梁红玉的身影随着竹筏漂走，渐渐远去。岸上的人都远眺观望，人群中，隐隐有哭声传来。

一名士兵递上带火的箭，韩世忠拉弓搭箭，退后一步，用箭射中梁红玉躺着的竹筏，竹筏起火烧了起来。可怜一代巾帼英雄，就此香消玉殒。

这天，五国城内到处都在流传他们的狼主金太宗就要驾崩了，金国的一干文武大臣都来到金太宗大帐之内，静等消息。不知等了多久，还没见动静，粘罕再次走了出来，询问韩常，有没有将准备工作布置好。韩常请他放心，一切按照预定计划进行。粘罕听了，放心道：“那就好，如果情况有变，听我摔杯为号！”韩常点了点头，表示自己随时待命。

粘罕走进大帐，听到宫人宣布完颜亶觐见，心里不由恼怒，看来金太宗临死之前心中根本没有自己，他回头看到斡离不焦急地转动着念珠，心里不禁冷笑：老二，你就别抱什么希望了，有我粘罕在，怎么也轮不到你。

此时，外面一阵骏马嘶鸣，只见金兀术和乌楞思谋二人大踏步走了进来——金兀术在得到乌棱思谋报信后便快马加鞭，一路北上，在路上的时候便听到消息，说金太宗就要不行了，如此一来更加心急如焚。他知道粘罕是什么都干得出来的，自己又不在，那斡离不基本上没有什么权力，更不可能钳制住粘罕，于是星夜兼程往回赶，终于在最后的时候赶到了。

看到金兀术走了进来，粘罕大感意外，没想到金兀术这时会赶回来，他突然不合时宜地哈哈大笑，展开双臂走向金兀术，道："兄弟，我的兄弟！你总算回来了！"说着对金兀术就是一个熊抱，顺势对金兀术耳语，"你回来得正好，等会儿无论发生什么，你都要站在我这边，知道吗？"

金兀术不动声色。粘罕看着金兀术，不知他在想什么。

斡离不看着耳语的二人，手中的佛珠拨动得更快了。

此时，宫人出来宣布道："四皇子兀术觐见！"

粘罕笑着拍了拍金兀术的肩膀，金兀术不理他，直接走进了后帐。

他轻脚轻步地来到金太宗面前，跪下道："皇上，是我啊，皇上，我是兀术啊！"

金太宗从昏昏沉沉中睁开眼，浑浊的眼神看着金兀术，仿佛不认识似的，嘴里喃喃着，不知说着什么。

金兀术看看正在旁边垂泪的完颜亶，又看看金太宗，眼泪滚了出来。

金太宗使出浑身力气，一挣扎便叫出声来："兀术！"

金兀术连忙道："皇上，您召臣千里而归，是不是有什么话要跟臣说？"

金太宗吃力地点点头，含混不清地道："你听……我的……话……吗？"

金兀术哽咽着连连点头。

金太宗说不出什么话来，手颤颤悠悠地指向皇冠，金兀术一看便明白，试探问道："您是想告诉臣传位的事？"

金太宗点了点头，指向完颜亶。金兀术再次试探问道："您是想传位给完颜亶？"

金太宗点着头道："你和粘罕、斡离不，都是不可多得的大将，但打仗和治国是两回事，完颜亶虽然年纪轻，但他天资聪慧，熟知金人和宋人的文化，他将来会是个好皇上，我传位给他……"说着抓住完颜亶的手，将他的手放在金兀术的手里，"我要你辅佐他！"

金兀术听过，跪下磕头道："皇上，您放心，臣誓死效忠新皇！"

完颜亶看着金兀术，心中充满感激。

金太宗听闻金兀术的话，长出了一口气，放心地闭上了眼睛。

金兀术和完颜亶两人不禁伤心地大哭起来。

哭了一会儿，金兀术扶起完颜亶，示意宫人一起走出去。

走到前帐，金兀术让完颜亶面对大家单独站立，自己站在人群中，向那宫人使了一下眼色。

那宫人便拿出金太宗的遗诏宣读："皇上遗旨，当年太祖病逝，太子完颜宗峻年幼，所以由我继位。太祖临终前，我答应他，等宗峻长大成人，就将王位还给他，但不幸的是，宗峻像万千大金勇士一样，年纪轻轻就战死沙场。完颜亶乃太祖皇上长孙，他天资聪慧，熟知金宋文化，归还王位，是情理所在。我死之后，所在诸位，应以对待朕的忠心，对待完颜亶。从圣旨颁发始，完颜亶就是你们的皇上！"

听完圣旨，金兀术率先跪了下来，其他人一看四皇子都跪下了，于是纷纷向完颜亶跪下，口呼万岁。只有粘罕一人没有下跪，他看着完颜亶道："皇上病得话都说不清，谁知道这圣旨是他自己的意思，还是某些人的意思！"

众臣听过，议论纷纷。金兀术站起来道："粘罕，皇上临死前跟我说了，"他指着完颜亶，"王位是传给完颜亶的。"

粘罕气恼道："兀术！你混账！你知道你在说什么吗？！"

斡离不插嘴道："他在说一个臣子该说的话，老大，你不要闹了！"

粘罕转头冲斡离不怒喝道："这里有你什么事！"

金兀术笑了笑，道："粘罕，这是皇上遗命，圣旨是皇上亲手写的，没有假！我们三个好好辅佐新王，大金必能称霸天下，创万世基业！"

粘罕冷哼一声，指着完颜亶道：“创万世基业？哼，我们倒是在外边打仗流血，他呢？他做了什么？他凭什么？！老四，你告诉我！”

翎妃见哥哥为难金兀术，跑过来拉住粘罕，道：“哥哥，你不要再说了！”

粘罕甩开翎妃，道：“你闭嘴！这里没你的事！”又看了看金兀术，“老四，我不认这个皇上，你跟我，还是跟他？”

金兀术冷冷道：“粘罕，先皇让我带着铁浮屠回来，是想我和你一起辅佐新皇，而不是自相残杀。”

而帐外，只见夏金乌带着浮屠马，沙尘滚滚，蹄声震天，赶到皇宫大营外。

韩常在外面看到，六神无主，急忙走进大帐，来到粘罕身旁，悄声将帐外情况汇报了一遍。粘罕听过气愤不已，怒视金兀术，手中酒杯中的酒晃动着。

韩常看着粘罕手中的酒杯。

翎妃看着这一幕，猜到酒杯是一个号令，她上前握住粘罕拿杯子的手，低声哀求道：“哥哥，你不要固执了，你不想让我们活了吗？”

粘罕环顾帐内，看着大家都跪下了，只剩下自己，心里便犹豫起来。

完颜亶看到这一幕，知道他心里已经有所动摇，便走上前来，为粘罕整理了一下刚拉扯乱的衣服，道：“粘罕，我年轻识浅，自知难以胜任，希望你能辅佐于我，你永远是大金的三军统帅！有你在，我才敢当这个皇上，才能当好这个皇上。你愿意辅佐我吗？”

粘罕听了一怔，众人都紧张地看着他。粘罕再次看了看大家，又看了看妹妹翎妃殷切的眼神，长叹一声，无奈地跪了下去，叫道：“愿皇上万岁万岁万万岁！”

金兀术心里放下了一块石头，他终于没有和粘罕兵戎相见，这完颜亶也坐上了金国皇帝的位置，随后便是料理金太宗的后事，于是他和翎妃离开金太宗的大帐，回到自己的营帐之中。

翎妃一边帮金兀术理着衣服，一边问道：“如果刚才哥哥不拜见皇上，你怎么办？”

金兀术毫不犹豫地答道：“那我只好动手了。”

翎妃有些伤心道：“可是……粘罕是我哥哥啊！”

金兀术叹了一口气，道：“翎儿，你要知道，他是你哥哥，也是我哥哥，但是在这种关头，他就是我父亲，也得死！”

翎妃怔怔地看着金兀术。金兀术看到她吓傻的模样，摸了摸翎妃的头，道：“别多想了，不是没事吗？”

翎妃摇了摇头，道：“你要答应我，以后也不要害哥哥。”

金兀术笑道：“傻翎儿，不都过去了吗？还答应你什么？”

翎妃却再次摇了摇头，担心道：“你真以为过去了吗？我怕哥哥他……”

金兀术听了一怔，知道翎妃的担忧没错，这粘罕可不是轻易能驯服的主，但是又不知道该怎么回答她。

这时，哈迷蚩走了进来。翎妃见状，知道他们又有要事相商，便回避了下去。

哈迷蚩见翎妃已经回避，便向金兀术道：“四皇子，探子来报，宋国那边内乱已经平定了。”

金兀术沉吟了一下，稍感意外道：“岳飞动作这么快？”

哈迷蚩道：“看来，他还是急着收复中原啊。”

金兀术听了，思索起来，边踱步边说道：“上次咱们南下，我之所以敢搜山检海，是因为宋国的臣子和百姓心不齐，互相钩心斗角。现在，宋国内部理顺了，咱们再打就不容易了。虽然只是半壁江山，但他赵构已经坐稳了，咱们呢？咱们的心不齐了啊！如此下去，是咱们怕他们，还是他们怕咱们，就难说了！”

哈迷蚩见他犹豫，便劝道：“四皇子，俗话说养虎为患，还是早作打算为好。”

金兀术苦笑道：“现在已经不是养虎为患了，现在这只老虎已经膘肥体壮了，等它恢复了野性，那就难办了。但是，现在这个情况，”眼睛瞥了一眼后帐，他担心翎妃听到，低声道，“我要是出兵，怎么放心粘罕？”

哈迷蚩听后，想了想，道：“四皇子，拖着不是长久之计，咱们从南边回来的时候，不是立了刘豫为北齐皇帝吗？咱们不如先让刘豫对宋开战，让宋人吃不香睡不稳，等大金君民一心之后，再彻底将宋国一举歼灭！

金兀术想了想，道：“也只好如此了。让刘豫联络一下两湖的匪寇，襄阳连接两湖，宋国半壁就尽在掌握了。”

（未完待续）

总编剧　丁善玺　唐季礼

编　剧　于海林　王自蹊
赵微娜　沈昱辰　王丹卿

出品单位　东阳盟将威影视文化有限公司
上海华大影业有限公司
北京小马奔腾文化传媒股份有限公司
幸福蓝海影视文化集团股份有限公司
北京光线传媒股份有限公司
东川国际文化传媒（北京）有限责任公司
北京泰耀文化工作室

荣誉出品　上海合禾影视投资有限公司
天视卫星传媒股份有限公司
时代动感制作有限公司
北京金强盛世文化传播有限公司

鸣谢单位　岳飞思想研究会
重庆市岳飞文化交流协会
精忠爱国企业家商会

图书在版编目（CIP）数据

精忠岳飞. 2 / 李勋阳改编. — 北京 ：北京联合出版公司，2013.7
ISBN 978-7-5502-1718-8

Ⅰ. ①精… Ⅱ. ①李… Ⅲ. ①长篇历史小说－中国－当代 Ⅳ. ①I247.5

中国版本图书馆CIP数据核字(2013)第158312号

精忠岳飞. 2

改　　编：李勋阳
选题策划：北京磨铁图书有限公司
责任编辑：徐秀琴
封面设计：韩　捷
排版制作：刘珍珍

北京联合出版公司出版
（北京市西城区德外大街83号楼9层　100088）
北京博艺印刷包装有限公司印刷　新华书店经销
字数258千字　700毫米×980毫米　1/16　19印张
2013年7月第1版　2013年7月第1次印刷

ISBN 978-7-5502-1718-8
定价：35.00元

本书若有质量问题，可联系调换。电话：010-82069336